내일은
떡볶이

내일은
떡볶이

이민희
지음

산디

떡볶이 논픽션

하굣길 추억부터 밀떡 쌀떡 논쟁까지
결코 사소하지 않은 우리의 떡볶이 이야기

아침부터 풋살 구장에 다녀온 날이 있었다. 지난해 여름 어느 주말에 친구가 뛰는 친선 경기를 보러 간 건데, 탁 트인 경기장부터 땀 흘리며 공을 따라가는 여러 민첩한 여성 선수들까지 눈에 들어오는 모든 것이 새롭고 아름다워서 내 마음마저 덩달아 뜨거워졌다. 구장이 서울 용산역 꼭대기에 있어서 경기가 끝나자 그 아래층의 전자 상가를 통과하게 됐는데, 간만에 갔더니 거기도 별천지였다. 휴대폰 및 각종 전자 장비를 사거나 살피러

온 외국인으로 북적거렸는데, 그런 고객을 상대하는 판매 담당자 대다수가 외국인이었고, 일부는 외국어로 물건을 팔 수 있을 만큼 언어 능력이 뛰어난 한국인이었다. 풋살 구장이 몸으로 힘을 보여주는 곳이라면 경기장 바로 아래 전자 상가는 말의 힘을 보여주는 곳이었다. 아침부터 구장과 시장의 활기를 마주한 나는 배가 고파졌고 무슨 상관인지 모르겠지만 갑자기 강렬하게 떡볶이가 먹고 싶어져서 곧장 신당동으로 향했다. 그리고 그날 나는 태어나서 먹은 떡볶이 가운데 가장 기가 막힌 것을 먹었다. 그 맛을 잊지 못해서 같은 떡볶이집에 몇 번 더 갔지만 그날의 맛은 나지 않았는데, 맛이 변한 것은 아닐 것이다. 때때로 감정이 맛에 영향을 줄 뿐이다. 마음이 충만했던 어느 날에 나는 다시는 없을 인생의 떡볶이를 먹은 것이다.

　인생의 떡볶이를 먹기 전까지는 내가 떡볶이를 좋아하는 사람인 줄 모르고 살았다. 그냥 먹고 싶은 날이 있었고(사실 많았고) 먹게 되는 날이 있었으며(사실 많았으며) 그럴 때마다 남기지 않고 다 먹긴 했는데, 그건 유별난 식성이 아니라 공기처럼 자연스럽고 당연한 작용이라서 떡볶이가 내게 어떤 의미를 갖는 음식인지 깊이 생각해본 적이 없었다. 그런데 어느 주말 아침부터 열심히 뛰고 말하는 사람들을 보면서 내 안에서 무언가 활활 타올랐고, 그날의 흥분을 이어갈 음식으로 순식간에 떡볶이가 선택되고 뜻밖에 인생의 떡볶이까지 만나게 되자 갑자기 머리가 팽팽 돌기 시작했다. 나는 사실 떡볶이를 꽤 좋아하는 사람임을 별안간 인지한 순간이었다. 내가 쓰는 냉장고부터 떠올랐다. 냉동실에 지퍼백이 여러 개다. 밀떡을 잔뜩 사서 나눠놓은 것이다. 그것 말고도 쌀로 만든 떡볶이 떡도 있고 가래떡도 있어서 그때그때 골라서 쓴다. 냉장실에는 떡볶이 전용 양념이 있다. 집에서 만드는 양념의 맛이 일정할 수 없다는 걸 깨닫고 언젠가 모험 삼아 작은 양념을 샀다가 나중엔 특대 사이즈를 샀다. 밖에서 먹는 날도 많다. 야구 보러 지난 몇 년간 잠실, 마산, 광주, 부산에 가면서 주변 지역의 떡볶이집부터 검색했고, 일부 지역은 야구가 아니라 떡볶이 때문에 다시 가고 싶다. 집 근처 괜찮은 즉석 떡볶이집 하나가 3년 전에 문을 닫은 것이 아직까지 안타깝다. 언젠가 맛집이라는 소문을 듣고 어느 떡볶이집에 찾아갔지만 기대한 만큼이 아니어서 다음 날 익숙한 동네 떡볶이집에 가서 속상한 마음을 달랬다. 그러고 보니 친구와 카카오톡으로 약속을 잡으면서 떡볶이집 좌표를 찍어줄 때마다 누구도 마다한 적이 없었다.

　용산의 풋살 구장과 전자 상가를 거쳐 신당동 떡볶이 타운에 도착한 그날은 일종의 계시가 찾아온 날이다. 순간의 흥분을 떡볶이로 더 길게 붙잡고자 했고, 다시는 없을 인생의 떡볶이를 먹었고, 그 김에 갑자기 내 삶과 떡볶이를 돌아봤으며, 나아가 이것이 어쩐지 나만의 이야기는 아닐 것이라고 확신한 날이다. 최근 10년간 내가 먹었던 거의 모든 떡볶이를 함께 나눠왔던 배우자이자 현재까지 나랑 같이 책을 고민하고 있는 동료인 이범학에게 나는 그날 저녁 엄숙하게 통보했다. "안 되겠어. 나 떡볶이 책 할 거야." 결단은 갑작스러웠지만 전말은 충분했다. 나는 떡볶이를 먹을 만큼 먹었다. 그러고도 또 원한다. 과거와 현재와 미래를 관통하는 일관된 애정의 대상이 있다면 그것은 책이 될 수 있다. 나는 어쩌다 실감한 내 애정에 살을 붙여 두께를 만들기 위해 지원군을 찾는 다음 계획을 세웠다.

||||||||

　이 책은 떡볶이 책이다. 나의 떡볶이로 시작해서 우리의 떡볶이를 논한 결과다. 조금 더 구체적으로 말하자면 내가 친구 열 명한테 떡볶이 열 접시를 얻어먹고 다니면서 그 김에 내 친구의 떡볶이 사연을 수집한 기록이다. 여기서 내 친구란 나 같

은 사람을 뜻한다. 나처럼 평범하게 일하고, 나처럼 평범하게 떡볶이를 사 먹고 동시에 집에서도 만들어 먹는 사람이다. 그리고 친구들 모두가 나랑 같이 떡볶이를 밖에서든 집에서든 먹을 수 있을 만큼 각별한 사이다. 혹은 떡볶이로 인해 그런 사이가 되었다. 차이가 있다면 각 친구의 연령대와 지역과 직업이고, 떡볶이에 대한 애정의 깊이와 어린 날 먹었던 떡볶이에 대한 기억이며, 집에서 떡볶이를 만들어 먹는 방식이다. 나아가 조리 숙련도에도 차이가 있다. 나는 이 차이가 책의 두께를 만들어줄 것이라는 믿음을 바탕으로, 자신의 떡볶이 이야기를 들려줄 수 있고 떡볶이를 만들어줄 수 있는 따뜻한 친구들과 함께 '떡볶이 논픽션'을 완성하고자 했다.

떡볶이를 말하고 만드는 내 친구들의 캐릭터는 천차만별이다. 나는 떡볶이에 대해 애정을 말할 수 있지만, 단순한 애정을 넘어 뜨거운 열광을 말하는 친구가 있다. 반대로 떡볶이에 별 감정과 선호가 없는 친구가 있는가 하면 떡볶이를 계기로 어린 날을 돌아보다가 눈물을 떨군 친구도 있다. 떡볶이를 만드는 방법도 다 다르다. 누군가의 떡볶이에는 고추장이 없고 어디에는 고춧가루가 없다. 떡볶이 양념에 멸치액젓, 태국산 칠리소스, 카옌페퍼, 조청, 라면수프까지 매우 다채로운 재료가 쓰일 수 있다는 걸 알게 된 것도 친구들 덕분이다. 조리 습관과 숙련도도 다 다르다. 하루이틀 전부터 떡볶이 양념을 준비하는 친구가 있고 12분 만에 후딱 떡볶이를 완성하는 친구가 있다. 음식점을 운영하는 친구가 있고 대학에서 조리를 전공한 친구가 있는 한편, 전까지 떡볶이를 단 한 번도 만들어본 적 없는 친구가 있고 마트에서 파는 반조리 떡볶이의 포장지를 뜯는 것으로 조리를 시작한 친구도 있다. 나는 이 책에서 그들을 일관된 직함으로 칭한다. 그들은 내게 '떡볶이 요리사'다.

모든 떡볶이 요리사가 들려준 떡볶이 사연이 저마다 다르다는 점에서 특별하다면, 그들이 만든 떡볶이는 다 다르다는 점에서 소중하다. 소중한 것은 이름을 불러줘야 한다고 믿기에 나는 모든 떡볶이 요리사가 만드는 떡볶이에 이름을 붙였다. 임재석의 떡볶이가 '비건 떡볶이'인 건 말 그대로 동물성 식재료를 거부하는 윤리적인 방식으로 만들기 때문이다. 원성훈의 떡볶이가 '내일은 떡볶이'인 건 본격 조리 24시간 전에 양념을 만들어 숙성하는 성의가 필요하기 때문이다. 박현진의 떡볶이가 '2세대 떡볶이'인 건 떡볶이에 익숙한 어른 말고도 매운 것을 아직 잘 먹지 못하는 아이의 입맛을 동시에 고려한 결과이기 때문이다. 그리고 이 모든 소중한 떡볶이를 먹은 날을 '떡볶이의 날'로

통일하여 부르기로 했다. 이 모든 이야기를 종합하면 내가 이 책을 준비한 지난 1년은 다음과 같이 요약된다. 열 명의 떡볶이 요리사와 함께 떡볶이의 날을 약속하고, 특별한 떡볶이 사연을 수집하고, 소중한 떡볶이에 이름을 붙여주는 시간이었다.

||||||||

동네 친구이자 이 책의 디자인을 맡은 동료인 이아립에게도 떡볶이의 날을 제안했지만 거절당했다. 이아립은 "떡볶이는 사 먹는 것"이라는 명확한 거절의 이유를 말하기 전에 "그래? 나도 끼워주면 안 돼?" 하는 반응부터 줘서 나를 웃겼는데, 떡볶이 요리사로서의 동참이 아니라 떡볶이의 날마다 나를 따라다니면서 떡볶이를 같이 얻어먹고 싶다는 의미였다. 그만큼 떡볶이를 좋아하는 이아립은 사 먹는 떡볶이와 겨룰 만한 것을 집에서 만들 자신이 없다는 이유로 거절을 말하면서도, 한편으로 우리가 함께 동네 즉석 떡볶이집에서 보낸 시간을 돌아보았다. 떡볶이를 먹으러 가서 소주를 주문하는 나를 보고 어떻게 그럴 수가 있나 싶어서 깜짝 놀랐다고 했다. 떡볶이는 그 자체로 훌륭한 음식이라서 여기에 술을 곁들일 생각을 단 한 번도 못 해봤다는

이아립과 반대로, 나는 떡볶이라는 만족스러운 음식에 소주를 곁들이는 시간을 매우 커다란 행복이라고 느낀다. 좋은 것과 좋은 것이 만난 시간이다. 이 대화는 이 책을 막 시작하려던 시점에 이루어졌는데, 시기에 있어서나 내용에 있어서나 매우 중요한 대화였다. 이 대화가 사실상 책의 명분이 되었기 때문이다.

이아립과 나눈 대화를 계기로 나는 내 떡볶이 취향을 새삼 돌아보았다. 나는 포장마차나 분식집에서 파는 양이 적은 떡볶이는 자주 먹지 않는다. 싫어해서가 아니라 소주를 곁들여서 끼니로 배부르게 먹을 수 있는 즉석 떡볶이라는 옵션을 더 좋아해서 그랬던 거였다. 언젠가 내 SNS 친구는 어린 날 생일 파티를 동네 떡볶이집에서 했다는 귀여운 기록을 남겼다. 우리는 이처럼 떡볶이를 좋아한다. 하지만 각기 다른 방식으로 좋아한다. 내가 만난 떡볶이 요리사 하나는 떡볶이는 끼니가 아니라 간식이라고 못을 박았는데, 또 다른 친구의 열두 살 먹은 딸은 떡볶이를 간식이 아니라 끼니로 먹는 날을 반긴다. 야근하고 돌아온 뒤에 마시는 맥주의 안주로 떡볶이만 한 게 없다고 말한 친구도 있었고, 초대 음식으로 떡볶이부터 떠올린다는 친구도 있었다. 나는 우리의 이런 폭넓은 선택이 "왜 떡볶이인가?"에 대한 충분한 답이 된다고 믿는다. 김밥, 김치볶음밥, 제육볶음, 불고기, 된장찌개, 돈가스, 짜장면, 짬뽕 같은, 떡볶이와 마찬가지로 대수롭지 않은 다른 흔한 음식으로부터 과연 이처럼 풍요로운 이야기를 얻을 수 있을지를 확신할 수 없기 때문이다. 떡볶이는 끼니가 될 수 있으며 간식이나 안주가 될 수도 있다. 고민 없이 자주 먹을 수 있으면서도 특식이 될 수 있다. 사 먹을 수도 있지만 만들어서 먹는 것도 어려운 일이 아니다. 이처럼 친숙하면서 유연한 음식이 또 무엇이 있을까 하는 질문에 나는 아직 답을 찾지 못했다.

그런 떡볶이를 우리는 어린 시절부터 먹는다. 내가 만난 열 명의 요리사도 어린 날 먹었던 인상적인 떡볶이에 대해 할 말이 많았는데, 그 모든 이야기를 수집하고 났더니 오래전에 내가 일본인 친구들과 나눈 대화가 떠올랐다. 매운 것을 잘 먹지 못하는 준과 요코 부부를 서울에서 만난 날, 그들은 한국의 어린이들은 몇 살부터 김치를 먹느냐고 물었다. 그때는 가정마다 다르다는 단조로운 답을 줬는데, 나는 이제야 내가 만족할 만한 답을 찾은 것 같다. 한국인이 매운 것을 잘 먹는 이유는 어쩌면 김치의 맛에 눈을 뜨기 전부터 매혹적인 떡볶이를 경험하기 때문일 것이다. 물론 나는 이 답이 정확하지 않다는 것을 안다. 그건 촬영으로 이 책에 참여해 그 모든 떡볶이를 나와 함께 먹었던 나의 동료이자 거의 매일 나랑 같이 밥을 먹는 내 배우자인 이범학이 매우 우려하는 비과학적인 답이기도 한데, 사실 나는 이범학이 지쳤기 때문에 떡볶이에 관한 내 의견에 쉽게 동의해주지 않는다고 또 비과학적으로 생각한다. 이범학은 책 속 모든 떡볶이 요리사들의 떡볶이는 물론이고 나랑 둘이 있을 때도 수시로 떡볶이를 먹어야 했다. 원고가 좀처럼 풀리지 않아 근심이 가득한 날이면 나는 신당동에 갔다. 동네 즉석 떡볶이집에도 여러 번 갔다. 적절한 효과도 봤다. "옛날엔 떡볶이 좋아했는데 요샌 좀…" 하고 투덜대는 이범학과 다르게 나는 떡볶이를 먹고 나면 거짓말처럼 일로 복귀할 정신적인 힘을 얻었다.

그렇게 해서 나는 지난 1년간 일과 밀착한 떡볶이를 폭발적으로, 집중적으로 먹었다. 좋아하는 게 일이 되면 싫어진다고들 하는데, 나는 그렇게 먹고도 여전히 떡볶이를 거부하지 않는다. 오늘도 먹을 수 있고 내일 먹어도 좋다. 그렇게 떡볶이를 폭풍 흡입하는 동안 내가 떡볶이를 구분하는 방식도 변했다. 말하자면 떡볶이의 범위가 전보다 넓어졌다. 전까지 내게 떡볶이란 친구나 가족과 같이 골라서 맛있게 먹고 그러다가 내가 만드는 좀 모자란 것이었는데, 친구가 정성을 실어 만드는 떡볶이도 매우 중요한 떡볶이가 되었다. 내게는 맛있거나 맛없는 떡볶이 말고도 감동적인 떡볶이가 있다. 마음 따뜻한 친구가 만들고 별스럽지 않은 대화를 얹어서 함께 나누는 특별하고 소중한 떡볶이다. 나는 감동적인 떡볶이를 열 접시나 먹는 동안 떡볶이의 본질이 무엇인가 계속해서 질문했고 서서히 답을 찾았다. 떡볶이는 열 번을 먹어도 맛있다. 그런데 가까운 친구랑 먹으면 더 맛있다.

2019년 4월
이민희

떡볶이도
파스타처럼

임재석의 비건 떡볶이

**오늘의 떡볶이 요리사
임재석은,**

2019년 기준 30대 초반이다. 비건 식료품점을 운영하고 있다. 1990
년대 중후반 대전에서 보낸 어린 시절에 계란이 들어간 떡볶이를 자주
먹었다. 요새는 만들어 먹는 것을 선호한다. 자신보다 떡볶이를 훨씬
좋아하는 여자친구와 살고 있다. 요리를 즐긴다. 집에 요리책이 많고,
조리에 있어 계량에 충실하다.

임재석의

비건 떡볶이 만들기

재료

- 롯데마트 국산쌀로 만든 떡볶이 떡 250~300g
- 양념) 청정원 순창 고추장 I큰술, 끓인 토마토 2개, 크러시드 페퍼 I작은술, 파프리카 분말 ½작은술, 카옌페퍼 ½작은술
- 채수) 칼노트 야채스톡 ¼개 + 다시마 소량을 우린 물 50㎖
- 야채) 양배추 I00g, 양파 ½개, 깻잎 5장
- 식용유와 들기름 적당량
- 참깨 적당량

소요 시간

- 20분(토마토 끓이기와 채수 만들기 과정은 포함하지 않음)

조리법

1. 팬에 기름을 두르고 양배추와 양파를 볶는다.

2. 투명해진 야채에 끓인 토마토와 고추장을 넣고 볶는다.

3. 채수를 넣는다.

4. 물에 불려둔 떡을 넣고 볶는다.

5. 카옌페퍼, 파프리카 분말, 크러시드 페퍼를 넣고 볶는다.

6. 완성된 떡볶이에 깻잎, 들기름, 참깨를 올린다.

* <이렇게 맛있고 멋진 채식이라면>(생강 지음, 동아일보사, 274쪽)을 일부 참고해 조리함

임재석은 토마토를 한 봉 사면 일부를 끓인다. 냄비에 물 없이 딱 토마토만 넣고 타지 않도록 약불에 올리는 것인데, 시간이 적당히 흐르면 토마토의 껍질이 갈라지면서 수분이 나온다. 임재석은 그 수분을 절대로 버리면 안 된다고 말한다. 그것까지 넣고 음식을 해야 맛있어진다. 그런 상태가 되려면 인내심을 가지고 토마토를 저온에 40분 정도 끓여야 한다. 그런 뒤에 식혀서 냉장고에 넣어두면 며칠간 요긴하게 쓸 수 있다.

이는 시판용 홀토마토를 집에서 만드는 과정으로, 임재석이 어느 요리책을 통해서 익힌 요령이다. 시간이 좀 걸리긴 해도 그렇게 토마토를 특별 처리한 뒤에 음식을 하면 맛이 깊어지기도 하거니와 "처음부터 끝까지 내 손으로 다 만들었다는 보람"까지 주지만, 그건 캔에 담아 전 세계로 유통되는 공장식 홀토마토와 달리 오래 보관할 수 없다. 그러니 일단 토마토를 끓여 놨다면 요리를 미루지 말아야 한다. 임재석은 그렇게 만든 홀토마토로 부지런하게 파스타와 리소토를 한다. 그리고 떡볶이를 만든다.

임재석의 떡볶이에는 방금 설명한 수제 홀토마토와 함께 시판용 고추장이 쓰인다. 이 두 가지가 양념의 기둥이다. 그리고 조금 더 매콤한 맛을 내고 향도 살리기 위해서 국산(혹은 중국산) 고춧가루가 아닌 외국산 크러시드 페퍼, 카옌페퍼, 파프리카 분말을 더한다. 육수도 낯설다. 아니 육수라는 말은 틀렸다. 일반적인 멸치 육수를 쓰는 것이 아니라 채수를 쓰기 때문이다. 다시마를 우린 물에 칼노트 사에서 나오는 야채스톡을 섞은 것이다. 그리고 기름을 좀 쓴다. 팬에 양념과 육수와 떡을 넣기 전에 양파와 양배추를 볶으면서 식용유를 쓰고, 막판에 깻잎을 올린 뒤에 향을 내기 위해서 들기름을 살짝 입힌다. 완성된 떡볶이는 오목한 그릇이 아닌 평평한 접시 위에 놓인다. 그 떡볶이에 떡은 있지만 어묵은 없다. 임재석이 만드는 떡볶이는 '비건 떡볶이'다.

임재석의 '비건 떡볶이'는 사실 일반적인 떡볶이라기보다는 면이 떡으로 대체되고 고추장 약간이 더해진 오리엔탈 퓨전 파스타에 가깝다. 재료 선정과 조리법부터 플레이팅에 이르기까지 모든 것이 떡볶이의 관습으로부터 한참 동떨어져있다는 뜻이다. 이 낯선 떡볶이와 토마토 사전 조리법은 임재석이 집에 있는 여러 비건 레시피북 가운데 하나, <이렇게 맛있고 멋진 채식이라면>(생강 지음, 동아일보사, 274쪽)을 열어서 모방하고 살을 붙인 결과다. 이제는 책을 열지 않아도 된다. 레시피를 외울 만큼 만들어봤다. 나아가 이제는 응용도 한다. 크러시드 페퍼, 카옌페퍼, 파프리카 파우더 같은 이국의 향신료는 맛과 향을 조금 더 강화하기 위해 임재석이 자신의 아이디어로 추가한 재료다.

임재석의 집에는 왜 비건 레시피북이 많을까. 임재석은 왜 이런 방식으로 떡볶이를 만들까. 꽤 오랜 기간 비건은 임재석의 관심사였다. 그리고 현재 비건은 임재석의 사업이다.

왜 비건이었을까

내가 샐러드 드레싱을 만들려고 화이트와인 비네거를 꺼낼 때마다, 베이킹을 하면서 각종 견과류를 반죽에 섞을 때마다 나는 갑자기 전문가로 돌변했던 내 친구의 진지한 표정과 낯선 말투를 떠올린다. 두 재료 모두 내가 임재석한테 적당히 의견을 구한 뒤에 사서 현재까지 매우 잘 쓰고 있는 것인데, 그 상담과 거래가 이루어진 장소는 서울 해방촌의 비건 식료품점 '비건 스페이스'다. 8평 남짓 되는 작은 슈퍼마켓으로, 2018년 여름부터 임재석을 임사장으로 만들어준 곳이다. 정오에 문을 여는 곳이고 사는 곳과 가까워서 매일 오전 11:50에 스쿠터로 출근하고 있는데, 이렇듯 임재석은 직장인에 비해 늦게 일을 시작하는 자영업자이긴 하지만 늦잠을 즐기는 유형은 아니다. 출근 전에 요가를 한다. 여자친구 김현지의 설득에 못 이겨 요가원에 처음 나간 날, 임재석은 허둥지둥 겨우 수업을 따라가면서 왜 이런 불필요한 고생을 해야 하나 싶어서 김현지를 원망했지만 얼마 지나지 않아 1년 치 회원권을 끊었다. 얼마 전 스쿠터를 타다가 넘어지는 바람에 허리를 다쳐서 한 달간 요가를 쉬었더니 답답해 죽을 지경이었지만 이제는 다시 할 수 있을 만큼 괜찮아졌다고 하는데, 병원에 안 가고 스스로 내린 진단이라서 믿어도 되는 말인지 잘 모르겠다. 어쨌든 현재 허리가 좀 부실한 임재석은 국내에 아직 몇 개 없는 비건 전문 식료품점의 대표이며 동시에 요가 열정가다.

사업이 있기 전에 임재석은 서울 이태원에 위치한 어느 외국 식재료 유통사에서 일했다. 호주에서 워킹 홀리데이를 마치고 돌아왔을 때, 일반적인 직장과 다른 공기 속에서 영어를 쓰면서 일할 수 있는 환경을 탐색하다가 발견한 곳이다. 매장을 찾아오는 손님부터 동료까지 대부분이 외국인이었던 까닭에 하루 종일 영어만 쓰면서 일하는 게 자존감 유지에 도움이 많이 됐다. 한국인이 좀처럼 쓰지 않는 다양한 외국산 식재료를 발견하는 과정도 즐거웠고, 손님한테 제품을 권하려면 제품의 특징을 제대로 파악해야 하니 공부도 많이 했는데 여기서도 재미를 느꼈다. 아르바이트로 시작해서 나중에 직원으로 채용되기까지 임재석은 거기서 비건 제품만 찾는 외국인 손님을 자주 봤다. 그런 손님을 잘 상대하는 동료 하나도 외국인이었고 비건이었다. 동료와 고객으로부터 비건에 대한 구체적인 정보를 차차 흡수한 임재석은 여기서 사업적인 전망을 보게 되었다. 비건이 늘고 있다고는 하지만 비건 전용 서비스는 아직 드물다. 국내에서 외국인 대상으로 비건 용품만 전문으로 취급하는 매장은 더 희박하다. 이것이 '비건 스페이스'를 시작한 배경이다. 아직 운영한 지 1년이 채 되지 않았지만 다행히 성장과 유지를 말할 수 있는 상태다. 고객 비율은 외국인 반, 한국인 반이다.

제품으로서의 비건을 말할 수 있기 전에도, 임재석의 무의식 안에는 먹는 것에 대한 약간의 윤리 감각이 형성되어있었다. 20대 초반에 발견한 한 잡지 때문이다. 폐간된 지 오래된 환경 잡지로, 제호는 <유나이티드 어스United Earth>다. 줄여서 <UE>라고 불리던 그 잡지는 임재석의 기억에 따르면 "범지구적 관점에서 기아와 환경오염, 채식을 비중 있게" 다뤘다. 친환경이니 유기농이니 비건이니 하는 개념이 머릿속에 없었던 시절에도 그 잡지는 참 흥미롭게 읽혔고, 그러다가 독자의 의견을 길게 써서 보내봤더니 두 번이나 실렸다. 그땐 그냥 뿌듯하기만 했는데 최근 몇 년 사이 관심이 그쪽으로 몰려있어서 그 잡지 생각이 많이 난다. 요새는 잡지 대신 책을 읽는다. 내게도 한 권

권했다. 축사 현장의 끔찍한 실상을 다룬 책인 <고기로 태어나서>(한승태 지음, 시대의창)다.

이렇듯 비건 식품 전문 매장을 운영하면서 요가까지 하는 임재석이 아마도 가장 많이 듣게 되는 질문 하나는 "그래서 비건인가요?"일 것이다. 사업가로서 이 질문에 거짓 없이 답하려면 고민이 좀 필요하긴 하지만 임재석은 솔직하게 말하기를 택하고 있다. 임재석은 비건이 아니다. 보다 정확하게 말하자면 비건을 실천하려고 노력하는 쪽에 가깝다. 밖에서 여러 사람과 고기를 먹을 일이 생겼을 때 완벽하게 거부하진 못하지만 고기를 스스로 사는 일은 없다. 해산물도 사지 않는다. 빵을 먹는 순간 빵의 재료가 무엇인지를 생각하면 괴로워지지만, 계란과 유제품을 사는 일은 전에 비해 많이 줄었다. 사업을 시작하기 전부터 각종 비건 페스티벌에 다녀오곤 했고, 비건이면서 요가와 함께 바람직한 삶의 태도를 가르치는 지도자의 일일 수업 또한 자주 찾아다녔다. 빵과 치즈 때문에 자주 실패하지만 주 1회 정도는 비건으로 살자는 약속도 여자친구 김현지와 했다.

육류와 유제품 유통을 둘러싼 야만을 접하고 충격에 사로잡혀 각성의 의지를 다진다고 한들 비건에 대한 사회적 고려가 충분하지 않은 환경에서 식습관을 갑자기 통째로 바꾼다는 것은 사실 쉽지 않은 일이다. 게다가 일이 바빠지면 먹는 것에 소홀

해지기 마련이고 그럴수록 비건은 더 힘든 과제가 된다. 그래도 임재석은 시간을 길게 두고 노력하려고 한다. 장을 볼 때 야채를 더 많이 산다. 공산품의 경우에는 성분 표시를 꼼꼼하게 살핀 뒤에 산다. 비건 레시피도 많이 참고하고 있다. 책을 펼쳐 몇 차례 만들다가 결국 레시피를 외우고 응용하게 된 '비건 떡볶이' 또한 그 노력의 일환이다.

맛있는 건 나중에

떡볶이의 날로부터 몇 달이 지났다. 임재석의 '비건 떡볶이'는 가까운 친구를 통해 한 끼로나마 비건을 체험했다는 점에서 윤리적 만족감을 안겨줬을뿐더러 맛까지 훌륭했고, 그 김에 나는 그날의 떡볶이 요리사가 들려준 먹거리에 대한 진지한 고민과 태도에 대해서도 들었지만 딱 거기까지였다. 그날의 인터뷰는 사실 부실했다. 떡볶이라는 핵심 이슈와 무관한 잡담과 농담이 너무 길었다. 그러느라 본분을 다 까먹고 물어야 할 것을 묻지 못했다. 언제나 그렇지는 않지만 친구랑 일하면 때때로 이렇게 된다.

뒤늦게 정신을 차리고 떡볶이 콘텐츠를 보충하기 위해 떡볶이를 사 들고 임재석의 집에 다시 찾아가기로 했다. "이번엔 어디서 볼까? 신당동? 아니면 집?" 하고 묻는 내게 "그럼 우리 집에서 신당동 떡볶이를 먹으면 되죠" 하는 보조 인물 김현지의 적절한 답을 따른 것인데, 그렇게 약속을 확정하던 중에 집에 누가 또 있다길래 나는 약속 당일 신당동에서 즉석 떡볶이 2인분과 김밥 2인분을 포장해서 가져갔다. 집에 있다던 누군가, 그래서 우리와 함께 떡볶이를 먹게 된 누군가는 외국인이었다. 이 등장인물의 비중은 별로 크지 않지만 그래도 갑자기 외국인과 떡볶이를 먹게 된 배경을 좀 설명하고 넘어가야 할 것 같다.

김현지는 앞서 말한 것처럼 임재석의 여자친구다. 둘은 함께 살고 있다. 둘이 사는 그 집에 다른 사람도 (잠깐씩) 산다. 임재석 김현지가 사는 집은 이른바 '셰어 하우스'다. 세계인이 사용하는 숙박 전문 플랫폼에 등록된 그들 호스트의 집에 그간 수많은 게스트가 다녀갔다. 내가 떡볶이를 들고 그들의 집에 찾아간 시점에는 카리브해에 위치한 프랑스령 섬나라 마르티니크 Martinique에서 온 청년 리처드가 한 달째 묵고 있었다. 한국에서 1년간 워킹 홀리데이를 하게 되었다는 리처드는 아직 한국어에 능숙하지 않지만 일자리를 얻기 위해서 배우는 중인데, 책과 함께 K-드라마를 어학 교재로 쓰고 있다면서 가장 좋아하는 대목을 휴대폰으로 보여줬다. <거침없이 하이킥>에서 나문희가 박해미에게 원망을 잔뜩 실어서 "호박고구마!" 하고 외치는 그 유명한 장면이다. 다 같이 떡볶이를 들기 시작했을 때만 해도 내가 방금 전까지 전혀 몰랐던 나라에서 온 리처드가 떡볶이라는 매운 한식을 제대로 먹을 수 있을까 걱정했지만, 호박고구마에 빵 터지는 싱거운 애라는 것을 알고는 긴장을 풀 수 있었다.

그런 리처드는 즉석 떡볶이의 마지막 코스 볶음밥까지 두루 맛보고 난 뒤 떡볶이보다 김밥이 더 맛있다고 말했고, 이 떡볶이의 출처 신당동이 어떤 곳인지를 설명하는 우리에게 "떡볶이 월드?" 하고 올바른 이해의 신호를 보냈으며, 자기 나라에서 유명한 술이라면서 사탕수수로 만든 럼을 내게 한잔 권한 뒤에 자기 방으로 들어갔다. 리처드는 퇴장하면서 김현지로부터 한국어 교정을 받았다.

"아직 배불러."

"아직이 아니라 이제."

붙임성이 매우 좋은 리처드는 자리를 뜨기 전에 며칠 뒤에 대전에 갈 예정이라고 내게 자랑했다. 임재석 김현지 커플이 계획한 당일치기 대전 여행에 끼게 된 것인데, 아마도 그들 여행의 가이드는 임재석이 될 것이다. 여행 코스가 대단히 거창하지는 않을 것이다. 대전에서 나고 자란 임재석에 따르면 대전은 그 유명한 빵집 '성심당'을 제외하면 외지인이 놀러 와서 먹는 게 딱 세 가지에 불과한 단조로운 도시다. 그 세 가지 음식은 두

부 두루치기와 칼국수, 그리고 떡볶이다. 각각의 음식을 취급하는 유명한 맛집이 있는데 그 가운데 떡볶이 맛집의 이름은 '바로 그 집'이다. 임재석은 10대 시절 옷을 사러 시내에 나갔다가 쇼핑을 마치고 거기에 두어 번 들른 적이 있다. 양념이 굉장히 진했다는 것을 기억하고 있고, 사람이 늘 많았다는 것도 안다. 그때부터 유명했던 곳이기도 하면서 지도 없이 찾아갈 수 있을 정도로 익숙한 곳이기도 하지만, 뭘 찾아 먹으러 적극적으로 이동할 수 없었던 시절에 다녀갔기 때문에 그 집의 떡볶이가 정말로 훌륭한지를 당장 말하기는 어렵다. 그런데 이 떡볶이 인터뷰를 계기로 맛을 제대로 평가해야겠다는 욕구가 갑자기 생겼다. 게다가 맛 평가단의 멤버 구성도 적절하다. 임재석은 곧 자신보다 떡볶이를 좋아하는 김현지, 그리고 자신과 비교해 떡볶이 경험이 매우 얕은 리처드와 함께 곧 대전의 명물 음식을 객관적으로 검토할 예정이다.

임재석이 고향 대전에 간다고 해도 그 유명한 집과 달리 재방문을 확신할 수 없는 떡볶이집이 두 개 있다. 여전히 자리를 지키고 있을지 잘 모르겠다. 하나는 임재석이 다닌 고등학교 앞에 있던 떡볶이집으로, 거긴 땅콩이 들어간 이색 떡볶이를 팔았다. 떡볶이와 땅콩이라니, 맛에 있어서나 식감에 있어서나 나로서는 조화를 좀처럼 상상하기 어렵지만 임재석은 "생각보다 고

소해서" 자주 먹었다. 사실 그 떡볶이집을 떠올리는 순간 땅콩을 압도하는 기억은 따로 있다. 대략 짐작 가능했던 사장의 연령대다. 그 시절 임재석은 그 떡볶이집 사장보다 젊은 식당 사장을 본 적이 없다. 그런데 그 집 사장은 "지금의 내 나이일 것 같은" 젊은 여성이었고, 작은 체구에 단발머리였다는 것까지도 기억난다. 반면 사장의 이미지가 아니라 순수하게 맛과 재료로 기억되는 떡볶이도 하나 있다. 초등학교 시절에 살았던 아파트 단지 내 상가에 분식집이 하나 있었다. 그때는 의문 없이 골고루 다 먹어보긴 했지만 돌이켜보니 그 분식집은 메뉴 구성이 좀 별났는데, 주 고객층의 취향을 잘 읽은 전략으로 보인다. 순대는 없었지만 떡볶이가 있었고 햄버거도 있었다. 임재석은 그 분식집의 햄버거보다 떡볶이를 더 좋아했다. 떡볶이를 주문하면 계란이 나왔기 때문이다.

"늘 떡볶이부터 먹고 계란을 나중에 먹었어요. 소중한 건 마지막에 먹는 거니까. 급식 먹을 때도 그랬어요. 좋아하는 반찬이 나오면 아껴놨다가 마지막에 먹었어요."

"친구랑 갔겠지? 얼마나 자주 갔어?"

"동네 친구랑 일주일에 세 번씩 갔던 것 같아요."

"진짜 좋아했네. 근데 계란은 몇 개 나왔어?"

"친구랑 계란 나눠 먹은 기억은 없으니까 머릿수대로 나왔던 것 같아요."

"계란까지 있었으면 가격이 좀 나갔을 것 같은데, 얼마였는지 기억나?"

"2,500원이었나?"

임재석이 계란을 소중하게 여겨 아껴 먹던 시대는 1990년대 중후반이다. 그 시대에 초등학생이 2,500원짜리 떡볶이를 주 3회 먹는 게 과연 수월한 일이었을까, 그런 귀족 같은 군것질을 과연 부모가 허용했을까 하는 의문을 나누려던 차에, 인천 출신으로 임재석보다 1년 늦게 태어난 김현지가 적절하게 끼어들었다. 그러더니 그들 사이에서 이상한 흥정이 시작되었다.

"그렇게 비쌀 수가 없는데. 나 그때 떡볶이 한 접시 500원에 먹었어. 접시에 비닐 씌워서 나오는 거. 그때 물고기 모양 달고나는 100원이었어."

"그럼 1,700원쯤 했나?"

"그것도 비싼데."

"그럼 1,500원으로 할까?"

"그게 1인분이라고?"

"그럼 2인분으로 할까?"

"돈 나눠서 냈어?"

"몰라. 그랬나?"

김현지는 이처럼 나를 대신해서 임재석이 제시한 불확실한 단서들로부터 현실적인 답을 끌어내는 집요한 떡볶이 인터뷰어로 돌변하기도 했지만, 사실 임재석 이상으로 풍요로운 과거를 나눠준 떡볶이 인터뷰이이기도 했다.

어린 날부터 좋아하긴 했지만 떡볶이를 둘러싼 김현지의 "유의미한 기억"은 고교 시절부터다. 김현지는 그 시절 야간 자율학습이 시작되기 전에 학교 앞에서 즉석 떡볶이를 먹곤 했는데, 볶음밥을 잊는 일은 없었다. 나는 과연 그게 가능했을까 싶었다. 김현지는 나를 언니라고 부른다. 그래 봐야 우리는 여섯 살 차이 나는 관계다. 그리고 우리는 같은 지역의 이웃 학교에서 학창 시절을 보냈다. 내게 그 시절에 야자 전에 주어진 저녁 식사 시간은 고작 30분이었는데, 우리 사이에 6년이라는 시간차가 있다고는 하지만 김현지의 조건도 크게 다르지 않았을 것이다. 그런데 지역이 같아도 입지의 차이 때문인지 떡볶이 황무지에서 학교를 다닌 운 없는 나와 달리 김현지는 떡볶이 인프라가 잘 구축된 환경에서 3년간 별 어려움 없이 "볶음밥까지 다" 먹을 수 있었다. 그 즉석 떡볶이집은 30분 뒤 교실로 돌아가야 할 주 고객이 마지막 코스까지 후딱 먹을 수 있게끔 완벽하게 세팅되어있었기 때문이다. 거긴 그런 효율적인 운영 덕분에 늘 붐볐고, 몇 년 지나지 않아 옆에 후발 주자 즉석 떡볶이집이 생겼다. 한편 그 시절의 김현지는 즉석 떡볶이 말고도 컵볶이도 좋아했다. 전자가 끼니였다면 후자는 쉬는 시간마다 학교의 철제 담장을 사이에 두고 거래되는 간식이었는데, 그걸 못마땅하게 여긴 학교가 담장을 시멘트로 발라놓기 전까지 자주 먹었다. 내게는 중학교 시절의 호떡이 똑같은 방식으로 거래된 뒤에 똑같이 금지된 간식이었다는 것이 생각났지만 어쩐지 이런 것으로 막 맞장구치고 싶지는 않았다.

김현지가 대학생이 된 뒤에 만난 떡볶이는 투쟁의 대상이었다. "술 마시려고 몇천만 원이나 내고 다닌" 학교 정문 앞에 일명 '김떡순' 포장마차가 여러 개 있었다. 그런데 언제인가 학교 측이 주변 거리를 깨끗하게 조성한다며 그 포장마차를 다 내몰기로 했다는 소문이 돌았다. 학우들의 입장이 갈렸다. 누군가는 포장마차 사장은 납세의 의무를 다하지 않는다고 비난했고, 김현지처럼 그 포장마차에 자주 드나들었던 "온정주의자들"은 보존해야 할 생존권을 이야기했다. 이는 당시 온라인에서도, 보다 구체적으로 말하자면 디시 인사이드 내 해당 대학교 갤러리에서도 불이 붙은 이슈였다. 김현지는 그 시절 종종 밤을 샜다. 떡볶이를 공급하는 포장마차 점주의 입장을 변호하기 위해 "새벽까지 '키배'를 뛰느라" 그랬다. 김현지가 졸업할 때까지 그 포장마차는 논쟁의 대상이기만 했지 철거되지는 않았다. 이제는 다

사라졌지만 언제 어떻게들 떠났는지는 모른다.

임재석은 내게 떡볶이 요리사다. 임재석과 함께 사는 김현지는 내게 떡볶이 열정가로 보인다. 나는 떡볶이 요리사에게 묻지 않은 것을 떡볶이 열정가에게 물었다. 김현지는 언제 자신이 떡볶이를 좋아한다고 자각하게 됐을까. 김현지는 그 시점을 정확하게 특정하지 못했다. 하지만 그 질문이 자신이 어떤 사람인지를 갑자기 돌아보게 만든 것 같았다. 김현지는 돌이켜보니 "떡볶이와 튀김과 순대를 시키면 언제나 떡볶이를 마지막에 먹는 사람"이었다. 어린 날의 임재석이 떡볶이 속 계란을 가장 마지막에 먹었던 것처럼, 김현지는 지금까지도 떡볶이 패키지를 먹을 때면 가장 소중한 것을 아껴둔다. 김현지의 표현에 따르면 다른 것부터 "클리어"한다. 떡볶이가 "피니시"가 되어야 하기 때문이다.

레시피 맹신자

우리가 나눈 임재석의 '비건 떡볶이'와 신당동 테이크아웃 떡볶이 사이에 다른 떡볶이가 하나 더 있다. 김현지가 대학 시절 정문 앞 포장마차 이상으로 자주 드나들었던 칼국숫집이 있는데, 칼국수 이상으로 즉석 떡볶이가 맛있는 곳이라고 하기에 같이 가보기로 한 것이다. 그날 임재석은 늦게 나왔다. 일부러 늦게 나왔다. 거긴 임재석이 김현지를 따라 이미 몇 번 다녀왔고 김현지의 동문인 임재석의 절친 하나가 좋아하는 집이기도 한데, 하지만 임재석의 관점에서 그 집 떡볶이는 그 학교 출신들의 "추억만 있고 맛은 없는" 것이다. 20대 초중반의 대학생이 맛에 대한 까다로운 기준이 형성되기 전에 싼값으로 허기를 채우기 위해 반복해서 먹다가 그냥 익숙해진 것에 불과하다는 것이 30대에 그 맛을 경험한 임재석의 분석이다. 따라서 또 먹어야 할 이유가 없으니 2차에만 합류하겠다고 했다.

이처럼 내 친구 커플이 해당 즉석 떡볶이를 각각의 감정과 이성으로 해석하는 것과 다르게, 내게 그 떡볶이는 남다른 반찬으로 기억된다. 단무지가 아닌 치킨 무가 나왔다. 아이디어가 신선했던 데다 떡볶이와 페어링도 괜찮았다. 맛에 대한 내 입장은 중립이다. 극찬도 비방도 마땅하지 않은 즉석 떡볶이의 평균 정도로 정리할 수 있겠다. 맛 이상의 강점은 가격이다. 대학가라서 그랬을까, 소주까지 마셨는데도 계산하면서 현금을 내야 하는 것인가 잠깐 고민했을 만큼 쌌다.

이어진 2차 자리에서 이처럼 각각 상반된 시각으로 떡볶이의 맛을 따진 뒤에 우리의 화제는 떡볶이를 맛있게 만들려면 어떤 기술이 필요한가로 전환되었다. 임재석은 레시피에 대한 절대적인 믿음을 이야기했다. 집에 레시피북이 많다. 비건에 집중하기 시작한 뒤로는 더 늘었다. 그건 임재석의 오랜 요리 습관을 반영하는 컬렉션이기도 하다.

　임재석은 요리에 있어 검색 결과가 아닌 인쇄물을 훨씬 신뢰하는 편인데, 책 속 레시피에는 대체로 계량이 명시되어있기 때문이다. 임재석은 백종원 스타일의 종이컵이나 숟가락 같은 일상적인 도구가 아니라 예민한 전자저울과 촘촘하게 눈금이 붙은 계량컵을 선호한다. 그건 유통사 경력이 있기 전에 바리스타로 일하면서 일찍이 익힌 습관이기도 한데, 임재석에 따르면 계량이 깨알같이 표기된 레시피를 따를 경우 실패할 확률이 낮아진다. 그런 섬세한 자료를 공개할 수 있는 존재는 자신의 이름으로 레시피북을 출간할 수 있을 만큼 수없이 요리해봤을 셰프이거나 요리 열정가 개인이다. 아니면 또렷한 매출 목표가 있는 식품 기업이다. 그러니 그들의 검증된 조리법을 따르는 것이 더 나은 요리를 보장한다. 그러나 김현지는 임재석이 레시피에 집착하는 이유를 다음과 같이 냉철하게 분석한다.

　"왜 저러는지 알아요. 여자는 어린 시절부터 엄마 도우면서 대충이나마 요리를 익히잖아요? 그래서 감대로 해도 맛이 그럭저럭 나오는데 남자들은 그런 걸 안 해요. 그러다가 요리할 수밖에 없을 때가 되면 매뉴얼만 따라가는 거죠."

과거는 바꿀 수 없다. 하지만 우리는 과거를 비판적으로 돌아보면서 어제와 다른 오늘을 만들 수 있다. 임재석은 김현지보다 주방에서 보내는 시간이 훨씬 길다. 직접 만든 음식을 나눌 사람이 있다면 완성도에 신경을 써야 하는데, 그들 가정의 주방 담당자 임재석에게 현재로서 음식의 완성도를 보장하는 가장 합리적인 방안은 믿을 만한 레시피를 참고하는 것이다. 떡볶이도 마찬가지다. 우리가 함께 '비건 떡볶이'를 먹은 날도 그랬다.

임재석은 조리에 앞서 딱 2인분만 만들 것이라고 예고했다. 참고한 책의 레시피가 2인분 기준이라서다. 이를 준수하지 않으면 맛이 제대로 안 나온다는 것을 임재석은 경험으로 알고 있다. 임재석의 '비건 떡볶이'는 사실 상당한 시행착오의 산물이다. 식재료 소진에 목적을 두고 야채를 평소보다 많이 넣은 날이 있었고, 계량의 일부를 생략하고 고추장을 감으로 대충 넣었던 날도 있었다. 그런 날이면 어김없이 맛이 무너졌다. 임재석은 더는 그렇게 떡볶이를 만들지 않는다. 우리가 함께 모였던 떡볶이의 날이 있기 전에 레시피를 제대로 지킨 '비건 떡볶이'가 이미 호응을 얻은 날이 있었다. 김현지의 친구들이 밖에서 밥을 먹고 차 한잔하러 집에 왔던 날, 그들은 차 말고도 임재석의 '비건 떡볶이'를 받았고, 바닥을 긁었다. 밥을 충분히 먹고도 쑥쑥 넘어가는 맛있는 떡볶이를 만들려면 이처럼 조리의 규칙을 제대로 따라야 한다는 것이 임재석의 경험에 따른 주장이다.

그래서 임재석은 라면을 끓일 때조차도 봉지 뒷면을 꼼꼼하게 살펴본다. 거기 쓰여있는 레시피를 따라서 물도 맞춰서 넣고 타이머로 시간까지 재가면서 한다. 조리 순서도 좀 다르다. 물이 끓기 시작하면 수프부터 넣고 면을 넣는 일반적인 방식과 달리 임재석은 면을 먼저 넣은 뒤에 수프 봉지를 뜯는다. 그렇게 하지 않으면 끓는 물의 수증기로 인해 수프 봉지 입구에 분말의 일부가 달라붙어 재료가 소실된다. 따라서 면을 먼저 넣는 것으로 수증기를 일시적으로 차단해야 주어진 재료를 다 쓸 수 있다.

이렇게까지 정성을 다해 끓이고 있는 라면은 사실 임재석이 언젠가는 풀어야 할 어려운 숙제다. 임재석에 따르면 자신은 한때 가족 모두가 인정하는 정말로 아름다운 어린이였는데, 친형에 따르면 그렇게 예쁘던 아이가 라면을 너무 많이 먹어서 얼굴이 상했다고 한다. 우리 모두가 확인할 수 없는 과거의 라면은 이렇듯 농담의 소재일 수 있지만, 비건을 지향하는 오늘의 임재석에게 라면은 깊은 갈등의 대상이다. 고기와 해산물은 의식적으로 통제할 수 있지만 어린 날부터 열광했던 라면은 아직 끊기가 많이 어렵다. 선호는 변함없지만 그래도 감정은 좀 변했다. 습관대로 종종 라면 봉지를 뜯지만 요새는 먹고 나면 기분이 별로 좋지 않다. 여전히 맛있다는 것은 부정할 수 없지만 언제부턴가 만족보다 후회를 더 많이 느낀다.

두 사람의 떡볶이

임재석 김현지 커플의 이야기는 이 책 말고도 다른 책에 또 있다. 같은 저자가 같은 출판사를 통해 낸 책, 일하는 여성의 열 가지 운동을 다룬 <보통 여자 보통 운동>을 통해 요가 열정가 김현지를 소개했고, 김현지가 지난 몇 년간 이룬 일과 운동의 균형에 관해서 쓰면서 김현지의 삶에 대해서도 썼다. 김현지가 임재석을 어떻게 만나서 같이 살게 되었는지를 썼고 그 김에 내가 그들 커플과 어떻게 친구가 되었는지를 썼다. 딴 데다 쓴 걸 또 쓰는 것보다 내가 왜 이런 식으로 글을 또 쓰고 있는가를 쓰는 게 낫겠다.

어쩌다 보니 나는 실험을 계속하고 있다. 운동이 됐든 떡볶이가 됐든 명확한 주제를 정한 뒤에 내 친구들로부터 주제에 맞는 값진 이야기를 얻어내서 책으로 만드는 것이다. 발상과 진행에 따른 책임은 나의 몫이라서 결과에 대한 확신은 늘 부족하지만, 글감의 가치에 대해서는 조금도 의심하지 않기 때문에 지속할 수 있는 일이다. 나는 내 친구가 들려주는 이야기가 내가 모르는 우리 대다수의 이야기와 크게 다르지 않다고 믿는다. 우리는 일한다. 우리는 먹는다. 여기서 어떻게 일하고 무엇을 먹는가로 질문이 좁혀지면 내 친구의 이야기는 특별해지고 풍성해진다. 그러다가 일은 고단하고 미식은 짜릿하다는 일관된 통찰에 이르는 순간, 내 친구의 이야기는 보편성을 얻는다. 나는 떡볶이를 통해 조금씩 다르지만 결국 같은 우리의 삶을 나누고 싶었다.

비건 식료품점을 운영하는 개인 사업자 임재석의 관심사가 진보적이고 대안적인 먹거리와 그에 따른 매출이라면, 일반 직장인 김현지의 오랜 관심사는 이직이거나 퇴직이다. 혹은 휴가와 여행이다. 정오에 문을 여는 임재석의 업장은 평일 오후 아홉 시까지(주말은 일곱 시까지) 운영되고 월요일 휴무다. 김현지는 일에서 어떤 만족도 느끼지 못하지만 주 5일 '나인 투 식스'가 보장되는 직장에 다니고 있어서 퇴사라는 화끈한 결단을 내리지 못하고 있다. 이렇듯 둘은 출퇴근 시간도 다르고 쉬는 날도 다르다.

임재석은 몇 달 전부터 일요일에 아르바이트생을 고용하고 있다. 일주일에 하루 정도는 김현지와 통으로 시간을 보내야 한다고 느껴서다. 돌이켜보니 몇 년을 연애하고 함께 사는 동안 크리스마스도 같이 보낸 적이 없었다. 이는 그간 커피부터 공산품 유통까지 휴일에도 운영되는 매장을 중심으로 쌓아왔던 임재석의 경력 때문이기도 하고, 김현지의 경우 휴일이 몰려있는 시기에 어떻게든 휴가를 붙여 써서 혼자 여행을 하는 것으로 고달픈 노동에 대한 보상을 스스로 해왔기 때문이다. 그러다가 지난해 처음으로 둘이 함께 크리스마스를 보냈다. 그 특별한 성탄절을 앞두고 김현지가 내게 상담을 요청해왔다.

"언니, 신당동 떡볶이집 추천 좀."

내가 아는 신당동 떡볶이집 몇 군데의 특징을 나열해 선택권을 준 뒤 그들 커플에게 그 특별한 날에 왜 떡볶이가 선정되었는가를 물었다. 임재석에 따르면 특별한 날에 특별한 음식을 찾아 먹는 관계가 아니라서 특별한 절차 없이 합의에 이른 메뉴다. 사실은 양보의 결과로 선택된 메뉴다. 임재석도 떡볶이를 잘 먹기는 한다. 떡볶이라는 본질보다는 떡볶이집 사장의 이미지가 더 선명하고 계란을 더 소중히 여기긴 했지만 그래도 어린 날 드나들던 단골 떡볶이집이 몇 개 있었고, 김현지를 만나기 전에 혼자 자취하던 시절에는 집으로 돌아가는 길에 근처 포장마차에 들러 후딱 떡볶이 한 접시를 비우는 날도 있었다. 그렇지만 김현지만큼은 아니다. 이를테면 김현지처럼 친구들과 함께 날을 잡고 떡볶이를 먹으러 간 적은 굉장히 드물다.

최근 갑자기 그런 일이 생기기는 했다. 임재석과 휴일이 같은 친구 하나가 자기가 사는 동네에 엄청 맛있는 떡볶이집이 있다면서 데려갔다. 일명 '북가좌동 할머니 떡볶이'라고 불리는 곳인데, 간판이 없는 허름한 반지하 매장에서 할머니가 오후 여섯 시 반까지 운영하고 있다. 사람들이 모를 만한 곳에 있는데도 손님이 끊이지 않아서 놀랐고, 밀떡으로 만든 떡볶이가 꽤 쫄깃하고 맛있어서 더 놀랐던 임재석은 친구랑 만족스럽게 떡볶이를 먹고 한 접시를 더 주문해 포장해 집으로 가져갔다. 그건 김현지의 몫이었다. 그렇게 싸 왔더니 퇴근하고 돌아온 김현지가 전자레인지에 돌려서 잘 먹더라는 후일담이 이어졌을 때, 나는 문득 그간 우리 사이에 단 한 번도 없었던 느끼한 질문이 필요하다고 느꼈다.

"현지를 사랑해서 그렇게 챙겨 온 거야, 아니면 단순히 현지가 떡볶이를 좋아하기 때문인 거야?"

"음. 현지가 떡볶이 좋아하니까요."

나는 인터뷰를 토대로 글을 쓴다. 보다 원활한 진행을 위해 사전에 촘촘한 질문지를 작성하면서 시작하지만 때때로 원하는 답을 유도하기 위해서 의도가 빤히 보이는 낯 뜨거운 질문을 기습적으로 던진다. 치밀한 인터뷰어가 아니라서 작전을 들킬 때도 있고, 눈치 없는 질문으로 인터뷰이를 곤란하게 만들기도 한다. 임재석은 뜬금없이 날아온 직구에 잠깐 당황한 것 같았지만 내가 부린 뻔한 수작에 순순히 넘어가지는 않았다.

　나는 사실을 기록한다는 직업의식을 바탕으로, 프로답지 못한 것이 좀 부끄럽긴 하지만 인터뷰어로서 실패한 질문과 인터뷰이의 민첩한 대응을 그대로 썼다. 하지만 진짜 쓰고 싶은 건 따로 있다. 임재석과 김현지의 친구로서 그간 쭉 관찰해왔다가 떡볶이를 계기로 확신을 얻은 진실이다. 사랑을 말하지 않는다고 해서 사랑이 아닌 것은 아니다. 떡볶이를 챙겨주는 것이 사랑이다.

                                        2018년 7월, 2019년 3월

세상에
똑같은 떡볶이는 없다

심송주의 12분 떡볶이

**오늘의 떡볶이 요리사
심송주는,**

2019년 기준 30대 초반이다. 대학생이다. 2000년대 중반 서울에서
보낸 10대 시절에 500원짜리 컵볶이를 즐겨 먹었다. 요새도 수업이
끝나고 집으로 돌아오는 길에 떡볶이 노점에 들른다. 어머니에게 배운
방식으로 집에서 종종 떡볶이를 만든다. 자신보다 떡볶이를 덜 좋아하
는 배우자와 산다. 요리를 좋아하지만 시간이 넉넉하지 않아서 주 2회
가량 한다.

심송주의

12분 떡볶이 만들기

재료

- 홈플러스 좋은 상품 우리쌀 떡국 떡 적당량
- CJ 안심 부산 어묵 얇은 사각 적당량
- 양념) 2017년 어머니로부터 받은 고운 고춧가루, 청정원 미원 맛소금, 물엿, 설탕 적당량
- 야채) 대파 1.5개

소요 시간

- 12분

조리법

1. 대파를 약 2cm 길이로, 어묵을 약 2×3cm 크기로 썬다.

2. 냄비에 생수 400ml가량을 넣고 강불로 끓인다.

3. 물이 끓으면 고춧가루를 적당량 넣는다.

4. 설탕, 물엿, 맛소금 적당량을 넣으면서 간을 본다.

5. 대파, 어묵, 떡을 차례로 넣고 떡이 부드러워질 때까지 끓인다.

세상에 똑같은 떡볶이는 없다. 밖에서 먹는 떡볶이의 맛이 항상 다른 것처럼 가정의 떡볶이도 다 다르다. 떡볶이의 재료는 대체로 비슷한 편이지만, 맛은 어떤 핵심 재료를 얼마나 넣고 빼는가에 따라 갈리기도 하고 그 재료가 어디서 왔느냐에 따라 갈라지기도 한다. 그 밖에도 조리 도구 및 환경부터 조리 당사자의 경험치 및 숙련도 차이에 이르기까지 맛을 가르는 다양한 기타 요건이 있을 것이다. 이 당연한 전제는 이 책의 출발이 된 중요한 동기이자 앞으로 이 책이 보여주고자 하는 목표 가운데 하나다.

그 목표를 이루기 위해서는 나와 소통 가능한 떡볶이 요리사 여러 명이 필요하고, 그들을 떡볶이 요리사라고 명할 기준도 필요하다. 동물 요리사가 등장하는 픽사 애니메이션 <라따뚜이>가 일찍이 아름다운 희망을 준 것처럼 누구나 요리사가 될 수 있다. 요리사 되기의 과제가 떡볶이이고 도전자가 평범한 한국인 성인이라면 결론은 보나 마나 합격이라는 나의 확신 또한 이 책의 중요한 기둥이다.

그런데 심송주를 만나서는 다음 단계의 질문이 필요했다. 더 맛있는 떡볶이는 어떻게 나오는 것일까. 결론부터 사실대로 말하자면 답을 제대로 구하지 못했다. 심송주는 떡볶이를 정말 잘 만든다. 그렇다고 해서 심송주의 레시피를 맹신해서는 안 된다. 심송주의 레시피에 문제가 있다는 뜻이 아니라 레시피라는 것 자체의 본질적인 한계를 말하는 것이다. 레시피는 조리의 과정을 돕는 도구일 뿐이다. 똑같은 레시피로 요리한다고 해도 사용자의 습성과 환경은 저마다 다르기 마련이니 한결같은 결과를 보장할 수 없다. 따라서 세상에 똑같은 떡볶이는 없다. 다만 내가 관찰하고 경험한 특별한 떡볶이가 있을 뿐이고, 떡볶이 요리사가 내게 들려준 과거와 현재를 종합해 그 맛이 어디에서 왔는가를 대강 짐작할 수 있을 뿐이다.

심송주의 떡볶이에는 고추장이 들어가지 않는다. 심송주 말고도 앞으로 만나게 될 떡볶이 요리사 가운데 고추장을 넣지 않은 경우가 있긴 하다. '5만 원짜리 떡볶이' 요리사 송준혁이 그렇다. 그러나 둘은 접근 방식이 다르다. 송준혁은 고추장을 생략한 대신 다른 재료를 많이 썼다. 반면 심송주가 만드는 떡볶이는 꽤 단출한 편이다. 양념 재료로 고춧가루와 맛소금만 쓰인다. 각 양념 재료의 출처는 다르다. 심송주가 쓰는 맛소금은 쉽게 구할 수 있는 것이지만 고춧가루는 그렇지 않다. 야채는 대파만 들어간다.

심송주는 이러한 단순한 재료 선택으로 인해 조리 시간을 폭발적으로 단축할 수 있었다. 딱 **12분** 걸렸다. 이 책에 등장하는 열 명의 떡볶이 요리사 가운데 떡볶이 조리에 최단 시간을 쓴 경우다. 나는 이것이 심송주가 만드는 떡볶이의 핵심 기술이라고 보았다. 그렇게 해서 심송주의 떡볶이는 '**12분** 떡볶이'가 되었다.

심송주의 '**12분** 떡볶이'를 먹고 집에 돌아온 날 나는 마트 애플리케이션을 열어 몇 가지 재료를 주문했다. 일단 미원 맛소금을 샀다. 심송주가 썼던 것과 똑같은 어묵을 샀다. 대파를 사서 심송주와 똑같은 방식으로 잘랐다. 정말로 **12분** 만에 그 맛을 낼 수 있는지가 궁금해서 도전한 실험이었지만 조리 시간과 재료의 일부는 같았으되 심송주의 '**12분** 떡볶이'와 같은 맛은 나오지 않았다. 심송주의 신속하고 특별한 떡볶이와 나의 실패를 돌아보기로 한다.

순식간에 뚝딱

"진짜? 고추장을 안 쓴다고?"

"송주가 하는 거 보니까 고춧가루랑 대파만 쓰더라고요. 근데 맛있어요."

우리 사이에 떡볶이 이야기가 처음 오갔을 때, 심송주의 배우자 변준호가 나서서 우리가 먹게 될 떡볶이를 예고했다. 나는 사실 설마 하는 마음이었다. 떡볶이에 고추장을 많이 쓰면 색은 탁해지고 맛은 텁텁해진다는 걸 알고는 있지만, 그래도 아예 안 쓰는 건 어쩐지 좀 불안하다고 느꼈다. 그러나 심송주의 '12분 떡볶이'를 먹고 다음 날 내가 같은 레시피로, 그러나 출처가 다른 재료로 시도해본 뒤에 알게 되었다. 고춧가루만 써도 된다. 그래도 떡볶이라고 할 만한 것이 나오기는 한다. 그러나 아무 고춧가루나 써선 안 된다.

심송주가 쓰는 고춧가루부터 점검해보기로 한다. 일반적인 것이 아니었다. 일단 고춧가루의 입자가 좀처럼 보이지 않았다. 파우더라고 말할 수 있을 만큼 고운 것이었고, 100% 용해 상태라고 말할 수는 없지만 그래도 물과 제법 잘 섞여 아주 새빨간 빛을 냈다. 듣자 하니 그 고춧가루는 귀한 것이다. 심송주의 어머니가 구해온 것이다.

심송주의 어머니는 어느 날 동네 식당에서 색도 곱고 맛도 좋은 깍두기를 먹은 일이 있다. 식당 측에 깍두기의 레시피를 물었고, 그 색과 맛의 비결이 식당 사이에서 거래되는 업소용 고춧가루에 있다는 것을 알게 됐다. 이어서 어머니는 식당으로부터 고춧가루의 일부를 샀다. 일부라고는 해도 식당이 아닌 가정의 기준에서는 넉넉한 양이라서 가족과 나눴고 그러고도 남아서 2018년 김장까지 그걸로 다 했다. 덕분에 심송주 집안은 그해 겨울 색도 곱고 맛도 훌륭한 김치를 먹을 수 있었다. 이 이야기의 끝은 좀 많이 아쉽다. 그 고춧가루는 업자들 사이에서 여전히 유통되고 있을 테지만 우리 선에서 찾을 수 있는 길은 막혔다. 해당 식당이 문을 닫았기 때문이다.

그 특별한 고춧가루를 제외하면 심송주의 '12분 떡볶이'는 거창할 것이 없다. 물을 제외하고 고춧가루, 설탕, 물엿, 맛소금, 대파, 어묵, 떡까지 딱 일곱 가지 재료가 쓰인다. 멸치 육수도 내지 않는다. 마늘도 안 쓴다. 심송주의 '12분 떡볶이'는 재료도 단순하지만 조리법도 단순하다. 그냥 모든 재료를 차례대로 넣고 끓이기만 하면 12분 만에 완성된다.

만드는 과정을 지켜보면서 레시피를 적다가 나는 곧 혼란에 빠지고 말았는데, 그 혼란이 향후 등장하는 모든 떡볶이 레시피 기록의 기준이 되었다. 앞서 나는 레시피북을 토대로 모든 재료를 정확하게 계량해서 '비건 떡볶이'를 만든 임재석을 첫 번째 떡볶이 요리사로 만났다. 하지만 두 번째 떡볶이 요리사 심송주를 시작으로 아무도 그렇게 재료의 정확한 양에 신경 쓰지 않았다. 다행히 우리에게는 이를 잘 설명해주는 개념이 있다. '적당량'이다. 심송주의 떡볶이에는 모든 것이 적당량 쓰였다. 페트병에 담겨있던 고춧가루도, 봉지에 담겨있던 설탕도 숟가락으로 적당량 덜어 넣었다. 맛소금도 후추 뿌리듯 살짝 더했다. 그리고 중간중간 계속 간을 봤다. 그러나 과정이 단순하다고 해서 맛이 쉽게 나오는 것은 아니다.

"고춧가루랑 설탕만 끓이면 좀 밍밍하거든요. 그러다 대파랑 어묵 넣으면 그때 맛이 확 살아나요. 소금도 적당히 넣어야 하고요."

"방금 뿌린 거 맛소금 맞지?"

"맞아요."

"이것도 어머니가 주신 거야?"

"편의점에서 샀어요."

"혹시 맛의 비결이 이 맛소금에 있을까?"

"음. 글쎄요. 아마도 손맛? 헤헤."

그런데 그 손맛은 어디에서 나오는 것일까. 조리하는 동안 우리가 주고받은 말에 어쩌면 답이 있을지도 모른다.

"송주. 떡 이거 다 쓸 거야?"

"몰라요. 해봐야 알아요."

그때는 몰랐지만 해봐야 안다는 말이 어떤 의미인지 이제는 조금 알 것 같다. 요리하는 심송주의 손은 크지 않았다. 500g짜리 쌀떡의 30% 정도만 꺼내서 썼고, 200g짜리 어묵 한 봉을 뜯어서 다 썰긴 했지만 썰어둔 어묵을 다 넣지 않았다. 대파도 두 개 썰었지만 역시 적당량만 넣었다. 즉 심송주는 주어진 모든 재료를 처리하는 방식으로 떡볶이를 만들지 않는다. 심송주는 식재료의 적정량 또한 맛에 영향을 준다는 걸 잘 알고 있었다.

"이제 다 됐어요."

"뭐? 벌써?"

다 됐다는 말에 놀라서 시계부터 봤다. PM 7:12. 조리는 오후 일곱 시에 시작됐다. 그 빠른 호흡을 따라서 나도 순식간에 '12분 떡볶이'라고 이름을 지었고, 동시에 그 짧은 12분간 일어난 일들을 돌아보았다. 고추장을 안 써도 정말 괜찮은 걸까 내가 의심하는 사이 심송주는 일단 어묵과 대파부터 썰었고 그런 뒤에 냄비에 물을 올렸다. 물을 끓이기에 앞서 칼질부터 하면서 심송주는 평소엔 그냥 가위로 자르는데 내가 보고 있기 때문에 칼이랑 도마를 꺼냈다고 말했는데, 하던 대로 했다면 '10분 떡볶이'가 될 수도 있었다는 얘기다. 그렇게 후딱 조리를 마쳤기 때문에 양념이 쫀득해질 시간은 없었다. 심송주의 '12분 떡볶이'는 국물 떡볶이였다.

시식이 시작되었을 때는 그렇게 짧은 시간에 완성한 충만한 결과에 더 놀랐다. 육수는 없으며 야채는 대파뿐인 떡볶이가, 게다가 고추장 없이 고춧가루만 쓰인 떡볶이가 이렇게 맛이 꽉 차있다는 것을 믿기 어려웠다. 맵기와 달기도 아주 적당했고,

국물 또한 맛있어서 모두의 숟가락이 바쁘게 움직였다. 심송주의 배우자이자 그날의 요리 보조인 변준호의 맛 평가에 따르면 '12분 떡볶이'는 "뒷맛이 깔끔한 떡볶이"다. 잘못 쓰면 텁텁해질 수 있는 고추장을 생략하고 훌륭한 고춧가루로만 이룬 결과다.

그 12분간 잊은 건 계란 하나였다. 그날의 떡볶이 요리사가 잊은 것이 아니다. 진작 다 준비해놓고도 심송주의 요리를 도우며 손님맞이까지 하느라 바빠서 떡볶이와 함께 서빙하는 걸 그날의 계란 담당 변준호가 까먹은 것이다. 나도 집에서 떡볶이를 하면서 "맞다 계란" 하는 날이 많다. 가정은 항상 깐 계란이 준비되어있는 떡볶이 전문점과 같을 수 없다. 하지만 둘러앉아 함께 계란을 깨는 것도 재미라고 생각했다.

실패한 도전

어떤 좋은 음식을 먹고 나면 나도 똑같은 걸 만들고 싶다. 맛있으면서도 재료 구성과 조리법이 간단한 음식을 접했을 때 타오르는 일시적인 욕구다. 나는 이 책을 계기로 감동적인 떡볶이 열 접시를 얻어먹었지만 항상 그 욕구가 유지되지는 않았다. 얻어먹은 결과를 쓰느라 정신이 없기도 했지만 매번 '내가 뭐라고' 싶었을 만큼 모든 떡볶이 요리사가 정성스럽게 떡볶이를 만들어 대접했고, 그러느라 재료를 아끼지 않고 떡볶이를 만들었기 때문이다. 그 정성을 매번 똑같이 따라 할 엄두가 안 났다.

하지만 심송주의 '12분 떡볶이'는 상대적으로 장벽이 낮다고 생각했다. 정성이 들어가지 않아서가 아니다. 심송주는 우리가 약속한 떡볶이의 날을 앞두고 일주일 전에 실습을 마쳤다. 그날의 떡볶이 감별사는 심송주의 어머니였다. 나는 심송주의 어머니가 '통과'를 말한 떡볶이를 먹었다. 그런 검증을 거친 훌륭한 떡볶이가 내게 근거 없는 자신감을 준 건 매력적인 조리 시간 때문이다. '12분 떡볶이'는 유혹의 이름이다. 정말로 12분만 쓰면 그 맛이 나올 것만 같다. 망하기 전까지는 그렇게 생각하게 된다.

실패의 결정적인 이유는 예상했던 대로 핵심 재료의 차이였다. 앞서 말한 업소용 고춧가루다. 나는 심송주의 '12분 떡볶이'를 흉내 내면서 마트에서 파는 보편적인 고춧가루를 썼는데, 입자가 굵어 물과 잘 섞이지 않았다. 색깔도 달랐다. 심송주의 작품은 새빨갰지만 내가 만든 건 주황색에 가까웠다. 결과도 당연히 달랐다. 심송주의 '12분 떡볶이'는 쑥쑥 넘어갔지만 내가 타이머를 옆에 두고 12분간 만들었던 그 떡볶이는 국물은 싱거웠고 떡을 입에 넣자 잇몸이 따가웠다. 먹는 내내 고춧가루가 입에서 굴러다녔다. 재료가 좋으면 당연히 음식의 맛도 좋아지는데, 그러고 보니 고춧가루의 품질 또한 음식의 맛에 영향을 준다는 걸 참 오랫동안 모르고 살았다. 사실 고춧가루를 잘 몰랐다. 한국에서 그토록 흔한 고춧가루가 꽤 비싸다는 것도 독립하고 나서야 알았다.

나는 우리의 성공과 실패에 재료 선정 말고도 다른 명백한 이유가 있을 것이라고 확신한다. 재료를 사용하는 감각의 차이가 그것이다. 나는 심송주의 '12분 떡볶이'에 도전하기로 마음먹은 뒤에 난생처음으로 미원 맛소금을 샀다. 언젠가 '연두'를 얻어 와서 그걸 넣고 된장찌개를 끓인 적이 있는데 '연두찌개'가 나왔다. 나는 그날 이후 조미료처럼 느껴지는 어떤 것도 가까이 두지 않았다. 천일염, 젓갈, 설탕, 식용유 같은 일반적인 재료만 가지고도 그럭저럭 망하지 않고 결과를 만들 수 있었다. 손에 익은 재료로 손에 익은 요리를 반복한다면.

새로운 재료로 새로운 음식에 도전했다가 망하고 나서야 음식은 결국 손맛이라는 당연한 사실을 깨닫게 되었다. 재료 선정도 중요하지만 재료에 대한 감각은 더 중요하다. 똑같은 재료를 갖추고 똑같은 조리 순서로 요리한다고 해도 결과까지 똑같기는 어렵다. 연두찌개를 교훈 삼아 맛소금을 지나치게 소심하게 넣었는지 내가 따라 한 '12분 떡볶이'는 전혀 감칠맛이 나지 않았다. 맛소금 말고도 떡과 어묵과 설탕 등 다른 재료를 심송주가 얼마나 썼는지 나는 정확하게 알지 못한다. 우리가 쓴 대파의 길이도 달랐을 것이다. 심송주는 모든 재료를 '적당량' 넣었다. 적당량이라는 것은 요리를 학습하려는 자를 가장 곤란하게 만드는 불확실한 개념이다.

한편으로 나는 도구 문제도 있을 것이라고 생각했다. 우리가 각각의 떡볶이를 만들면서 사용한 조리 도구도 달랐다. 나는 코팅된 궁중 팬을 썼고 심송주는 스테인리스 스틸 소재로 만든 작은 냄비를 썼다. '휘슬러' 같은 값비싼 냄비였을 것이라고 기대하면서, 심송주에게 전화를 걸어 실패의 후일담을 전한 뒤에 냄비의 브랜드를 물었다. '레스까르고'라는 낯선 답이 돌아왔길래 어떤 브랜드인가 검색해봤더니 내 질문이 구차해졌다. 비싼 것이 아니었다. 요리를 잘하는 사람은 그리 멀지 않은 곳에 있고, 장인은 도구를 가리지 않는다. 재주가 없는 사람은 실패한 이유를 납득시키려고 자주 애쓰지만 잘하는 사람은 성공하는 이유를 때때로 잘 설명하지 못한다. 이를 나보다 먼저 눈치챈 사람은 '12분 떡볶이' 말고도 파스타부터 볶음밥에 이르기까지 심송주가 매번 빠르게 뚝딱 해내는 맛있는 음식을 지난 몇 년간 나눠왔던 배우자 변준호다.

"연애할 땐 바깥에서 더 많이 만났고, 가끔 송주네 집에 놀러 가면 부모님이 음식을 해주셨어요. 송주가 단독으로 요리하는 걸 본 적은 없었고요. 그래서 같이 살기 시작했을 때 음식 잘할 거라고 생각 못 했는데 매번 맛있는 거예요. 근데 어떻게 했는지 물어보면 맨날 잘 모른다고 해요."

자신도 잘 모른다는 심송주의 요리 감각은 어디에서 나왔을까. 돌이켜보니 심송주는 상당한 힌트를 줬다. 우리가 '12분 떡볶이'를 입에 물고 나눈 말 사이에 다 있었다. 심송주에게는 딸이 만든 '12분 떡볶이'를 검증한 어머니도 있지만, 어머니 이상으로 뜨거운 요리 열정가 아버지도 있다. 심송주는 어려서부터 집에서 좋은 걸 많이 먹고 자랐다. 그리고 가족 모두가 요리에 참여하는 바람직한 환경에서 자랐다. 훌륭한 요리사는 단기간에 만들어지지 않는다.

요리 유전자

우리 사이에 떡볶이 이야기가 처음 오갔을 때 심송주는 내가 내린 지침을 제대로 따르지 않았다. 이건 엄격한 맛 평가가 아니라 그냥 우리 삶에 떡볶이가 어떻게 녹아있는지를 살펴보는 자연스러운 과정이니까 하던 대로만 하면 된다고 나는 미리 강조해서 말해뒀지만, 심송주는 "책에 들어가는 거니까" 아무렇게나 해선 안 된다고 생각했다. 그래서 앞서 적은 것처럼 어머니와 함께 사전에 '12분 떡볶이'의 맛을 검증하는 절차를 밟았다. 사전 실습 당일 심송주는 어머니와 함께 밖에서 저녁 식사를 마친 뒤에 집으로 바로 돌아와 떡볶이 조리에 돌입했는데, 어머니는 냄새가 나는 순간 "괜찮겠네" 했다. 그날 모녀는 떡볶이를 다 비웠다. 막 밥을 먹고도 쑥쑥 들어가는 떡볶이를 만든 것이다.

성공을 말할 수 있게 되기까지 사실 심송주보다 심송주 어머니가 더 긴장했다. 어머니는 레시피의 출처다. '12분 떡볶이'는 집에서 어머니가 만들던 떡볶이를 심송주가 어깨너머로 관찰한 결과다. 즉 어머니의 떡볶이가 없었다면 심송주의 '12분 떡볶이'도 없었다. 하지만 모녀가 떡볶이를 만드는 방식은 조금 다르다.

"엄마는 물엿 쓰지 말고 설탕만 넣으라고 했어요. 그리고 엄마는 저보다 파를 덜 넣고 하세요."

나는 재료가 달라지면 맛도 달라진다는 걸 잘 알고 있다. 그래서 좀 미안한 질문을 해버린다.

"그럼 송주가 생각하기에 어머니 떡볶이랑 송주 떡볶이랑 어떤 게 더 맛있는 것 같아?"

"이제는 제가 만든 게 더 맛있는 것 같아요. 하하. 사실 잘 모르겠어요. 엄마 떡볶이를 먹은 지 너무 오래돼서 기억이 잘 안 나요."

심송주의 어머니는 맛 평가를 마치는 것을 마지막으로 심송주의 떡볶이에 더는 개입하지 않았다. 대신 우리가 약속한 떡볶이의 날이 순조롭게 진행될 수 있도록 여러 가지 제반에 신경을 썼다. 청소를 도왔다. 다양한 부식을 챙겼다. 과일을 샀다. 웬지 감자도 준비했다. 에어 프라이어에 돌려서 떡볶이와 함께 먹을 수 있도록 감자를 미리 깎아놓고 다듬어 밀폐 용기에 담아둔 것이다. 한편으로 역시 떡볶이와 함께 먹을 수 있도록 오코노미야키 반죽을 실어 날랐다. 그건 심송주 아버지의 작품이다. 정작 부모는 자리에 없지만 부모의 손길이 구석구석 깃든 소중한 초대상을 받았다는 것을 깨닫자 몇 해 전 심송주의 결혼식 날이 떠올랐다. 심송주의 부모와 내가 처음으로 눈을 마주치고 약간 어색하게 인사했던 날이다. 우리가 다시 눈을 마주 보고 마음을 나눌 날이 과연 또 있을까. 고마운 마음을 적절한 시기에 정확한 표현으로 전달한다는 건 때때로 참 어렵다. 그래서 내가 기록으로 대신하려 하는 일이다.

심송주의 어머니는 한때 규모가 있는 피아노 학원을 운영했다. 집보다 학원에서 보내는 시간이 긴 원장이었지만, 가족과 함께 먹는 음식에만은 마음을 많이 썼다. 어머니는 막내로 태어났고 외할머니는 일찍 돌아가셨다. 그래서 김치나 나물 같은 일반적인 요리를 가정에서 배우지 못했지만 어머니는 요리에 관심이 많았고, 학원을 하면서도 어떻게든 짬을 내 요리 학원에 다니곤 했다. 심송주는 그런 어머니의 음식이 가족을 얼마나 기쁘게 만들었는지를 기억하고 있다. 찹쌀 케이크, 탕수육, 파인애플 소스를 더한 새우 꼬치 오븐구이 같은, 요리책이나 식당에서 접할 법한 별식이 집에서 자주 나왔다. '12분 떡볶이' 또한 어머니가 어디선가 배워 온 것이다.

한편 심송주의 가풍에는 어머니 말고도 훌륭한 요리사가 또 있다. 아버지다. 심송주의 아버지는 볶음밥을 할 때도 재료를 "여덟에서 아홉 가지씩" 쓴다. 김치, 양파, 당근, 감자, 다진 새우, 오징어, 베이컨, 햄 등이 들어가는 알찬 볶음밥을 만든다. 이 많은 재료를 넣고 결과를 만들려면 사전 준비에 긴 시간이 필요하기 마련인데, 아버지는 칼질에도 아주 능숙하다. 요리하는 아버지의 또 다른 강점은 대량 조리가 가능하다는 것이다. 여러 번 먹을 수 있게끔 충분한 양을 만들어 심송주의 집에 종종 보낸다. 볶음밥도 그랬고 우리가 떡볶이와 함께 먹었던 오코노미야키도 그랬다.

어머니와 아버지의 요리 스타일은 다르다. 전문가의 방식을 따라 요리를 배운 어머니는 재료를 정량만 쓴다. 반면 아버지는 재료를, 특히 해산물이나 고기 같은 주재료를 아끼지 않는다.

그래서 더 풍부한 맛이 나기도 하지만 그에 따른 시행착오도 있었다. 한때 아버지의 오코노미야키는 부침개가 아니라 볶음 요리에 가까웠다. 해물의 비중이 커서 밀가루와 뭉치지 않고 팬에서 굴렀다. 아버지는 더는 그렇게 반죽을 만들지 않는다. 떡볶이를 이미 해치우고도 몇 판이고 더 먹을 수 있는 훌륭한 반죽을 만든다.

"한 판 더 드실래요?"

"콜!"

심송주의 배우자 변준호는 자신이 "남자친구였던 시절에" 여자친구네 집에 놀러 갈 때면 심송주 부모와 함께 특별한 음식을 먹곤 했다. 그 가운데 하나는 연꽃잎 밥이었고, 다른 하나는 춘권이었다. 언젠가 심송주의 아버지는 딸의 남자친구가 놀러 온 날에 어마어마한 양의 소를 만들고 가족과 함께 쌀전병에 말아서 튀겼다. 나는 춘권을 가정 요리로 인식하는 한국 사람을 본 적이 없다. 심송주는 중국 사람이 아니다.

"한국 가정에서 그런 식으로 모여서 음식을 만든다면 춘권이 아니라 보통 만두 아닐까? 송주 아버지는 정말 다른 분이신 것 같아."

"아빠는 한때 요리 유학을 진지하게 생각했대요. 직장 생활이 너무 힘들어서 슬럼프가 왔을 때 유럽으로 가서 공부하고 싶었대요. 결국 일 때문에 못 가게 됐지만 엄마 이상으로 요리에 진짜 관심이 많았거든요."

나는 이 같은 심송주의 아버지 이야기를 듣는 것이 좋았다. 앞으로도 만나게 될 다양한 떡볶이 요리사가 들려주는 이야기에는 공통적으로 그들 각각의 어린 시절이 있고, 떡볶이를 비롯해 간식이든 끼니든 항상 만들어 먹였던 어머니가 자주 등장한다. 아버지는 심송주의 사례를 제외하고 단 한 번도 요리의 주체로 등장하지 않는다. 요리를 일회성 이벤트가 아니라 일상적인 노동으로 인식하는 아버지의 이야기를 당분간은 많이 수집하고 싶다. 기울어진 주방의 바닥이 평평해질 때까지, 더는 요리하는 아버지에게 의미를 부여하지 않을 때까지 더 충분한 이야기가 쌓여야 한다.

'단짝' 사이에서

부모가 아무리 좋은 음식을 만들어 먹여도 우리는 밖에서 먹는 것에 더 열광하는 시기를 거친다. 초등학생 시절 심송주가 자주 사 먹었던 간식은 떡꼬치와 '피카츄'다. 성장한 지역과 시절이 달라서인가 나는 피카츄가 빵을 말하는 것인 줄 알았는데, 심송주가 2000년대 초반에 서울 동쪽 지역에서 먹었던 피카츄는 이런 것이었다.

"돈가스라고 해야 할까요, 치킨 너깃이라고 해야 할까요. 어쨌든 고기를 튀긴 것이고, 피카츄 캐릭터 모양으로 생긴 납작한 꼬치예요. 거기에 매콤달콤한 떡꼬치 양념을 발라줘요. 그때 500원쯤 했나?"

피카츄와 작별할 나이가 되자 순대에 눈을 떴다. 심송주는 그 시절 드나들던 동네 분식집과 함께 중학교 축제 기간을 떠올렸다. 축제가 열리면 운동장 구석구석 학부모들이 부스를 열고 각종 분식을 팔곤 했는데, 심송주는 그때만 해도 "떡볶이는 모르고 순대만 찾는 사람"이었다.

즐길 만큼 맛있는 떡볶이는 고등학교 시절에 나타났다. 야간 자율학습이 끝난 뒤에 친구들과 어울리면서 학교 앞에서 먹었던 500원짜리 컵볶이다. 꼬치로 찍어 먹었던 밀떡이 정말 쫄깃했다. 양념은 매운맛보다 단맛이 훨씬 강했다. 졸업한 뒤로 가본 적은 없지만 심송주는 요새도 가끔 그 컵볶이의 자극적인 맛이 생각난다. 지금 가도 똑같은 맛이 날까. 맛이 유지되는지는 알 수 없지만 그 점포가 얼마나 성장했는지는 잘 안다. 한때 학생을 대상으로 500원짜리 컵볶이를 팔았던 그 집은 나중에 근처 상가에 큰 분식집을 냈다. 지역은 서울 강동구이고 상호는 '진이네 떡볶이'다. 검색해봤더니 500원 시절은 진작 끝난 것 같다. 2019년 기준 떡볶이 한 접시에 3,000원이다. 영등포구에서 2호점도 운영된다.

시간이 많이 흘러 심송주는 어른이 되었다. 그리고 여전히 공부하는 학생으로 산다. 이제 막 30대가 된 심송주는 학교가 끝나고 집으로 돌아오는 길에 가끔 떡볶이 노점에 들른다. 혼자 먹고 돌아오는 날도 있고, 포장해서 가져와 집에 두고 먹기도 한다. 그런 날을 두고 심송주는 "마음이 힘든 날"이라고 말했다. 그런 날들이 몇 번이고 쌓여 심송주는 마침내 자신이 떡볶이를 좋아하는 사람이라는 것을 인정하게 되었다.

심송주가 떡볶이 노점을 기점으로 매일 오가는 주요 왕복 코스는 학교와 집이다. 학교생활은 그리 순조롭지 않다. 심송주는 의과 대학에 재학 중이다. 언젠가 심송주가 시험 범위까지 책을 다 못 봤지만 밤을 새우면 시험에 도저히 집중할 수가 없어서 그냥 잠을 택했다고 말했던 게 떠오른다. 1, 2학년 때는 해야 할 공부가 너무 많았다. 3, 4학년이 되었더니 병원 실습을 하면서 실수를 지적하는 교수와 실력이 월등한 동기 사이에서 자신의 부족함을 깨닫고 울적한 날이 많다. 게다가 아직 전공을 결정하지 않은 상태라서 진로 고민도 치열하게 해야 한다.

심송주는 20대 초반의 어느 시점에 많이 아팠다. 몇 년간 입원과 퇴원을 반복했다. 많이 아팠던 시절에 의사라는 미래를 생각했고, 열심히 준비한 끝에 어려운 시험도 통과했다. 다행히 이제는 회복과 함께 미래를 말할 수 있는 건강한 의대생이 됐지만, 지금의 공부가 꿈의 실현에 다가가는 길이라 해도 늘 술술 풀리지는 않는다. 배우자 변준호 또한 이 고충을 잘 알고 있다. 심송주와 마찬가지로 학생이기 때문이다. 대학원생 변준호가 선택한 학문은 약학으로, 꾸준히 실험을 하고 1~2년 이상 데이터를 쌓아도 "답이 겨우 보일까 말까 하는" 아득한 분야다. 심송주의 공부는 때때로 떡볶이를 필요로 할 만큼 고달프다. "답이 없는" 실험을 거듭해야 하는 변준호의 공부 또한 성분은 다르지만 효과는 같은 무언가를 때때로 필요로 한다.

"송주랑 살면서 알게 됐는데, 스트레스를 받을 때 단 게 당기는 사람이 있고 짠 게 당기는 사람이 있더라고요. 저는 그럴 때면 달콤한 걸 먹고 싶은데, 송주는 짠 게 먹고 싶대요."

"저도 공부하면서 알게 됐어요. 준호는 그런 날이면 슈크림 빵을 먹는데, 같이 빵집 가면 저는 소시지 빵을 고르더라고요. 혼자인 날은 떡볶이 먹는 거고요."

심송주는 가끔 집 근처에 있는 즉석 떡볶이 체인점 '국대 떡볶이'가 생각난다. 누군가는 정통이 아니라고 하지만 크림소스와 토마토소스를 반씩 섞어서 만드는 로제 떡볶이 같은 퓨전 떡볶이도 좋아한다. 재료를 취향껏 마음껏 골라서 끓여 먹는 떡볶이 뷔페도 매력적이라고 생각한다. 서울 명지대 앞 어느 떡볶이 집이 맛있다는 얘기도 들었다. 그때그때 찾아오는 마음의 신호를 따라서, 동시에 차곡차곡 업데이트되는 각종 떡볶이집 데이터를 토대로 심송주는 변준호에게 이따금씩 떡볶이를 먹으러 나가자고 권한다. 변준호는 딱히 마다하지는 않지만 스스로 외식 메뉴로 떡볶이를 고려해본 적은 없었다.

경기도 용인에서 성장한 변준호는 2000년대 중반 중학생 시절에 독서 학원에 다녔다. "왜 다녔는지 모르겠는" 학원에 관해 남은 기억은 두 가지다. 하나는 속독이라는 개념이 있다는 것을 알게 됐다는 것이고(속독을 제대로 익혔다는 뜻이 아니다), 다른 하나는 학원 아래층에서 팔던 500원짜리 컵볶이다. 700원으로 오르기 전까지 신나게 먹었다. 거기 말고도 언젠가 기가 막힌 떡볶이 포장마차에 다녀온 적이 있는데 어느 순간 사라졌다. 어딜 가도 그 맛은 안 났다. 그만한 곳이 없다는 것을 깨닫고 맛있는 떡볶이를 찾는 어려운 여정을 중단했다. 안 먹다 보니까 중요하지 않은 음식이 되었다. 그러다 건강을 인식하기 시작한 시점부터는 사라진 음식이 되었다. 스무 살에 자취를 하게 되면서부터다.

가족을 떠나 마음껏 취향대로 먹기 시작하자 어느 순간 "식단의 밸런스"가 무너졌다. 탄수화물을 피하고 단백질을 챙기는 것으로 건강을 회복하고자 노력했던 변준호에게 떡볶이는 마땅하지 않은 음식이었다. 한 접시에 2,000원 정도라고 해도 자취생에게는 그 돈도 부담스러웠고, 같은 가격이라면 계란이나 야채를 더 먹는 게 낫다고 생각했다. 그리 좋아한다는 슈크림빵도 영양에 있어서 긴말을 하기는 어렵지만 그래도 해소의 효과가 있다. 슈크림 빵은 겉은 바삭하고 속은 충만한 크림이라서 한 입 무는 순간 입 안 가득히 "빵 터지는" 느낌이 있다. 공부와 실습의 압박에 시달리는 심송주가 떡볶이 같은 자극적인 음식으로 마음을 달랠 때, 후련하지 않은 분야를 연구하는 변준호는 "리치한" 크림으로 대학원생의 피로를 일시적으로 잊는다는 것이다.

이처럼 떡볶이와 적당히 거리를 유지해왔던 변준호는 심송주에 따르면 "밀떡이냐 쌀떡이냐 하는 고집조차도 없는 사람"이다. "모르고 먹으면 밀떡인지 쌀떡인지 전혀 몰라요. 떡볶이집이 밀떡이라고 하면 그렇구나 하고 그냥 먹는 거죠." 무던한 변준호와 달리 심송주는 명확한 선호가 있다. 밀떡이다. 심송주에 따르면 쌀떡은 건강한 맛, 그래서 매력이 좀 떨어지는 맛이다. 심송주는 "밀떡 특유의 쫀득한 식감"을 좋아한다. 그런 쫀득한 떡에 양념이 적당히 스며들면 감칠맛 같은 것이 나는데, 밀떡은 대체로 쌀떡보다 가늘기 때문에 양념과 이루는 맛의 균형도 훨씬 좋다고 생각한다. 쌀떡은 그 자체로 묵직하고 실한 반면 밀떡은 가볍고 경쾌하다. 쌀떡에 비해 양념을 흡수할 여지도 많다. 심송주는 밀떡과 양념이 조화롭게 만난 떡볶이를 두고 "소리 반 공기 반"이라고 표현했다.

'밀떡파' 심송주는 우리가 함께 나눈 '12분 떡볶이'가 조금 아쉽다. 사전 실습한 대로 탈 없이 잘 나오기는 했지만 그리 좋아하는 밀떡이 아닌 떡국용 쌀떡이 쓰였다. 떡볶이의 날 하루 전에 들렀던 마트에서 밀떡을 구하지 못했다. 또 다른 아쉬움 하나는 순대다. 순대까지 사서 야채랑 볶아서 올렸다면 더 근사한 상이 나왔을 텐데, 그 마트엔 밀떡뿐 아니라 순대도 안 팔았다. 훌륭한 떡볶이 요리사 친구가 이런 아쉬움을 말할 때 나는 다른 것이 아쉽다. "괜찮아"보다 더 괜찮은 말이 필요하다. 훌륭한 떡볶이에 대한 감동을 나도 "소리 반 공기 반" 같은 적절한 표현으로 돌려주고 싶은데 참 어렵다.

설거지는 다음에

우리는 6년 전 만달레이에서 만났다. 미얀마로 향하는 티켓을 끊고 각각의 여행을 하다가 낯선 도시 한복판에서 만나 친구가 됐고 돌아와서도 몇 차례 만났다. 그런 뒤로 심송주의 결혼과 나의 이사가 있었고, 그렇게 각각의 삶이 변할 때마다 서로를 초대하곤 했다. 둘 다 각각 알아서 걸어갈 수 있는 동네 맛집도 이따금씩 갔다.

사실 우리는 더 자주 만나서 더 많은 걸 먹을 수도 있는 사이다. 우리는 딱 1km 거리에 산다. 도보로 약 12분 걸린다. 공교롭게도 심송주의 떡볶이에 필요한 그 짧은 시간과 같다. 그러나 우리는 자주 만나지 못했다. 일하는 나보다 공부하는 심송주가 늘 더 바빠서 방학 기간이나 중요한 시험을 치른 다음에야 겨우 약속을 잡을 수 있었다. 심송주는 어머니와 아버지가 그랬던 것처럼 요리로부터 상당한 보람을 찾는 편이지만 학교와 병원을 중심으로 짜인 촘촘한 일과 때문에 주방에서 좀처럼 긴 시간을 쓰지 못한다. 요리를 꽤 즐기는 데다 자식의 끼니에 신경을 많이 쓰는 부모의 손길이 따르지 않는다면 심송주는 변준호와 함께 아마도 더 많은 날을 외식에 의존해야 할 것이다.

끼니 문제는 부모의 도움이나 외식으로 어느 정도 해결될 수 있다. 하지만 아무리 바빠도 청소나 빨래 같은 기본적인 집안일은 직접 해야 한다. 주로 변준호가 하는 일이다. 심송주에 따르면 둘 다 똑같이 학교에서 시달리고 돌아왔어도 이런 일에 자신보다 변준호가 손이 빨라서 알아서 먼저 움직인다. 그런데 그렇게 잽싼 변준호는 이상하게 요리에 있어서만큼은 속도가 안 나온다. 특히 심송주가 배가 많이 고픈 날에 변준호가 주방에 들어가면 안 된다. 몇 안 되는 재료를 써서 괜찮은 상을 후딱 차리는 심송주는 변준호가 주방에서 허둥대는 시간을 잘 견디지 못한다. 그렇게 해서 주방은 심송주의 구역이 됐지만 변준호에게도 마땅한 역할이 있다. 조리하는 동안 발생하는 여러 가지 부산물을 빠른 속도로 처리하는 일이다. 그리고 마무리다. 설거지다. 그건 우리가 약속한 떡볶이의 날에 변준호를 대신해 내가 하고 싶었던 일이기도 하다.

설거지를 귀찮아하는 사람도 있지만 그 사람이 나는 아니다. 나는 설거지를 좋아한다. 뽀득뽀득하게 닦아서 잘 건조되게끔 그릇을 가지런히 포개는 마지막 작업 또한 요리의 중요한 과정이라고 생각한다. 직접 상을 차린 뒤에 그릇까지 닦을 때면 내가 주방의 모든 것을 통제하는 책임감 있는 사람이 되는 것 같고, 맛있는 걸 잘 얻어먹고 나면 설거지는 보답이 아니라 의무라고 여기게 된다. 그런데 부끄럽게도 그동안 떡볶이 열 접시를 얻어먹으면서 단 한 번도 의무 이행을 하지 못했다. 모든 떡볶이 요리사가 다 극구 말렸기 때문인데 특히나 심송주는 내 친구에게 과연 이런 얼굴이 있었나 싶었을 만큼 진짜로 단호한 표정으로 거절했다.

내가 몰랐던 친구의 표정이 어떤 미래를 앞당겼다. 떡볶이를 얻어먹었으니 갚아야 한다. 어떤 떡볶이를 내놔도 심송주의 '12분 떡볶이'를 이길 수는 없을 테니까 메뉴는 다른 것이 되어야 할 것이다. 음식은 아직 결정되지 않았고 사실 뭐가 됐든 자신 없지만 그래도 다음 시나리오는 있다. 심송주가 설거지하겠다고 나서면 나도 똑같이 단호한 표정을 돌려줄 것이다.

2018년 11월

떡볶이는 누가
말릴 수 있는 것이 아니다

원성훈의 내일은 떡볶이

**오늘의 떡볶이 요리사
원성훈은.**

2019년 기준 30대 중반이다. 라오스 음식 전문점을 운영하고 있다. 최초의 외식을 떡볶이로 기억하고 있다. 1990년대 초중반 서울 흑석동에서 먹은 것이다. 2000년대 중반 인천에서 10대를 보냈고, 지역의 떡볶이 밀집 지역에 자주 드나들었다. 미국에서 20대를 보냈고, 한 접시에 12~13달러 하는 떡볶이를 먹었다. 스무 살 무렵부터 블로그 레시피를 참고해서 적극적으로 떡볶이를 만들어 먹었다. 대체로 끼니를 외식 및 배달 음식으로 해결하지만 가끔 요리 의욕이 동해 폭발적으로 음식을 만드는 시기가 있다.

원성훈의

내일은 떡볶이 만들기

재료

- 망원시장 쌀 떡볶이 떡 적당량
- 망원시장 어묵 적당량
- 양념) 망원시장 고춧가루, 대상 청정원 순창 찰고추장, 물엿, 간장, 설탕, 다진 마늘 적당량

소요 시간

- 20분(하루 전에 준비하는 양념은 조리 시간에 포함하지 않음)

조리법

1. 조리 하루 전에 고춧가루 3 : 고추장 1 : 물엿 1.5 : 설탕 2 : 간장 2 :
   마늘 2의 비율로 양념을 만들어 냉장고에 보관한다.

2. 조리 한 시간 전에 떡을 물에 불리고, 어묵을 먹기 좋은 크기로 썬다.

3. 팬에 물을 넣고 강불에 끓인다.

4. 물이 끓으면 양념 3~4큰술을 넣는다. 조금 더 맵게 먹고 싶다면 양념
   을 더 넣는다.

5. 떡과 어묵을 차례로 넣고 국물이 걸쭉해질 때까지 끓인다.

이 책에 등장하는 열 명의 주인공을 떡볶이 요리사라고 부른다. 그러나 원성훈에게는 주의가 필요한 직함이라고 생각했다. 원성훈이 내게 훌륭한 떡볶이 요리사라는 것은 의심의 여지가 없다. 그러나 원성훈은 나의 요리사이기 전에 모두의 요리사다. 거의 매일 반죽을 만들어 면을 뽑고 여러 가지 향신료를 써서 국물을 내는 것으로 아침을 여는 사람이다. 그렇게 만든 이색적인 국수를 손님과 나누는 것이 원성훈의 직업이자 사업이다. 원성훈은 현재 서울 망원동에서 라오스 음식 전문점 '라오삐약'을 운영하는 오너 셰프다. 오랜 친구 정효열과 함께 휴가를 맞아 라오스에 갔다가 새로운 음식에 눈을 뜬 뒤 다시 가서 배우고 수차례 실습한 끝에 2017년 4월 둘이 시작한 일이다.

그렇다고 내가 '셰프님'이라고 부르면 원성훈은 상당히 쑥스러워할 것이 분명하지만, 요리 잘하는 친구가 있다는 건 어쩐지 든든한 일이다. 나는 정 사장과 원 사장이 만드는 각종 라오스 음식을 매우 자랑스러워한다. 그들의 음식을 나만 좋아하는 게 아니라 내 또 다른 친구들이 좋아하고 내 가족이 좋아하기 때문이다. 그런데 떡볶이 얘기가 구체적으로 오가자 내 친구의 음식에 내가 느끼는 자부심이 발목을 잡았다. 이런 직업적 전문성을 가진 사람에게 떡볶이 요리와 떡볶이 얘기를 요구해도 되는 것일까. 이것은 일종의 영업 방해가 아닐까. 그러나 원성훈은 별로 고민하지 않는 것 같았다.

"성훈 씨는 라오스 음식점 사장인데 저는 떡볶이 얘기를 하자고 조르고. 진짜 괜찮은 거예요?"

"어쩔 수 없다고 생각해요. 제가 떡볶이를 좋아하는 건 누가 막을 수 있는 것이 아니라서."

원성훈은 성장하면서 먹었던 여러 가지 떡볶이를 반추하면서 "누가 막을 수 있는 것이 아니고" "누가 말릴 수 있는 것이 아니고" 같은 표현을 종종 썼다. 특히 어머니 이야기가 나왔을 때 그랬다. 원성훈의 어머니는 가족의 건강을 생각해 일찍부터 멸치 육수에 고추장과 케첩을 넣고 맵지 않은 떡볶이를 만들어 먹였고, 한때 원성훈은 그걸 저항 없이 먹었다. 취학 전의 일인데 원성훈은 그 시점에 대한 기억이 꽤 선명한 편이다. 그 직후에 길에서 떡볶이를 먹었고, 그 이후로 어머니가 만드는 떡볶이를 그리 원하지 않게 되었기 때문이다.

원성훈의 어머니는 일찍 성장을 멈춘 딸의 키에 대해서 불만이 많은데, 그 원인을 어릴 적부터 떡볶이를 너무 많이 먹어서라고 진단한다. 원성훈은 반대로 떡볶이를 먹어야 키가 쑥쑥 큰다고 믿던 시절이 있다. 10대였을 때 그랬다. 떡볶이를 사이에 두고 형성된 무리 가운데 갑자기 키가 훌쩍 큰 친구가 있었는데, 그게 다 떡볶이를 많이 먹은 덕분이라고 생각해서 더 많이 먹었다. 떡볶이와 성장을 둘러싼 원성훈의 주장도, 어머니의 주장도 썩 논리적이지는 않은 것 같다. 하지만 떡볶이는 누가 말릴 수 있는 것이 아니다. 떡볶이는 논리에 따라 선택하는 음식이 아니다.

서울에서 인천으로

예닐곱 살의 원성훈은 서울 흑석동 이모 집에 가는 날이 좋았다. 금기가 허용되는 날이었기 때문이다. 원성훈의 어머니는 매 끼니에 정성을 쏟았을뿐더러 감자튀김이나 치킨 같은 간식마저도 직접 만들어 먹이곤 했는데, 이모 가족을 만나러 가는 날이면 원성훈은 평소에 먹던 수제 간식과는 다른 '불량한' 것을 먹을 수 있었다. 이모 집 근처에서 파는 떡볶이였다. 집에서 먹는 떡볶이와 달리 아주 맵고 아주 달콤한, 그야말로 자극적인 맛이었다. 취학 전의 일이니 상당히 먼 과거라서 그 떡볶이집의 이름과 가격은 머릿속에서 사라졌지만 그 떡볶이를 얼마나 원했는지는 생생하게 기억하고 있다.

이모 집에 자주 드나들다 보니 흑석동 꼬마들과도 가까워졌다. 그러던 어느 날 이모 가족과 같은 건물에 사는 "1학년짜리 오빠"가 놀이터로 오라고 하길래 따라갔다가 그 오빠, 아니 걔가 돌변하는 걸 봤다. 걔는 알고 보니 "너를 좋아하니까 뽀뽀를 해달라"던 아주 음흉한 애였다. 일곱 살 원성훈은 "그때 엄청 깍쟁이여서" 싫다고 단호하게 말하긴 했지만 실은 무서웠다. 그 어린 나이에도 그게 몹시 이상하고 잘못된 일이라는 걸 알았다. 나중에 그 동네 친구들이 말해주기를 걔는 다른 여자애들한테도 늘 그러고 다녔다고 한다. 하여간 그런 불편한 마음을 안고 놀이터에서 빠져나와 이모 집으로 돌아가던 길에, 같은 동네에 살던 외할머니를 만났다. 사정을 전혀 모르는 외할머니가 손녀 원성훈에게 물었다.

"떡볶이 사줄까?"

최초의 성추행을 겪고 마음이 혼란스러운 와중에도 원성훈은 떡볶이를 먹고 싶었다. 그날 할머니가 사준 떡볶이가 일곱 살 꼬마 원성훈에게 위안이 됐을까. 잘 모르겠다. 너무 어린 시절이라 당시 감정에 대한 기억이 분명하지 않다. 원성훈에게 보다 명확한 기억은 이상하고 무서운 일을 겪었을 때마저 떡볶이를 마다하지 않았다는 것이다.

취학 전부터 접했던 흑석동 떡볶이는 초등학교 졸업 즈음부터 멀어졌다. 그 무렵 아버지의 직장을 따라 서울에서 인천으로 이사하면서 이모 집에 가는 일이 줄었다. 그러나 떡볶이집은 흑석동에만 있는 게 아니다. 원성훈에게 성장과 이동이란 떡볶이 역사의 확장이다.

인천에서 보냈던 10대 시절로 돌아간 원성훈은 먼저 그 무렵 처음 접한 "보편적인 떡볶이"부터 돌아보았다. '김밥천국' 떡볶이다. 떡볶이 마니아는 대체로 이런 종합 분식집의 떡볶이를 별로 쳐주지 않지만, "떡볶이의 세계는 하나로 한정되지 않기 때문에" 원성훈은 여기에도 떡볶이의 갈래를 말할 만한 충분한 가치가 있다고 믿는다. 그런 데서 파는 떡볶이에는 어김없이 큼직하게 썬 양배추가 몇 개 들어가는데, 원성훈은 푹 익은 양배추에서 나오는 은은한 단맛이 차별화 요인이라고 생각한다. 떡볶이 전문점에서 취급하는 떡볶이는 그런 맛이 안 난다. 한편으로 그 떡볶이는 주머니 사정이 넉넉하지 못한 10대와 가까울 수밖에 없었다. 그 시절 그런 데서 김치볶음밥을 먹으려면 3,500원쯤 써야 했다. 하지만 떡볶이는 2,000원이면 먹을 수 있었다.

종합 분식집도 마다하지 않았지만 사실 원성훈은 떡볶이 전문점에 더 많이 드나들었다. 원성훈의 기억에 따르면 인천 연수구 시내에 큰 건물이 하나 있었고, 건물의 지하에는 '음식백화점'이 있었으며, 거기엔 "마치 순대 타운처럼" 떡볶이집 여러 개가 있었다. 그 떡볶이 구역에서 가장 유명한 곳은 '샛별분식' 과 '새롬분식'이었다(음식백화점과 해당 떡볶이집 모두 현재까지 운영 되고 있다). 카레 떡볶이나 피자 떡볶이 같은 퓨전이 차차 등장해 메뉴판을 촘촘하게 채우던 시절에, 원성훈은 친구 두어 명과 나 눠 낸 5,000~6,000원으로 늘 배부르게 먹곤 했다. 그 시절 어울 리던 무리 가운데에는 원성훈 이상으로 떡볶이집에 자주 드나 드는 친구가 있었는데, 어느 순간 그 친구의 키가 확 자랐다. 원 성훈은 그게 떡볶이 덕분이라고 생각해서 더 많이 먹었다. 어머 니의 잔소리가 이어졌다. 원성훈에 따르면 어머니는 운동과 건 강식으로 꾸준하게 몸을 관리했고, 충분히 마시고 남은 콜라를 더 마시고 싶어서 계속 냉장고 문을 여닫던 당신의 딸에게 늘 훈계하면서 절제를 가르치던 분이다. 그 어머니는 앞서 적었듯 딸이 성장기에 너무 많이 먹은 떡볶이 때문에 키가 일찍 멈췄다 고 생각한다. 당시 원성훈에게 어머니보다 친절했던 어른은 떡 볶이집 아주머니였다. "자주 가서 많이 먹었기 때문"이다.

어머니 말고도 그 시절 원성훈의 떡볶이 열광에 대해 불만 이 많은 가족이 또 있다. 네 살 차이 나는 남동생이다. 집에 아무 도 없던 어느 날 원성훈은 동생의 방에 들어갔다가 동생의 지갑 을 발견했다. "애초부터 나쁜 마음을 먹은 게 아니었는데" 지갑 을 들여다봤다가 5,000원짜리 지폐를 발견하는 바람에 충동적으로 그 돈을 들고 나와 음식백화점으로 가서 떡볶이를 먹었다. 동생이든 어머니든 가족으로부터 어떤 말도 돌아오지 않았기 때문에 그때는 아무도 모르는 일이라고 생각했다. 증거 인멸에 실패했다는 것도 수년간 모르고 살았다.

시간이 한참 흘러서 네 살 어린 남동생이 20대가 되었을 때, 동생은 힙합에 눈을 뜨고 '원삿갓'이라는 활동명으로 랩을 시작했다. 원성훈은 동생이 창작한 노래를 듣고 깜짝 놀랐다. 한때 침묵하는 어린이였던 동생이 래퍼 원삿갓이 되어 꽤 상세한 기억으로 누나를 '디스'하고 있었기 때문이다. 어린 날 누나가 자기 지갑에서 5,000원을 가져갔다는 것으로 시작해 그 돈으로 무얼 하고 돌아왔는지도 가사에 썼다. 집에 돌아온 누나의 입가에 떡볶이 양념이 묻어있었다는 내용의 랩이 쏟아졌다.

"그렇다면 남동생은 사건 당일부터 누나가 저지른 일을 알았다는 건데, 그때 동생이 전혀 내색하지 않았던 거예요?"

"동생이 착해요. 나이 차이가 많이 나서 그런지 제 말을 잘 들었어요. 그날도 아무 말 없었거든요. 그래서 모를 거라고 생각했는데 정말 미안했어요."

"많이 늦긴 했지만 떡볶이를 사주거나 만들어준다면 적절한 사과가 될 수 있지 않을까요?"

"걔는 떡볶이 안 좋아해요. 그거 먹느니 짜장면 먹겠대요."

"그런데 동생이 만든 그 랩, 들어볼 수 있을까요?"

"그때 쓰던 컴퓨터에 막걸리를 쏟아서 하드가 날아갔어요. 유튜브에 진작 올려놓는 건데."

미국에서

스무 살의 원성훈은 재수와 유학 사이에서 고민하다가 미국으로 갔다. 나는 원성훈이 그 시절 겪었을 치열한 갈등을 깊숙하게 알지 못하지만 그 시절 만들고 사 먹었던 떡볶이에 대해서는 조금 안다. 어쨌든 미국 생활이 시작되었고, 먼저 어학원에 등록했다. 낯선 언어를 배우며 다양한 외국인 친구들과 어울리던 중에 학원에서 파티 계획이 나왔다. 학생 모두가 자국에서 먹던 음식을 집에서 만들어 와서 뷔페처럼 진열해놓고 다 같이 즐기기로 했다.

함께 수업을 듣던 베트남 친구는 파티 당일 고이꾸온(월남 쌈)을 준비해 왔다. 볼리비아 친구는 연유를 응고한 것을 가져와 빵에 발라 먹으라고 권했는데, "이가 아플 정도로" 달았던 스프레드로 기억하고 있다. 원성훈은 두 가지를 준비했다. 김밥과 떡볶이였다. 나중에 한국 친구들에게 김밥과 떡볶이를 외국인 친구들한테 해줬다고 말했더니 "불고기가 아니고?" 하는 반응이 돌아왔는데, 당시 원성훈의 머릿속에 그런 거창한 음식은 없었다. 국제 전화로 가족을 찾는 일 없이 스스로 해결할 수 있는 한식을 떠올려봤더니 본능적으로 돌돌 말 수 있는 김밥과 블로그 검색으로 만들 수 있는 떡볶이로 메뉴가 좁혀졌다. 필요한 재료는 지역 한인 마트에 다 있었다.

행사 당일 원성훈은 준비해 온 음식을 풀었다. 스시랑 비슷하다고 생각돼서 그랬는지 김밥은 "불티나게" 나갔지만 떡볶이에 대한 반응은 그냥 그랬다. 5~6인분쯤 준비했고 세계인의 입맛을 고려해 맵기 조절까지 했는데도 너무 많이 남았다. 그늘진 얼굴로 원성훈이 그 시절을 돌아보기를 떡볶이 양념 때문이 아니라 떡의 쫀득한 식감이 모두에게 낯설어서 사랑받지 못한 것 같다고 했다. 강요처럼 보일까 봐 적극적으로 떡볶이를 권하지 못했던 그날을 생각하면 원성훈은 아직도 아쉽고 안타깝다. "김밥을 떡볶이 국물에 찍어 먹으면 진짜 환상이라는 것"을, 그리고 "한국에서는 떡볶이를 어린 시절에 친한 친구들과 먹는다는 것"을 제대로 알려주지 못한 채 세계 친구들과 작별하고 말았기 때문이다.

어학원 과정이 끝난 뒤 원성훈은 미국의 어느 대학에 입학했다. 그때도 떡볶이를 만들어 나누기로 했던 일이 있는데, 구성원의 입맛에 대한 이해가 부족했던 어학원 시절과 비교해

"당연히" 적극적인 호응이 돌아올 것이라고 생각해서 준비한 이벤트였다. 원성훈은 '엄마'들과 함께 떡볶이를 만들어 '딸'에 게 먹이기로 했다. 이것이 무슨 말인가 하면 당시 원성훈이 다 니던 대학 내 한국인 유학생 커뮤니티에서 돌고 돌았던 표현이 다. 그들은 '가족 매칭'이라 불리는 역할 놀이를 하는 것으로 유 대를 강화했다. 먼저 입학한 한국인 선배에게 '엄마' '아빠' 같은 한국적인 호칭이 부여됐고, 신입생은 자식이 되어 부모 역할을 하는 언니 오빠들의 보살핌을 받았다. 신입생 수가 적어 엄마만 유난히 많았던 어느 해에 원성훈은 현재 사업 파트너인 정효열 을 딸로 만났고, 원성훈을 비롯한 여러 엄마가 모여 귀한 딸에 게 밥상을 차려주기로 했다. 원성훈은 그날의 메뉴를 "당연히" 떡볶이로 정했다. 원성훈에게 떡볶이란 예나 지금이나 누군가 를 초대한다고 했을 때 가장 먼저 떠오르는 음식이기 때문이다. 하지만 의도와 결과는 다르다. 엄마 원성훈이 그날 만든 떡볶이 의 완성도보다 선명하게 기억하고 있는 것은 그 떡볶이에 시큰 둥했던 정효열의 반응과 부족했던 눈치다. 당시 모녀를 함께 만 난 어느 날에 나는 그들 각각의 입장을 들을 수 있었다.

먼저 원성훈의 입장이다. "엄마들이 음식을 준비하는 동안 쟤는 아무것도 안 했어요. 그래서 엄마들끼리 쑥덕쑥덕했죠. 쟤 이기적인 애라고." 그 말은 결국 정효열의 귀에도 들어갔다. 정효열은 엄마들의 불만을 반 정도만 인정한다. "엄마들이 떡볶이 해준다고 해서 갔는데 저한테 앉아있으랬어요. 그래서 엄마들이 주방에 있을 때 그냥 앉아있었는데, 그 시절엔 인간관계에 필요한 매너를 잘 몰라서 눈치 없이 그냥 먹기만 했다는 건 인정하고 있어요. 그치만 기분이 별로였어요. 딱히 먹고 싶지도 않았는데 차려준다고 해서 갔다가 욕만 먹었으니까요. 그땐 막 미국에 도착한 때라서 한국 음식이 전혀 그립지 않았어요. 그냥 피자 시켰으면 더 맛있게 먹었을걸요." 둘이 모녀를 연기하던 시절은 진작 끝났지만 결국 둘은 진짜 가족처럼 살게 됐다. 둘은 현재 함께 일한다. 그리고 같이 살고 있다. 장난스럽게 서로를 타박하고 흉볼 수 있는 관계가 된 지도 꽤 오래됐다.

그 시절 원성훈에게는 정효열 말고도 밥을 챙겨야 할 가족이 또 있었다. 딸 역할을 맡은 유학생 후배가 아니라 같이 살았던 진짜 가족이다. 떡볶이를 별로 좋아하지 않는, 그리고 앞서 말한 것처럼 시간이 흘러 래퍼가 된 남동생이다. 누나로서 매 끼니 동생의 밥을 신경 써야 했던 원성훈은 어느 날 자신은 알아서 떡볶이를 만들어 먹을 테니 동생에게는 배달 음식을 시키라고 했고, 동생은 KFC에서 치킨과 함께 여러 가지 사이드 메뉴를 주문했는데 그 가운데에 매시드 포테이토가 있었다. 양이 많았는지 동생은 매시드 포테이토를 좀 남겼다. 원성훈은 밥상을 치우기 전에 거기에 무심코 떡볶이 양념을 뿌려서 먹어봤다. 그동안 왜 몰랐을까 싶은 맛이었다. 그날 이후로 원성훈은 떡볶이를 만들 때면 항상 감자도 함께 준비한다.

한편 원성훈은 그 시절 집 바깥에서도 떡볶이를 찾아다녔다. 차 없이 살 수 없었던 지역에서, 때때로 원성훈은 차를 몰고 30분을 달려 한인 식당에 갔다. 오로지 떡볶이를 먹기 위해서였다. 싸지도 않았다. 한 접시에 12~13달러쯤 했다. 원성훈은 유학생에게 부담스러운 그 귀한 음식을 먹다가 속상해진 날이 있다. "아는 언니랑 갔는데, 언니가 삶은 계란을 으깨더니 떡볶이 양념에 비비는 거예요. 떡볶이 색깔이 막 변하는데 내색은 안 했지만 화가 났어요." 그러나 이제는 속상해할 일이 아니다. 오히려 아는 언니를 원망했던 순간이 이제는 약간 미안해진다. "그런데 시간이 흐르니까 제가 그렇게 먹고 있더라고요."

즉떡과 판떡 사이에서

나는 원성훈을 두 달에 한 번꼴로 만난다. 우리의 만남에는 일정한 패턴이 있는데, 밤 아홉 시 반쯤에 넷이 모인다. 원성훈의 식당 영업이 끝난 시간에 원성훈의 동료 정효열과 나의 배우자 이범학이 함께 만나 차가 끊길 때까지 술을 마시고 각각 걸어서 집에 간다. 떡볶이 이야기가 처음 오간 날도 그랬다. 떡볶이집에서 만났다면 더 좋았을 테지만 우리의 동선 안에는 주류를 취급하면서 늦게까지 운영하는 떡볶이집이 없다. 어느 고깃집에 넷이 모였던 그날에 흑석동에서 시작해 미국 시절로 이어지는 원성훈의 긴 떡볶이 역사를 들었고, 며칠 뒤 떡볶이를 해주겠다는 고마운 약속도 받아냈다. 나아가 넷이 모인 만큼 떡볶이에 대한 시각 차이도 들을 수 있었는데, 그 시각 차이란 즉석 떡볶이, 그리고 포장마차 혹은 분식집 스타일의 완조리 떡볶이를 둘러싼 치열한 논쟁으로 요약된다.

앞서 적은 것처럼 취학 전에 드나들었던 흑석동, 10대 시절의 인천, 20대 시절의 미국에 이르기까지 원성훈의 삶은 어느 시점에나 떡볶이와 매우 가까웠다. 식당이라는 새로운 사업을 계기로 망원동에 정착하게 된 몇 해 전에도 근처 시장에 가서 떡볶이 점포부터 살폈고, 그 가운데 가장 인기 있는 떡볶이집에 지금까지 드나들고 있다. 떡볶이가 끼니가 되는 날도 많다. 식당 일로 늘 바쁜 원성훈은 종종 점심과 저녁 사이 브레이크 타임에 배달 음식 애플리케이션으로 떡볶이를 주문해 공동 사장 정효열 및 아르바이트생과 함께 먹는다. 배달로 먹을 수 있는 떡볶이의 종류는 꽤 다양하다. 포장마차나 분식집 스타일로 배달해주는 완조리 떡볶이도 있지만 각종 재료와 육수를 함께 가져다주는 즉석 떡볶이도 있고, 즉석 떡볶이를 조리된 상태로 가져다 달라고 요청할 수도 있다. 메뉴 옵션 가운데 '완조리' 항목을 선택하면 된다. 다양한 방식으로 주문했던 날들이 쌓이고 쌓여 원성훈과 정효열은 식당 근처에서 파는 거의 모든 떡볶이를 먹어봤다. 그러면서 각각의 취향 차이도 알게 되었다. 둘은 떡볶이에 관한 한 아주 다른 사람이다.

먼저 원성훈은 즉석 떡볶이를 "훌륭한 음식"이라고 생각한다. 원성훈에 따르면 '즉떡'이든 '판떡'이든 숙성된 양념을 쓰기 때문에 집에서 하는 것보다 늘 맛있지만, 즉떡은 양념 말고도 재료 배열까지 신경을 써야 하는 음식이다. 즉 즉떡이란 냄비 위에 떡이며 라면이며 야채까지 정돈된 상태로 보기 좋게 놓인 것을 끓여 먹는 음식이다. "저는 그런 의미에서 즉떡은 단순한 떡볶이를 넘어 전골 요리에 가깝다고 생각해요."

하지만 떡볶이를 유난히 좋아하는 원성훈과 함께 20대를 보내면서 덩달아 수없이 많은 떡볶이를 먹게 된 정효열은 즉떡을 그리 훌륭한 떡볶이로 치지 않는다. 정효열은 식당을 운영하면서, 그리고 개업하기 전까지 수없이 요리 실습 경험을 쌓으면서 음식은 많이 해야 맛있다는 걸 알게 됐다. 똑같은 레시피를 바탕으로 재료의 비율을 맞춰 조리한다고 했을 때, 4인분을 만들 때랑 100인분을 만들 때의 맛은 완전히 다르다. 후자가 훨씬 맛있다. 이유를 정확하게 알긴 어렵지만 양이 많아지면 조리 시간도 길어지고, 동시에 재료와 열이 만났을 때 발생하는 음식의 화학 작용 또한 달라지기 때문일 것이라고 추측한다. 정효열은 이 같은 조리의 미묘한 과학을 떡볶이에도 적용할 수 있다고 본다. 포장마차형 판떡은 "사장님이 모든 재료를 대량으로 넣고 오래 끓이기 때문에" 맛있을 수밖에 없다. 반면 즉떡은 대체로 2인분부터 시작한다. 정효열의 표현에 따르면 "요만한 냄비에 최소한의 재료를 넣고 끓이는 것"이라서 양념이 떡에 스며들기까지 시간이 한참 걸린다. 떡뿐 아니라 라면이 다 붇고 쫄면이 바닥에 눌어붙을 때까지, 즉 떡볶이 재료 속의 모든 녹말이 양념과 어우러져 판떡처럼 쫀득해질 때까지 우리는 한참 기다려야 한다. 따라서 즉떡은 기다림이 필요한 비효율의 음식이고, 그렇게 기다려도 판떡보다 조리 시간이 짧기 때문에 맛도 덜한 음식이다. 그런 즉떡의 매력은 각종 사리와 마지막 코스로 나오는 볶음밥이다. "이런 부가적인 것이 더 맛있다면 그걸 떡볶이라고 불러도 되는 걸까요?"

원성훈은 반대로 그 부가적인 재료의 잔치가 즉떡의 매력이라고 본다. 포장마차형 판떡의 양념 외 재료는 단조롭다. 대체로 떡과 어묵, 그리고 대파 정도만 쓰인다. 그에 반해 즉떡에는 쫄면부터 라면까지 다양한 재료가 모이고, 그런 사리 또한 제대로 역할을 하기 때문에 결과적으로 더 풍성한 맛이 나온다. 정효열이 또 반박한다. 어떻게 해도 판떡보다 맛있을 수 없으니 각종 부가 재료에 의존해야 하는 것이 즉떡이다. 그러나 원성훈은 그 부가 재료가 떡볶이 선별의 리스크를 낮춘다고 생각한다. 판떡은 맛있기로 소문난 집, 줄 서서 먹는 집을 찾아다녀야 하는데, 즉떡은 각종 맛있는 재료를 바로 끓여서 먹으니 대체로 다 맛있다. 그러나 떡볶이 리스크에 대한 정효열의 관점은 다르다. 즉떡이든 판떡이든 결국 맛집은 정해져있고, 그래도 둘 중에 "아무데나 갔을 때" 위험 부담이 적은 건 판떡이다. "이미 맛있게 만들어놓고 손님을 기다리는 음식"이기 때문이다. 반면 즉떡은 첫맛과 마지막 맛이 다르다. 앞서 말한 것처럼 "맛있어질 때까지 기다려야 하는 음식"이기 때문이다.

둘의 논쟁은 자정이 되도록 끝날 줄을 몰랐다. 둘은 했던 얘기를 계속 반복하고 살을 붙여 논지를 확장하면서, 동시에 번갈아 내 눈을 바라보면서 편을 만들려고 애를 썼다. 나는 이전까지 내가 '즉떡파'라고 생각했다. 원성훈이 제시한 모든 근거에 대체로 수긍해왔기 때문이다. 그런데 정효열이 논리적으로 판떡의 가치를 나열할 때마다 바로바로 납득됐다. 즉떡 판떡 논쟁이 이어지는 동안 나는 여기에도 동의하고 저기에도 동의하는 비겁한 회색분자가 되었다.

내일은 떡볶이

　논쟁이 끝나고 며칠이 지났다. 어느 월요일 저녁, 조금 미안한 마음을 안고 원성훈의 사업장으로 갔다. 그 월요일은 우리가 약속한 떡볶이의 날이었지만 주말과 공휴일에도 식당을 여는 원성훈에게 월요일은 유일한 휴일이다. 주중 단 하루인 휴일을 빼앗는 것도 미안한데 만나서 지난 며칠간 있던 이야기를 들으니 더 미안해졌다. 원성훈은 그날을 앞두고 며칠 전부터 망원시장에서 각종 재료를 잔뜩 사다가 여러 번 실습해서 동료 정효열 및 아르바이트생과 먹었으며 옆집 사장 친구와 앞집 사장 친구한테도 돌렸다고 했다. 거듭 미안해하는 내게 원성훈은 덕분에 끼니도 잘 해결했으며, 매일 똑같은 걸 먹기는 물려서 휘핑크림을 부어봤더니 로제 떡볶이가 나왔다고 했다. 나아가 갑자기 요리 의욕이 샘솟아서 그 김에 튀김도 하고 밥 위에 튀김을 올려 텐동도 만들어 먹었다고 했다. 떡볶이라는 숙제가 있어서 더 잘 챙겨 먹었다는 것이다.

　떡볶이 조리를 시작하면서 원성훈은 미국 유학 시절로 잠깐 돌아갔다. 그때 발견한 두 가지 요령을 바탕으로 떡볶이를 만들 것이라고 했다. 하나는 매시드 포테이토다. 매시드 포테이토는 앞서 원성훈이 말했던 것처럼 떡볶이 양념과 만났을 때 궁합이 꽤 좋은 사이드 메뉴다. 그걸 맛있게 만드는 방법도 알고 있다.

미국인과 결혼한 원성훈의 작은 고모가 알려준 방식으로, 감자를 삶아서 으깰 때 반드시 버터와 휘핑크림을 넣어야 한다. 원성훈에 따르면 휘핑크림은 매시드 포테이토에 있어 가장 중요한 재료다. 그걸 넣어야 그야말로 "크림처럼" 부드러운 매시드 포테이토가 완성된다. 미국에 있던 시절에는 휘핑크림 대신 '하프 앤 하프'를 많이 썼다. 우유와 크림을 말 그대로 반반씩 섞어서 가공한 유제품으로, 미국에서 매우 대중적인 공산품이라서 마트나 슈퍼마켓에도 항상 진열되어있고 스타벅스에도 커피와 섞어 마실 수 있도록 항상 비치되어있다. 크림을 섞어 만드는 이 부드러운 매시드 포테이토는 스테이크의 사이드 메뉴로서도 적절하지만, 떡볶이의 매운 양념과 만났을 때도 궁합이 좋다는 것이 원성훈의 경험에 따른 주장이다.

　미국 시절에 알게 된 또 다른 떡볶이 기술 하나는 숙성이다. 그건 미국 친구들의 조리 습관을 따라 하다가 우연히 발견한 요령이다. 미국 사람들은 음식을 만들 때면 대체로 소스를 넉넉하게 준비한다. 그 습관을 따라서 요리하다 보니 어느 날 원성훈은 떡볶이 양념마저 평소보다 많이 만드는 실수를 하게 됐는데, 쓸 만큼 쓰고도 많이 남아 일단 냉장고에 넣어뒀다. 남았으니 떡볶이를 한 번 더 해야 했다. 그런데 이튿날 만든 떡볶이의 맛이 달랐다. 전날 만든 것보다 훨씬 깊고 진한 떡볶이가 나왔다.

원성훈은 지금도 같은 방식으로 떡볶이를 만든다. 더 나은 결과를 목표로 하루 전부터 양념을 만들어 숙성해둔다는 그 철저한 준비성에 감탄하면서 나는 바로 원성훈의 떡볶이 이름을 지었다. 원성훈의 떡볶이는 당장 먹을 수 있는 것이 아니다. 사전 24시간을 필요로 한다. 그래서 원성훈의 떡볶이는 '내일은 떡볶이'다.

'내일은 떡볶이'의 조리가 시작됐다. 원성훈은 냄비 두 개를 불에 올린 뒤에 곧 부드러운 매시드 포테이토로 전환될 감자를 삶았고 동시에 하루 전에 숙성해둔 양념을 꺼내 다른 냄비에 풀었다. 물과 만난 양념이 끓기 시작하면 떡과 어묵을 넣고 끈적해질 때까지 졸여서 "포장마차 떡볶이에 가까운 방식으로" 마무리할 것이라고 했다. 그리고 그 양념 레시피의 부정확한 출처를 이야기했다. 10여 년 전 미국에서 살던 시절에 이런저런 블로그를 검색하면서 이렇게도 해보고 저렇게도 해보다가 마침내 입에 맞는 양념을 찾게 됐다. 다음과 같은 비율로 재료를 섞으면 된다. 고춧가루 3 : 고추장 1 : 물엿 1.5 : 설탕 2 : 간장 2 : 다진 마늘 2. 진짜 많이 해봤기 때문에 진작 외운 비율로, 이렇게만 하면 야채를 넣지 않아도 충분한 맛이 나온다. 그런데 이 비율을 설명하다가 원성훈은 갑자기 큰일이 난 것처럼 비명을 질렀다.

"아, 마늘!"

원성훈의 '내일은 떡볶이'에는 대파나 양파, 혹은 양배추 같은 야채가 쓰이지 않는다. 꽤 오랜 시간 이처럼 간편한 방식으로 떡볶이를 만들어왔다는 말을 하던 중에 양념에 쓰이는 유일한 야채인 마늘을 빼먹었음을 뒤늦게 깨달은 것인데, 원성훈은 다급하게 냉장고에서 다진 마늘을 꺼내서 뒤늦게 한 스푼 넣긴 했지만 다 완성해 먹기 시작하자 실습했던 그 맛이 아니라면서 슬퍼했고 내가 그릇을 다 비우고 집으로 돌아갈 때까지도 잊은 마늘 생각으로 굳은 표정을 풀지 못했다. 그 마늘은 양념에 진작 들어갔어야 했다. 고추장, 고춧가루, 설탕, 물엿, 간장과 함께 하루 전부터 숙성되어야 했다. 그러나 나는 마늘을 잊지 않은 떡볶이의 맛을 모르니 그 차이를 알지 못한다. 내게 남은 '내일은 떡볶이'에 대한 기억은 먹는 내내 얼굴에 땀이 줄줄 흘렀을 만큼 꽤 매웠다는 것, 그래서 크림 같은 매시드 포테이토와 궁합이 매우 훌륭했다는 것, 그리고 결국 다 비웠을 만큼 맛있었다는 것이다.

땀을 닦으며 '내일은 떡볶이'에 쓰인 각종 재료 이야기를 들었다. 매운맛에 가장 크게 기여한 재료는 고춧가루로, 망원시장에서 산 것이다. 그것 말고도 원성훈의 주방에는 더 매운 고춧가루가 많다. 청양고추로 만든 고춧가루가 있고(떡볶이에 적합하지 않을 만큼 맵다고 한다), 인도차이나 음식에 많이 쓰이는 외국산 고춧가루도 있다. 모두 원성훈의 사업에 필요한 재료다. 원성훈의 일은 이처럼 출처도 맛도 다양한 고춧가루를 대량으로 사서 적정 비율로 섞은 뒤 이국의 맛을 내는 것이다. 원성훈이 양념에 사용했다면서 내게 보여준 간장 또한 특대 사이즈였다. 원성훈은 일반 가정에 좀처럼 없을 5L짜리 간장을 사서 그걸로 영업용 볶음 요리를 한다. 영업과 연관은 전혀 없지만 떡과 어묵도 꽤 많이 사다 났다. 앞서 말했듯 떡볶이의 날을 앞두고 여러 번 만들어 맛을 검증했고 재료를 추가해 응용도 해봤으며 동료 및 이웃과도 나눴다. 그들은 나와 다른 떡볶이를 먹었다. 마늘을 잊지 않은 떡볶이를 먹었다.

잊은 마늘 생각으로 어쩔 줄 모르는 원성훈과 달리 나는 내가 모르는 떡볶이에 큰 호기심을 느끼지 않는다. 마늘의 타이밍을 잊었다고 하지만 원성훈의 '내일은 떡볶이'에 충분히 만족했기 때문이며, 최소 하루 전에 준비해야 하는 '내일은 떡볶이'의 조리법과 실습 과정을 듣게 된 뒤로 내 친구를 더 좋아하게 됐기 때문이다.

밀떡과 쌀떡 사이에서

나는 원성훈과 정효열을 만날 때마다 똑같은 얘길 한다. 밥은 잘 챙겨 먹는지, 피곤하진 않은지, 건강은 괜찮은지를 반복해서 묻는다. 둘 다 식당을 열기 전에도 바쁘게 일했지만 그래도 전에는 지금보다 더 많이 쉴 수 있었다는 것을 알기 때문이다. 전까지 그들이 하던 일은 육체노동이 아니었다. 둘은 방송국에서 일했다. 원성훈의 전직은 PD고, 정효열은 과거 아나운서였다. 나는 일전에 또래들의 퇴사와 직업 전환의 과정을 다룬 책 <회사를 나왔다 다음이 있다>를 출간했고, 책을 계기로 다양한 사례를 찾다가 방송국에서 음식점으로 간 그들을 만났다. 책이 끝난 뒤 우리는 친구가 되었다. 몇 차례 술을 나누다 보니 결국 떡볶이를 얻어먹을 수 있는 관계로 발전했다.

그들은 라오스 음식점이라는 사업을 기획이라고 생각했다. 전직 방송인의 관점에서 이것은 장사이기 전에 새로운 프로그램을 구상하고 실행하는 일에 가까웠다. 그러나 동기가 반짝거렸다고 한들, 게다가 몹시 다행스럽게도 영업을 넘어 성업을 논할 수 있다고 한들 식당 운영은 정말이지 여유다운 여유가 보장되지 않는 일이다. 장사가 안 풀리는 것도 고통일 테지만 잘되면 또 잘돼서 힘들다. 하루 종일 음식을 만들고 손님을 상대해야 하며 휴일은 평일 하루다. 그러나 원성훈에 따르면 처음 1년이 힘들었지 지금은 적응된 상태라 딱히 큰 피로를 느끼지 않는다. 불편한 상사와 붙어서 일하던 직장 시절에 비하면 모든 걸 스스로 결정하고 해결할 수 있으니 정신적으로 덜 피로한 일이다. 그렇다고 해도 걱정의 여지는 남는다. 밥이다. 우리가 밥을 먹어야 할 시간에 그들은 밥을 판다. 결국 식당 운영이란 끼니에 대한 감각을 잃어버리는 일이다.

"점심과 저녁 시간이 가장 바쁠 텐데, 그럼 성훈 씨 밥은 언제 먹나요?"

"그때그때 달라요. 브레이크 타임에 먹는 날도 있고 영업시간 중에 먹는 날도 있고요. 그런데 요 며칠 끼니 걱정 안 했어요. 떡볶이 연습하느라 떡볶이 계속 먹었거든요."

"저 때문에 며칠 떡볶이만 먹은 거네요. 또 미안해지는데."

"아니에요. 덕분에 요리할 의욕이 솟아올라서 더 잘 챙겨 먹었어요."

원성훈은 내게 떡볶이를 만들어주기 전부터 이미 떡볶이로 끼니를 해결한 날이 많았다. 그렇게 반복해서 떡볶이를 먹으면서 전에 없던 취향도 생겼다. 원성훈은 이전까지 자신이 '밀떡파'라고 생각했다. 쌀떡을 거부해서가 아니라 그간의 삶에서 밀떡이 더 가까웠기 때문이다. 어린 날 처음 접했던 흑석동 떡볶이도, 고교 시절 드나들었던 음식백화점에서 먹었던 떡볶이도 밀떡이었다. 원성훈은 그 시절에 가끔 집에서 떡볶이를 만들어 먹기도 했다면서 내게 '송학 떡볶이'를 아느냐고 물었다. 나도 아는 것이다. 공산품 밀떡의 대표 주자로, 파란색 학이 그려진 투명 봉지에 포장되어있었다. 냄새도 기억난다. 봉지를 뜯으면 떡에서 시큼한 냄새가 났다. 상한 것인 줄 알고 놀란 내 어머니가 더는 사지 않았던 떡이었다. 원성훈이 이를 교정해주었다. 시판용 어떤 우동면도 비슷한 냄새가 난다. 반죽이 상하는 것을 방지하기 위해 식초를 적당히 둘러서 유통하기 때문인데, 물에 씻으면 냄새가 날아간다. 이 같은 대화를 계기로 '송학 떡볶이'를 검색해봤더니 '송학식품'이라는 브랜드는 있지만 우리가 어린 날 접했던 것과 똑같은 패키지 디자인은 보이지 않는다. 더는 생산되지 않는 형태인 것 같다.

　이처럼 원성훈은 밀떡에 대해 할 말이 많은 사람인데, 식당을 운영하면서 '쌀떡파'가 되었다. 효율 때문이다. 한가한 시간에 떡볶이를 먹다가도 갑자기 손님이 오면 다시 일로 돌아가야 한다. 주문을 처리하고 다시 젓가락을 들면 떡볶이는 이미 변해 있다. 밀떡은 조리하고 나서 시간이 흐르면 쫄깃함이 사라진다. 그런데 쌀떡은 어느 정도 시간이 흘러도 처음이랑 상태가 비슷하다. 게다가 쌀떡은 구하기 더 쉬운 재료다. 시장만 둘러봐도 밀떡을 파는 점포는 정해져있다. 하지만 쌀떡은 시장이든 마트든 어디서든 쉽게 눈에 띈다.

　나는 이 같은 원성훈의 떡볶이 역사와 철학을 들을수록 한 때의 걱정으로부터 점점 자유로워졌다. 앞서 말했듯 나는 라오스 음식을 하는 요식업 종사자에게 떡볶이를 만들어달라고 요청했다. 거절을 어느 정도 염두에 두고 물은 것인데, 떡볶이를 둘러싼 추억과 논쟁으로 긴 밤을 보내고 주 1회 주어지는 귀한 휴일에 떡볶이를 만들어 나누기까지 하면서 원성훈에게 떡볶이란 직업적 전문성과 전혀 연결되지 않는 별도의 영역이라는 것을 차차 이해하게 되었다. 원성훈은 취학 전에 먹었던 떡볶이를 생생하게 기억하고 있다. 미국에서도 떡볶이를 끊을 줄 몰랐고, 새로 정착한 지역의 떡볶이 점포와 배달 가능한 떡볶이까지 이미 다 점검했다. 종합 분식집의 대단찮은 떡볶이도 사랑하고, 즉석 떡볶이에는 전골 요리 대우를 한다. 밀떡도 쌀떡도 가리지 않는다. 초대 음식으로 떡볶이부터 떠올리면서 하루 전에 양념을 준비하는 떡볶이 요리사 원성훈에게 잊을 수 없는 수치란 마늘 하나를 까먹은 것이다. 그런 원성훈에게 떡볶이는 "누가 말릴 수 없는" 음식이다. '내일은 떡볶이'는 원성훈의 작품 이름이기 전에 원성훈의 삶인지도 모른다.

　나는 원성훈과 떡볶이의 관계를 다음의 문답으로 마무리하고 싶어진다.

"누군가는 스트레스 때문에 떡볶이를 찾는다고 하죠. 성훈 씨도 그런 경험이 있어요?"

"딱히 그런 적 없는 것 같아요. 저한테 스트레스 해소 음식은 튀김이었어요. 프라이드치킨 같은 거, 그러니까 칼로리 엄청 높은 거. 그런데 떡볶이는 아무 감정 없이 그냥 계속 먹어요. 말하자면 '필수템' 같은 것?"

2018년 11월

분식집에서 얻은
영감을 바탕으로

양현아의 쌍둥이네 떡볶이

**오늘의 떡볶이 요리사
양현아는,**

2019년 기준 30대 초반이다. 방송국에서 영상 편집 업무를 하고 있다.
1990년대 후반 광주에서 어린 시절을 보냈고, 직접 번 돈으로 학교 앞
에서 컵볶이를 먹었다. 서울에 정착한 뒤로 다양한 즉석 떡볶이를 접
하면서 '즉떡파'가 되었다. 쌍둥이 동생과 함께 산다. 거의 매일 집에서
아침과 저녁을 차린다.

양현아의
쌍둥이네 떡볶이 만들기

재료

- 동네 시장 가래떡 2종과 어묵 적당량

- 계란 2개, 차돌박이와 비엔나소시지 적당량

- 오뚜기 라면사리 1개

- 양념) 해찬들 맛있게 매운 태양초 골드 고추장, 이마트 매운 고춧가루, 올리고당, 설탕, 카레 가루, 다진 마늘 적당량

- 육수) 델가 진한 멸치 육수, 어묵, 무, 청양고추 적당량

- 야채) 양파, 파채, 양배추 적당량

소요 시간

- 약 20분(육수 및 양념 준비 등 사전 조리 시간은 포함하지 않음)

조리법

1. 다음과 같은 비율로 양념을 만든다. 고춧가루 4 : 고추장 4 : 올리고
   당 2 : 설탕 1 : 다진 마늘 약간 : 카레 가루 약간.

2. 냄비에 물을 붓고, 떡, 계란, 햄, 어묵, 양파, 파, 양배추, 비엔나소시
   지를 넣고 중불에 끓인다.

3. 멸치 육수를 붓고, 미리 만들어둔 양념을 넣는다.

4. 고기와 파채를 넣고 익힌다.

우리 사이에 떡볶이 얘기가 처음 오갔을 때, 양현아는 "거절할 것 같지는 않지만" 그래도 동거인의 허락부터 구해야 한다고 말했다. 그리 어려운 과정은 아니었다. 1분 만에 허락이 떨어졌는데, 잽싸게 허락을 말한 그 동거인은 양현아와 한날한시에 태어난 쌍둥이 동생 양정아다.

그렇게 해서 쌍둥이네 집에 찾아가서 내가 받은 상은 그야말로 떡볶이 풀코스에 가까웠다. 일단 사이드 메뉴로 어묵탕과 튀김이 넉넉하게 준비돼있었다. 그리고 양현아의 떡볶이에는 그간 내가 먹었던 열 개의 떡볶이 가운데 유일하게 육류(차돌박이와 비엔나)가 들어갔다. 마지막 코스는 볶음밥이었다. 이 모든 것을 점심으로 해치웠던 떡볶이의 날에 나는 저녁을 먹지 못했다. 배가 터질 정도로 어마어마했던 그 상을 돌아보면서 떡볶이의 이름을 정했다. '쌍둥이네 떡볶이'다. 말 그대로 쌍둥이가 차린 떡볶이 정식이기도 했지만 양도 그야말로 '더블'이었기 때문이다.

양현아는 다양한 재료와 사이드 메뉴를 포함하는 '쌍둥이네 떡볶이'의 구성을 두고 그동안 분식집에서 먹은 인상적인 것들을 돌아보면서 참고한 결과라고 말했다. 그리고 이 같은 상차림에 상당한 영향을 주었을 어머니의 이야기를 들려주었다. 양현아가 부모와 함께 살던 시절, 밥상에 카레가 한번 올라오면 다섯 식구가 닷새고 일주일이고 그것만 먹어야 했고 김밥을 한번 말았다 하면 100개가 넘게 나왔다. 어머니는 이처럼 무엇이든 "물릴 만큼" 대량으로 만들던 분인데, 쌍둥이가 중학생이 된 뒤부터는 더 많은 양의 음식을 만들었다. 당시 어머니의 일터가 어느 학교의 급식소였기 때문이다. 쌍둥이네 어머니는 진작 은퇴했지만 그 손은 여전하다. 때가 되면 어마어마한 양의 김치를 종류별로 만들어 이웃과 나누고, "실은 엄마 김치보다 마트에서 파는 맛김치를 더 좋아하는" 쌍둥이에게도 보낸다. 쌍둥이 동생과 함께 살면서 주로 주방 노동을 담당하는 양현아는 "어머니와 다르게" 무엇이든 2인용으로 양 조절이 가능하지만, 사실 음식은 어머니처럼 많이 해야 맛있다는 걸 안다. 그러다 초대 계획이 나오면 결국 어머니와 다르지 않은 사람이 된다. 많이 먹이고 계속 먹인다.

한편 이 책은 내게 떡볶이를 해줄 수 있는 친구들의 소환이다. 그렇게 격 없는 친구들 사이에서 진행한 일이라고 해도 초대는 부담스러운 일이라는 것을 모르지 않는 만큼 늘 고맙고 미안한 마음인데, 양현아는 이 제안에 조금도 망설이지 않았던 열정적인 떡볶이 요리사였다. 오히려 재미있겠다며 대단히 반기는 쪽이었다. 원래 주방 활동에 익숙한 데다 최근 친구들을 잔뜩 초대할 수 있을 만한 넓은 집으로 이사했기 때문이며, 이사를 계기로 큰 냉장고까지 들여서 전보다 적극적으로 요리할 수 있게 되었기 때문이다. 그리고 "SNS 중독"이기 때문이다. 여럿이 같이 먹을 상을 직접 차리면 "자랑할 만한" 뿌듯한 사진이 생긴다.

풀코스 즉석 떡볶이

내가 경험한 '쌍둥이네 떡볶이'의 특징은 크게 두 가지다. 첫째로, 일반적인 즉석 떡볶이의 형식을 참고했다. 상 위에 (버너 대신) 소형 인덕션과 냄비를 올리고 눈앞에서 끓여 먹는 방식이다. 둘째로, 재료를 아낄 줄 모른다. 일단 떡이 2종이다. 일반적인 떡볶이 떡 말고도 나중에 가위로 잘라서 먹게 될 긴 가래떡이 통째로 들어간다. 시판용 '감동란'과 비슷한 형태로 반숙으로 삶은 계란도 잊지 않고 준비했다. 그 밖에 차돌박이와 파채, 비엔나소시지, 사리면이 들어간다. 사이드 메뉴는 모둠 튀김, 만두, 웨지감자, 치즈스틱, 어묵탕과 물떡(가래떡을 꼬치에 꽂아 어묵탕 국물에 넣고 함께 끓인 것으로, 양현아는 언젠가 부산에서 맛있게 먹던 것이 생각나서 함께 준비했다고 말했다)이다. 볶음밥도 대기하고 있다. 떡볶이집 메뉴판을 그대로 옮겨온 것과 다르지 않다.

'쌍둥이네 떡볶이'는 육수와 양념에도 성의가 잔뜩 들어간다. 시판용 멸치 육수에 어묵, 청양고추, 무를 넣고 국물을 낸 뒤 고춧가루 4 : 고추장 4 : 설탕 1 : 올리고당 2의 비율에 카레 가루와 다진 마늘을 약간 섞은 양념장을 넣고 만든 떡볶이인데, 맵지 않아서 쑥쑥 넘어간다고 극찬했던 나와 달리 양현아에 따르면 "완벽한 맛"은 아니다. 간을 보고 맛이 좀 비어있다 싶으면 양정아와 상의해 마늘이든 설탕이든 추가하면 되는데, 그날은 양정아도 바빴기 때문에 맛을 제대로 검토하지 못했다. 양현아가 떡볶이를 중심으로 그날의 상차림 전반을 감독하는 동안 양정아는 에어 프라이어에 튀김류를 돌렸고 나중에 먹을 볶음밥을 염두에 두고 밥을 지었다. 그렇게 둘이 움직인 결과 상은 꽉 찼고 좀처럼 끝이 보이지 않았다.

양현아는 맛에 대한 약간의 아쉬움을 느끼지만, 상차림 자체가 어렵지는 않았다. 일단 둘이서 준비했기 때문에 역할 분담이 잘됐다. 그리고 원래 친구들 불러서 먹이는 것을 좋아하는데다 이미 몇 달 전에 비슷한 상을 차린 적이 있어서 더 수월했다. 누가 이렇게 상다리가 부러지는 떡볶이 상을 먼저 받았는가를 물었더니 쌍둥이 자매와 함께 연극을 자주 보는 친구들이라고 한다. 그 친구들은 주기적으로 대학로에서 만나는 한편 여행

계를 들어 다 같이 비행기를 탈 만큼 절친한 무리인데, 얼마 전에 그들을 집에 초대하면서 떡볶이를 대접했다는 것이다. 수많은 음식 가운데 왜 초대 음식으로 떡볶이가 선택되었을까. 양현아에 따르면 별 고민 없이 결정된 메뉴다. 습관대로 먹었을 뿐이다. 그들은 대학로에서 만나 연극을 보기 전에 늘 떡볶이를 먹어왔기 때문이다.

둘은 서울에서 가장 맛있는 떡볶이집으로 '반장 떡볶이' 대학로 지점을 꼽는다. 다른 지역에도 있는 흔한 프랜차이즈이지만 여러 군데서 먹어봤어도 그들 자매에게 거기만큼 맛있는 곳은 없었다. 처음에는 일반적인 즉석 떡볶이를 먹었지만 매운 걸 먹고 깜깜한 데서 두 시간 동안 꼼짝없이 연극에 몰입하자니 속이 불편해서 언제부턴가는 맵지 않은 미트볼 떡볶이를 택하게 되었는데, 미트볼 떡볶이라고 해서 주먹만 한 고기 완자가 나오는 것이 아니라 미트 소스 스파게티와 비슷하게 양념에 다진 고기를 섞은 맛있는 떡볶이라고 그들은 설명했다. 한편 쌍둥이는 또 다른 즉석 떡볶이집 '사이드쇼'와 '청년다방'에서 언젠가 차돌박이 떡볶이를 만족스럽게 먹은 적이 있다. 거기서 영감을 얻어 오늘의 '쌍둥이네 떡볶이'에도 차돌박이를 넣고 파채까지 더해봤다. 비엔나소시지를 넣은 이유도 같은데, 언젠가 '엽기 떡볶이'에서 먹었던 것을 따라 해본 것이다. 그들은 매운 양념과 떡으로 승부하는 정통 떡볶이 말고도 여러 떡볶이 전문점의 메뉴판을 채우는 각종 퓨전 떡볶이에도 이처럼 편견 없이 여러 차례 도전해왔다. 그리고 그렇게 도전하면서 발견한 괜찮은 여러 가지 추가 재료를 초대상으로 옮긴 결과가 오늘의 '쌍둥이네 떡볶이'다.

그렇게 '쌍둥이네 떡볶이'의 기원을 설명하던 양현아는 마치 볶음밥 주문을 받은 즉석 떡볶이집 주인처럼 냉큼 떡볶이 냄비를 들고 주방으로 사라졌다. 이미 떡볶이와 튀김과 어묵탕을 비운 것만으로 숨도 못 쉴 지경인데 "즉석 떡볶이니까 밥까지 볶아 먹어야 끝"이라고 한다. 지은 지 얼마 되지 않은 밥에 김치와 김과 참기름을 알맞게 두른 볶음밥이 나왔고, 이게 다 들어갈까 의심하면서도 결국 다 해치우는 동안 내가 언젠가 트위터에서 봤던 웃긴 말이 생각났다. 볶음밥은 한국인의 후식이다.

상차림이 습관이 되려면

양현아가 볶음밥에 넣었던 김치는 CJ에서 나온 '비비고 배추김치'다. 그냥 한번 사봤는데 익으니까 꽤 맛있길래 계속 사다 먹게 되었다고 했다. 사실 양현아는 김치를 사 먹지 않아도 되는 사람이다. 김치에 관한 두 가지 옵션이 있어서인데, 하나는 '시즌 배송'이다. 광주에 사는 쌍둥이의 어머니는 김장철이 되면 갓김치부터 무김치까지 잔뜩 포장해서 보낸다. 그 김치가 도착한 날 양현아가 SNS에 택배 박스를 찍어 올리고는 "김치는 역시 전라도지" 하고 썼던 게 기억나서 말을 꺼냈다가 후회했다. 그 말이 끝나기가 무섭게 광주에서 온 김치 2종이 상에 놓였기 때문이다. 너무 많이 꺼내놔서 다 먹지 못했던 게 아직까지도 아쉬운 맛이다.

다른 옵션은 양현아가 직접 김치를 담그는 것이다. 취업을 계기로 서울에 정착하면서부터 양현아는 배추김치부터 깍두기까지 직접 만들어 먹곤 했다. 스스로 완성한 김치를 어머니에게도 자랑했다가 상처를 받기도 했다. 어머니는 "우리 현아는 김치도 할 줄 안다"고 고모에게 전했는데, 양현아의 가정보다 부유한 형편에서 살아왔던 고모는 양현아의 요리 실력에 감탄하면서 "악의 없이" 말했다. "너 그런 것도 할 줄 안다며? 난 여태까지 김치 한 번도 해본 적이 없는데." 양현아는 그날 좀 슬펐다. 즐거워서 했던 일이고 뿌듯하기까지 했던 일인데 사실 그건 선택할 수 있는 일이었다.

돌이켜보니 양현아는 주방 노동에 있어 대체로 선택을 몰랐다. 의문 없이 그냥 했다. 중학교 무렵 어머니가 일을 시작하자 그때부터 "냉장고에서 반찬을 꺼내서" 밥을 스스로 차려 먹기 시작했다. 어설프긴 했지만 요리도 자주 했다. 대학생이 되자 보다 적극적인 요리사가 되었다. 양현아는 그 시절 MT에 가거나 교내 행사가 열릴 때면 언제나 주방에 가야 찾을 수 있는 동기로 통했다. 그래서 양현아는 집밥을 그리워하는 자취생 친구들의 갈증에 때때로 공감하기 어렵다. 먹고 싶은 건 만들어 먹으면 된다. 김치도 스스로 만들 수 있는 양현아의 SNS 계정은 매일이 잔치다. 어느 날은 비교적 가벼운 된장국 정식이 올라온다. 어느 날은 파인애플 볶음밥과 월남쌈이 올라온다. 어느 날은 이웃집 할머니가 직접 재배한 호박을 줬다면서 호박볶음부터 호박을 넣은 된장찌개에 이르기까지 호박으로 가득 찬 밥상을 차렸다. 20대가 되어 본격적인 경제 활동을 하면서 "귀찮은 집안일은 돈을 써서 하면 되는 것"이라는 걸 알긴 했다. 그런 깨달음의 일환으로 가끔 배달 음식을 먹거나 김치와 나물을 사다 먹기도 하지만 그래도 양현아는 근본적으로 차려 먹는 일에 있어 귀찮음이 아닌 기쁨을 더 많이 말할 수 있는 유형에 속한다.

그렇게 차려 먹으려면 요리에 대한 열정이나 확신도 있어야 하지만 사실 그 전에 나의 밥상 연출에 집중할 시간이 확보되어야 한다. 양현아는 현재로서는 그럴 시간이 있는 사람이다. 양현아의 직업은 영상 편집이다. 일터는 방송국이다. 어느 TV 프로그램 제작팀 소속으로, 촬영된 영상을 편집하는 일을 한다.

일반적인 직장인과 비슷한 시간에 출근하지만 맡은 프로그램이 오후 다섯 시에 끝나기 때문에 별다른 사고가 없으면 방송 종료 시각이 곧 퇴근 시간이다. 회사나 집 근처에서 장까지 봐서 집에 돌아와 밥을 차려 먹을 충분한 시간이 있다는 얘기다. 동거인 양정아는 지역 병설 유치원에서 아이들을 가르치는데, 일찍 출근하는 날이면 오후 세 시에 퇴근할 수 있다. 직장의 위치도 집과 가깝다. 즉 둘은 저녁을 함께 준비하고 먹을 충분한 시간이 있다. 하지만 쌍둥이는 이것이 무한정 누릴 수 있는 여유가 아니라는 것을 잘 알고 있다. 그리 머지않은 날에 오늘의 밥상을 구상하고 준비할 시간이 사라질지도 모른다.

방송국에서 일하는 양현아는 일정한 시기가 되면 재취업을 알아봐야 하는 계약직 노동자다. 양정아도 계약직이지만 "60세까지 고용이 보장된" 무기 계약직이라서 이직 스트레스는 덜한데, 고용 조건이 아니라 매달 달라지는 퇴근 시간이 문제다. 양정아는 자신을 포함해 동료 대다수가 겪는 유동적인 퇴근 시간이 "삶의 질"과 연결된다고 말한다. 안 그래도 고단한 돌봄 노동을 하는 와중에 근무 시간이 계속 바뀌면 신체 리듬도 바뀌기 마련이고, 운동이든 새로운 미래 준비든 퇴근 후의 개인적인 활동 또한 설계하기도 지속하기도 어렵다.

"이건 떡볶이 책이지만 사실 친구네 집에서 떡볶이 얻어먹으면서 친구의 삶을 나누고 싶어서 하게 된 일이에요. 떡볶이로 시작해서 그냥 우리처럼 평범한 사람들이 무엇을 먹고 어떻게 사는지를 쓰고 싶어서. 그런 의미에서 두 분의 일과 근무 조건에 관한 얘길 써도 될까요?"

"그럼요. 저는 이런 얘기가 어떤 방식으로든 더 많이 드러나야 한다고 생각해요."

"저도요."

양현아가 현재 다니는 직장은 "여섯 번째로" 이직한 방송국이다. 전에도 두 번 근무한 적이 있지만 때가 되어 떠났다가 돌아온 곳으로, "그나마 사정이 좋은 곳"이기 때문에 다시 왔다. 양현아에 따르면 방송국은 "2년 이상 근무하면 정규직으로 전환하는 것이 규정이기 때문에" 자신과 같은 파견 근로자 누구도 2년 이상 채용되지 못한다. 프로그램을 함께 만드는 구성원에게는 콘텐츠에 대한 이해를 바탕으로 형성된 단단한 팀워크가 필요하지만, 정부가 방송국 노동자의 입장을 반영해 정책 개선에 개입하지 않는 이상 프로그램의 질을 높이겠다고 방송국이 나서서 채용 조건을 바꾸지는 않는다. 양현아에 따르면 그런 방송국이 보다 선호하는 인력은 "돈을 더 줘야 하는 나 같은 경력자"가 아니라 "방송국이라는 세련된 직장을 선망하는 더 나이 적은 여성"이다. 한편 병설 유치원 소속 양정아의 직함은 "교사가 아니라 에듀케어(방과 후 과정반) 선생님"이다. 임용고사를 통과한 정규직 교사와 똑같이 일하지만 교육청은 비정규직 에듀케어 선생님에게 교사라는 직함을 주지 않는다. 직함 말고도 일은 늘 불평등의 연속이다. 정규직보다 더 일찍 출근하고, 수업 중에 처리해야 하는 각종 허드렛일과 아이들이 하원한 뒤에 누군가는 해결해야 할 잡무 또한 암묵적으로 비정규직에게 넘겨진다. 교사로서 더 나은 수업을 기획하고 성장하고 싶지만 자기 계발에 필요한 각종 연수도 근무 시간이 매번 바뀌는 비정규직은 참여가 어렵다. 게다가 비정규직은 경력이 쌓여도 임금은 이를 따라가지 않는다. 경력에 따라 근속 수당이 오르기는 하지만 "연마다 몇천 원 정도"다.

앙현아는 일이 유난히 힘든 날이면, 혹은 '나는 언제까지 비정규직일까' 하는 불안으로 위축되는 날이면 음식에 대한 여러 가지 욕구를 떠올린다. 특히 함께 편집하는 동료들 사이에서 언제부턴가 "아주 매운 떡볶이와 달콤한 순살 치킨의 조합"이 효과적인 스트레스 해소용 아이템으로 부상했다. 누군가가 처음 그 조합에 대한 아이디어를 떠올린 시점만 해도 그건 동료들과 약속을 잡고 함께 퇴근한 뒤에 먹는 특식이었는데, 이제는 그 조합을 점심부터 찾는 동료가 생겼을 만큼 오전부터 힘든 날이 늘고 있다. 만들어 먹든 밖에서 먹든 지친 날일수록 더 챙겨 먹고 골라 먹어야 한다고 느끼는 양현아와 다르게 양정아는 "유치원에서 이미 체력 소모를 다 했기 때문에" 집에 오면 식욕조차 사라지는 날이 있다. 언니가 비슷하게 고단한 날 매운 음식과 달콤한 음식의 밸런스를 찾는 동안 양정아는 취미에 몰두하거나 긴 잠을 잔다. 혹은 언니가 하는 음식을 얻어먹는다.

함께 살면서 갈등을 피하려면 공평하게 일해야 한다. 주방은 양현아의 공간이다. 그들 자매의 집에는 고양이 두 마리도 함께 사는데, 고양이 노동도 양현아 담당이다. 양정아는 빨래와 쓰레기 처리를 맡는다. 설거지가 너무 많이 나온 날이면 "언니한테 얻어먹었으니까 당연하다고 생각해서" 양정아가 팔을 걷어 올린다. 청소는 알아서 각자 한다. 돈도 똑같이 쓴다. 통장에 일정 금액을 각각 똑같이 넣고 그 돈으로 공과금을 처리하고 생필품을 산다. 그러나 가사노동은 언제나 기계적으로 나눌 수 있는 일이 아니라서 둘 중 하나는 가끔 부당함을 느낀다. 그들 자매는 어린 시절 둘 중 하나에게 간식 하나가 생기면 기다렸다가 나눠 먹을 만큼 돈독해서 모두의 부러움을 사곤 했다. 이렇게 사이좋은 쌍둥이를 본 적이 없다는 말을 그동안 참 오래 들어왔는데, 온전히 둘만 사는 요즘은 좀 다툰다.

'초딩' 쌍둥이의 떡볶이 사업

가사노동 분담이라는 갈등 요소가 있긴 하지만 사실 그들은 잘 지낸다. 양현아의 친구라면 양정아의 친구도 될 수 있다. 둘은 같이 살면서 같이 밥을 먹고, 주말이면 함께 밖으로 나가 친구를 만나고 여가 활동을 한다. 광주에서 나고 자란 쌍둥이가 적당히 시간차를 두고 서울에 자리 잡게 된 배경도 그런 걸 같이 누리고 싶어서였다. 양현아는 대학 시절 우연히 셰익스피어의 연극을 접한 뒤로 현재까지 연극, 뮤지컬, 독립영화 등에 꽤 몰입하고 있는데, 직장을 계기로 막 서울에 정착했던 시기에 서울에는 광주와 달리 "7,000원에 볼 수 있는 훌륭한 작품"이 지천이라는 것에 행복해서 어쩔 줄을 몰랐다. "나는 광주에서 매일 똑같은 하루를 보내는데" 언니 양현아가 누리는 풍요로운 취미 생활이 부러워서 양정아도 곧 서울에서 일자리를 찾았다. 그렇게 서울에 함께 살게 된 뒤로 양현아의 표현에 따르면 "월급을 탕진할 때까지", 양정아의 표현에 따르면 "내일 없이" 각종 문화생활을 즐기고 있다.

지금은 둘이 같이 돈을 쓰고 있지만, 한때는 둘이 함께 돈을 벌었다. 초등학교 시절에 잠깐 그랬다. 말하자면 둘은 동업자였는데 그 사업의 아이템은 고무찰흙 공예였다. 용돈이 없었던 시절에 떡볶이와 기타 간식을 먹고 싶어서 둘의 손재주와 추진력을 바탕으로 벌인 귀여운 사업이다.

광주에서 초등학교에 다닌 시절, 양현아의 학교 앞에도 "다른 사람들의 어린 시절과 마찬가지로" 떡볶이집이 있었다. 거기는 "하교 시간 필수 코스"였지만 양현아는 자주 갈 수 없었다. 용돈을 안 받는 초등학생이었기 때문이다. 친구가 몇 번 사주긴 했지만 친구들이 떡볶이집에 같이 가자고 할 때 다른 일이 있어서 집에 가봐야 한다고 거짓말을 해야 했다. "나름 '초딩 생활'도 사회생활이라서" 매일 얻어먹기는 눈치가 보였다. 그러다 초등학교 3학년이 됐을 때부터 떡볶이를 원하는 만큼 먹을 수 있게 되었다. 가진 재능을 활용하면서다. 양현아는 어느 날 미술 시간에 쓰고 남은 고무찰흙으로 엄지손톱만 한 펭귄을 만들었다. 쌍둥이와 학원을 같이 다닌 언니가 만든 것을 둘이서 따라 해본 것인데, 친구들이 예쁘다면서 탐내자 장난삼아 50원, 100원에 팔기 시작했다가 나중에는 "주문 제작으로" 그림까지 팔았다. 그렇게 번 돈으로 양현아는 떡볶이를 사 먹을 수 있었다. 재료비도 더 벌 수 있었다. 또 만들어서 또 팔았고 떡볶이도 또 먹었다. 결국 담임한테 들켜서 접기 전까지 몇 달간 이루어진 비즈니스였다.

당시 '영업 이익'으로 양현아가 사 먹었던 떡볶이는 이쑤시개로 찍어 먹는 컵볶이였다. 1인분이나 2인분 같은 개념은 없었고, 지불하는 돈에 따라 떡볶이 떡의 개수가 결정되었다. 양현아는 그런 컵볶이를 평균적으로 **100원**어치씩 먹었다고 기억하고 있었다. 그러나 초중고를 함께 나왔기 때문에 이동하는 동선까지 항상 같았던 동생 양정아에게 컵볶이는 없는 기억이다. 같이 번 돈으로 양정아가 사 먹었던 맛있는 간식은 컵라면이었고 그 나이의 아이 입에 딱 달라붙는 각종 불량 식품이었다. 둘은 그 시절 집에서 먹었던 떡볶이에 대한 기억도 다르다. 어머니가 가래떡과 고추장만 가지고 만들어 먹였던 "주황빛 떡볶이"를 두고 양정아는 "그냥 그런 맛"이었다고 말했을 때, 그 떡볶이를 함께 먹었을 양현아는 어머니의 떡볶이가 아예 떠오르지 않는다면서 덧붙였다. "좋지 않은 기억은 원래 빨리 잊지 않나요?"

둘은 중학교 시절에 함께 먹었던 떡볶이에 대한 기억도 일부는 같고 일부는 다르다. 공통 기억 하나는 "지금은 '탈기독교' 했지만" 교회에 열심히 다니던 10대 시절의 일이다. 둘은 "옆옆집"에서 떡볶이를 먹었다. 거기는 같은 교회에 다니던 "집사님"이 하는 분식집이었다. 그 분식집의 이름을 양현아는 "집사님의 아들 이름으로", 양정아는 "집사님의 딸 이름으로" 기억하고 있다. 그 분식집의 이름이 '경민분식'이었는지 '보람분식'이었는지는 둘의 의견이 분분하지만 둘 모두가 인정하는 것은 집사님의 손맛이 굉장해서 간단한 김치볶음밥부터 직접 빚어 속이 꽉 찬 만두까지 다루는 모든 음식이 다 맛있었다는 것이며, 그렇게 음식 솜씨 뛰어난 집사님이 쌍둥이를 예쁘게 여겨 가끔 돈을 받지 않고 밥을 먹였다는 것이다. 쌍둥이는 언젠가 거기서 떡볶이를 공짜로 먹었다. "이모라고 부르면 떡볶이 해줄게" 하는 집사님을 이모라고 다정하게 부르고 얻은 보상이다.

쌍둥이는 그 집사님의 분식집에서 친구들과 함께 돈을 내고 떡볶이를 먹은 날도 있다. 그날의 기억이 비교적 명료한 이유는 "이미 뭘 먹고 갔는데 그러고도 떡볶이까지 다 먹었던 날"이기 때문이다. 이미 배가 꽉 찬 상태로 갔는데 떡볶이가 나오자 한 친구가 우렁차게 외쳤다. "70% 소화!" 그 말에 모두가 웃었고, 동시에 모두가 사전에 먹은 것의 70%를 소화하는 기적을 경험했다. 양현아의 표현을 빌리자면 "친구가 그렇게 외침으로써 위장에 떡볶이를 소화할 만한 공간이 70%나 생긴 것"이다. 그 주문은 쌍둥이에게 "서른 살 전까지" 유효했다. 그때까지만 해도 이미 배가 터지게 먹고 나서도 70%를 외치면서 새로운 음식을 받아들일 수 있었다. 이제는 몸이 안 따라준다. 그렇게 많이 먹는 게 건강에 좋을 리 없다는 것을 참 늦게 알았다.

양현아는 그 집사님의 떡볶이와 함께 10대 시절을 보냈다. 처음에는 쌍둥이 동생과 공짜로 먹었지만 나중에는 친구들과 함께 이미 배가 부른 상태에서도 70%의 공간을 만들어 먹었으며, 때때로 포장해서 교내 방송국에서 먹었다. 양현아는 초등학교부터 고등학교까지 쭉 방송반 활동을 했다. "실은 미술을 더 좋아했지만 방송이라면 돈이 들지 않으니까 엄마가 덜 반대할 것 같아서" 어릴 적부터 희망했던 예술에 대한 차선으로 방송을 꿈꿨다. 신문방송학과에 입학한 대학 시절에는 각종 UCC 영상 공모전에 나가서 상도 몇 차례 받았는데, 한번은 비슷한 미래 준비의 일환으로 한국관광공사에서 모집한 대학생 기자단에 지원했다가 선발되어 서울 종로 투어 프로그램에 참여했던 일이 있다. 준비된 코스 가운데 하나는 종로에서 유명한 즉석 떡볶이집에 가는 것이었다. 그날의 떡볶이집은 '먹쉬돈나'였다.

양현아는 거기서 즉석 떡볶이를 난생처음으로 먹어봤다. 형식도 모양도 새로워서 '이게 뭘까' 하면서도 사리를 마음껏 주문할 수 있다는 것이 어쩐지 마음에 들었다. 주최 측에서 비용을 냈기 때문에 욕심껏 사리를 넣었는데, 그랬더니 "이도 저도 아닌 맛"이 나왔다. 나중에 서울에 정착한 뒤에 다시 그 떡볶이집에 찾아가서 사리를 적당히 넣고 나서야 맛을 제대로 음미할 수 있었고, 동시에 자신이 '즉떡파'라는 것을 알게 되었다. 서울에서 즐길 수 있는 즉석 떡볶이의 세계는 대단히 풍요로웠다. 마포역 근처의 '코끼리 분식'은 무엇보다도 가격이 저렴한 것이

참 마음에 들었다. 앞서 쓴 것처럼 연극을 계기로 대학로에 드나들면서 '반장 떡볶이'에 정착한 뒤로는 거기서 파는 거의 모든 퓨전 떡볶이를 다 먹어봤다.

쌍둥이는 20대 이후에 서울에서 접한 떡볶이에 대해 할 말이 더 많았다. 대다수가 서울보다 광주의 음식이 더 맛있다고 생각하기 마련이지만 쌍둥이는 20년 이상 살았던 광주의 떡볶이 상황을 잘 모른다. 명확한 이유 하나는 각각 스스로 돈을 벌수 있게 될 때까지 외식이라는 걸 잘 몰랐기 때문에 거기 사는 동안 학교 앞의 컵볶이와 "옆옆집" 집사님의 떡볶이 말고는 지역의 떡볶이 문화를 제대로 검토할 경제적인 여유가 없었다는 것이다. 또 다른 이유 하나는 광주는 떡볶이보다 튀김이 더 발달한 지역이라서가 아닐까 하고 쌍둥이는 추측한다. 상추튀김이 그 예다.

떡볶이 친구가 생겼다

떡볶이는 보통 어린 날 친구들과 함께 먹는 음식으로 기억된다. 어른이 된 지금도 떡볶이는 격이 없고 허물없는 사이에서 오늘의 메뉴로 선택될 수 있는 음식이다. 나는 양현아와 어쩌다보니 떡볶이를 세 번이나 먹게 됐는데, 떡볶이와 인연에 대한 일반적인 인식과는 조금 다른 경우였다. 우리는 보다 가까워지기 위해서 떡볶이를 선택한 사이다. 어쩌다 우리가 이런 사이가 됐는지를 돌아보려고 한다.

나는 책을 만든다. 그리고 책을 만들다 보면 친구가 생긴다. 나는 지난해 페미니스트 음악가의 이야기를 다룬 책 <두 개의 목소리>를 출간한 뒤 공연을 겸한 북토크를 세 차례 준비했는데, 양현아는 그 세 번의 행사에 모두 찾아왔던 고마운 독자였다(양정아도 같이 왔다). 평일 저녁 일곱 시 반에 시작되는 행사를 준비하기 위해서 나는 여섯 시에 행사장에 가곤 했는데, 원래 카페이자 펍으로 운영되는 그 행사장에 양현아는 늘 나와 비슷하게 혹은 나보다 일찍 도착해 책을 펼쳐놓고 차나 맥주를 마시면서 선착순 입장을 기다렸던 인상적인 독자이기도 했다. 명백하게 직장인으로 보이는 사람이 어떻게 여섯 시에 현장에 도착할 수 있었을까 궁금했는데, 시간이 흘러 양현아의 직장 근처의 한 즉석 떡볶이집에서 만나 긴 이야기를 나누는 동안 의문이 풀렸다. 나는 그날 양정아의 직업을 알았고 평균적인 퇴근 시간을 알았다.

우리가 처음 인연을 맺게 된 행사와 우리가 재회한 여의도 떡볶이집 사이에는 하루에 한 번 이상씩 드나들던 서로의 SNS 계정이 있다. 출간을 둘러싼 행사를 계기로 우리는 '맞팔'하는 사이가 되었다. 양현아의 계정에서는 매일 잔치가 벌어진다. 스스로를 "SNS 중독"이라고 말하는 양현아는 그날그날 만들어 먹고 사 먹은 음식을 끊임없이 사진에 담아 올리고 있고, 나는 양현아의 밥상에 대한 호기심과 부러움을 댓글로 쓴다. 그런 사진과 댓글이 쌓이고 쌓여 어느 순간 싱거운 농담까지 주고받게 되자 나는 양현아에게 DM으로 책의 기획 의도를 설명하고 떡볶이를 논할 약간의 용기를 얻었다. 게다가 나 이상으로 양현아의 SNS 계정을 흥미진진하게 구독하는 내 배우자 이범학이 부추겼다.

"그분 진짜 훌륭한 요리사 같은데 떡볶이 얘기해봐도 되지 않을까?"

"좀 그렇다. 온라인 친구도 친구이긴 하지만 떡볶이 얻어먹을 만큼 문턱 없는 사이라고 말하기는 어렵잖아. 괜히 말 걸어봤다가 거절하는 부담까지 줄 수도 있어."

"그럼 먼저 친구가 되면 되지."

"그래도 되는 걸까?"

약간의 용기와 큰 걱정을 안고 모바일 채팅창을 연 뒤에 나는 '스몰토크'부터 시도하기로 했다. 살갑게 인사를 하고 나서, 뜬금없는 줄 알지만 떡볶이를 좋아하느냐는 당연한 질문부터 했다. "그럼요! 힐링푸드죠!" 하는 적극적인 답이 돌아왔고, 이어서 양현아는 'ㅋㅋㅋ'를 연발하면서 초등학교 시절 떡볶이를 먹기 위해 대범하게 벌였던 고무찰흙 공예 사업 이야기도 들려주었다. 그 사업의 전말을 접수한 나도 맞장구의 의미로 'ㅋㅋㅋ'를 아낌없이 쏟아낸 뒤에 접근한 의도를 조심스럽게 말했더니 앞서 말한 것처럼 매우 반겼고 곧 1분 만에 동거인 양정아의 허락을 얻었다. 그날 저녁 "SNS 중독" 양현아의 계정에는 떡볶이 사진이 올라왔다. 그리고 "떡볶이 이야기가 나왔으니 안 먹을 수 없지"라는, 우리만 알아볼 수 있는 짧은 글이 달렸다. 나중에 애길 들어보니 그 사진 속 떡볶이는 물을 적당히 붓고 전자레인지에 돌리면 완성되는 편의점 떡볶이였다고 한다.

우리는 떡볶이의 날이라는 거창한 초대 이벤트의 일정을 확정하기에 앞서 서로를 조금씩 알아가는 시간을 갖기로 했다. 그리고 서로를 알아가는 현장을 떡볶이집으로 정했다. 양현아가 자신의 직장이 여의도에 있다고 알려주자 후다닥 검색해 그 근처의 떡볶이집 하나를 골랐고, 양현아와 함께 가도 괜찮은 곳일까를 판단하기 위해 사전 답사 계획을 세웠다. 나는 이 같은 떡볶이 사전 작업을 좋아한다. 말하자면 미지의 떡볶이를 찾는 과정이다. 새로운 떡볶이를 먹어야 할 명분을 만들고 그동안 몰랐던 떡볶이집을 탐색하는 시간을 좋아하고, 약간 두근거리는 마음을 안고 아직 알 수 없는 떡볶이를 만나러 나서는 길을 좋아한다. 그렇게 선별한 떡볶이가 마침내 주어졌을 때, 흥분을 적당히 가라앉히고 이것이 두 번 먹게 될 떡볶이일까를 판단하는 과정 또한 미지의 떡볶이를 둘러싼 큰 즐거움의 일부다. 운이 좋았다. 내가 발견한 그 집은 두 번 이상 가도 될 만한 곳이었다. 깻잎을 많이 쓰는 게 내 입맛에 맞았고 특히 만두가 아주 훌륭했다. 서로를 알아가기로 한 날이 되어 양현아와 거기서 만났을 때, 다행히 양현아도 이런 데가 있는 줄 몰랐다며 맛있다고 말했다. 참고로 그 떡볶이집의 이름은 '모퉁이네'인데, 사실 내게 그 집 떡볶이의 맛보다 더 오래 마음에 남은 건 그날 양현아가 입고 온 옷이다. 그날 양현아는 드레스 코드에 신경을 썼다. 떡볶이 얘기를 하러 떡볶이집에 가는 날이라서 떡볶이 코트, 즉 더플코트를 챙겨 입고 나왔다고 말했다. 고마웠고 귀여웠다.

그런 시간이 있고 나서 두 번째 떡볶이가 있었다. 우리가 약속한 떡볶이의 날에 양현아의 집에 찾아가서 배가 터지도록 먹었던 '쌍둥이네 떡볶이'였다. 그리고 그날 뒤로 양현아의 식단이 변하기 시작했다. 양현아의 SNS 계정에 어느 날은 토마토를 넣고 끓인 미역국이 올라왔고, 어느 날은 아침의 식단으로 밀싹 주스와 함께 직접 구웠다는 호밀빵이 올라왔다. 최근 체중의 변화를 겪고 건강 회복의 일환으로 운동을 하면서 동시에 식물성 재료 위주로 밥상을 꾸리고 있다고 했다. 떡볶이를 얻어먹었으니 당연히 보답해야 한다고 생각한 나는 양현아의 식단 변화를 참고해 쌍둥이 초대 계획을 세웠다. 토마토와 잡곡으로 리소토를 하고 각종 야채로 브루스케타를 했으며 고구마를 스틱으로 잘라 오븐에 구웠는데, 고기가 들어간 떡볶이를 얻어먹고 비건 밥상을 차린다는 게 좀 염치없는 일일지, 아니면 보다 윤리적인 일일지 답을 찾지 못한 채로 그저 최선을 다해 전날부터 주방에서 소란을 피웠다. 그렇게 떡볶이를 계기로 서로가 서로의 집을 다녀간 뒤에, 우리는 처음으로 돌아갔다. 나는 새 책을 냈고 다시 북토크를 3회 열었으며 양현아는 또 양정아와 함께 거기 왔다. 책의 제목은 <보통 여자 보통 운동>이고 북토크의 주제는 우리의 운동과 몸이었다. 여성의 운동과 신체를 말하다 보면 결국 다이어트라는 불편한 주제를 피하기가 참 힘든데, 그날 질의응답 시간에 양현아는 그와 관련한 자신의 고민을 말했다.

"제가 최근에 체중이 좀 늘었어요. 운동하면서 식단 조절을 같이 하고 있는데, 전보다 천천히 먹거나 남기거나 해요. 근데 제가 이렇게 먹으면 다른 여자 동료들도 '나도 살 빼야지' 하고 반성 비슷한 것을 하거든요. 저는 제 건강을 회복하고 싶지, 누군가한테 다이어트를 유도하는 사람이고 싶지 않아요. 그런 영향을 주는 건 바람직하지 않은 것 같은데, 이 문제를 어떻게 해결해야 할까요?"

양현아의 이야기에 당일 행사에 참여했던 어느 패널이 답했다. "우리가 맛있는 음식 앞에서 흔히들 하는 농담 있죠. '맛있게 먹으면 0칼로리' 같은 말요. 이제는 그런 말이 조금도 웃기지 않아요. 먹는 것에 대한 불필요한 죄의식을 자극하는 말부터 서로 안 하는 게 시작일 것 같아요. 그리고 동료에게 자신의 고민을 솔직하게 말하는 것이 좋을 것 같아요. 그런 고민을 나눌 만한 동료가 분명 가까이에 있을 거예요." 그날 행사의 진행자였던 나는 발언 기회를 배분하고 시간을 계산하느라 이 의미 있는 이야기에 개입해 내 마음을 전할 틈을 얻지 못했다. 그로부터 한 달이 지나서야 자신의 이야기를 솔직하게 들려주는 것으로 중요한 논의를 나눠준 양현아에게 진짜로 고맙다고 말할 수 있었는데, 그렇게 진심을 전한 날은 내가 양현아와 함께 세 번째로 떡볶이를 먹은 날이다. 그날의 약속을 앞두고 전과 달리 떡볶이집 탐색 같은 과정은 생략되었다. 그냥 내가 사는 집 근처에 있는 어느 평범한 즉석 떡볶이집으로 갔다. 우리는 맛집 선정에 대한 고민이나 절차 없이 그냥 떡볶이를 나눌 수 있는 사이가 되었다. 나아가 우리는 떡볶이 말고도 우리가 먹는 것, 우리의 몸, 우리의 삶에 대한 복잡한 고민 또한 깊게 나눌 수 있는 사이가 되었다. 양현아는 이제 나를 언니라고 부른다.

미래의 사업

　세 번째로 떡볶이를 함께 먹은 날, 양현아는 내게 따뜻한 선물을 건넸다. 함께 연극을 보러 가는, 그리고 연극에 앞서 '반장떡볶이' 대학로 지점에 함께 드나드는 친구들과 1년간 부었던 여행 계를 털어 며칠 전에 홍콩에 다녀왔다면서 거기서 산 밀크티를 줬다. 그런 깜찍한 선물을 받게 될 줄은 몰랐지만 그 여행을 나도 알고 있었다. 우리는 함께 만나 떡볶이를 먹을 수 있는 오프라인 친구이면서 온라인으로 일과를 공유하는 사이니까.

　그리고 우리는 근황 말고 막연한 미래에 대해서도 말할 수 있는 사이가 되었다. 양현아와 양정아는 각각의 일이 있고 그 일은 서울살이를 위해 꼭 필요하다. 전보다 넓은 집으로 이사한 만큼 전보다 오른 월세도 만만치 않은 데다 매달 고지서가 날아오는 공과금도 내야 한다. 하지만 그런 생활을 가능하게 하는 각각의 일이 쌍둥이를 기쁘게 하지는 않는다. 쌍둥이는 요새 "허공에 떠있는 얘기"를 자주 한다. 게스트하우스를 차리면 어떨까. 이름도 진작 지어놨다. 둘은 양 씨고 쌍둥이니까 이름은 '양둥이 하우스'가 될 것이다. 명확한 콘셉트도 있다. 음식이다. 양현아는 떡볶이도 잘하지만 다른 음식도 잘한다. 후딱 밥 차리고 치우는 건 몸에 익은 일이라서 어려운 노동이라고 생각하지 않는다. 양현아는 그런 자신의 강점을 살려 아침밥이 잘 나오기로 유명한 게스트하우스를 하고 싶다. 홍보 계획도 세워놨다. 양현아의 직업이 영상 편집이니 운영의 이모저모를 동영상으로 찍어서 유튜브에 올리면 될 것이다.

"언제가 될까요?"

"글쎄요. 자본이 많이 필요한 일이니까 언제가 될지 알 수 없죠."

나는 언제가 될지 모를 양둥이의 사업을 무한으로 지지하는 한편 조금은 걱정한다. 양둥이네 집에 나 말고도 이미 여러 친구가 다녀갔고 그들 모두가 양현아로부터 내가 경험했던 풍요로운 밥상을 받았다. 함께 먹는 기쁨을 알고 요리에 대한 재능도 있는 데다 손까지 큰 친구가 가까이에 있는데, 그 친구가 그런 마음과 능력으로 누군가를 먹이고 재우는 사업을 구상하고 있다. 그 미래가 좀 멀리 있다고 해도 나는 벌써부터 적자가 걱정된다.

2018년 12월, 2019년 3월

한때는 떡볶이를
몰랐는데

송준혁의 5만 원짜리 떡볶이

**오늘의 떡볶이 요리사
송준혁은,**

2019년 기준 30대 후반이다. 소프트웨어 엔지니어다. 어린 시절 먹었
던 떡볶이에 대한 기억이 희미한 편이다. 떡볶이를 좋아하는 사람과
연애하고 결혼하면서 떡볶이를 만들기 시작했다. 집에서 자주 요리하
는 편이다.

5만 원짜리 떡볶이 만들기

재료

- 한살림 쌀로 만든 냉동 떡볶이 떡 적당량
- CJ 안심 부산 어묵, 삼진어묵 오징어 적당량
- 한살림 라면 사리 1개
- 양념) 한살림 고춧가루, 이금기 굴소스, 다진 마늘, 설탕, 간장 적당량
- 육수) 다시마, 파 뿌리, 디포리, 새우, 멸치, 청양고추 적당량
- 야채) 양파, 당근, 양배추, 대파 적당량

소요 시간

- 약 45분(이틀 전에 준비하는 양념 만들기 과정은 조리 시간에 포함하지 않음)

조리법

1. 조리 이틀 전에 고춧가루, 설탕, 굴소스, 마늘, 간장을 적당량 섞어 냉장
   고에 보관해둔다.

2. 조리 당일 냄비에 물, 다시마, 파 뿌리를 넣고 세 시간쯤 보관해둔다.

3. 조리에 돌입하면 다시마와 파 뿌리를 우린 물을 끓인다. 육수가 끓는
   동안 야채를 씻고 먹기 좋게 자른다.

4. 육수가 팔팔 끓으면 다시마를 건져 낸 뒤 디포리, 마른 새우, 마른 멸
   치를 넣고 끓인다. 이어서 청양고추를 넣는다.

5. 팬을 불에 올린 뒤에 육수와 양념을 넣고 끓인다.

6. 떡, 어묵, 야채, 사리면을 차례로 넣고 파를 올려 마무리한다.

전까지 송준혁을 두 번 만났다. 사실 만났다가 아니라 그냥 봤다는 말이 맞겠다. 몇 해 전 서울 시내 한복판에서 애인과 손을 잡고 데이트하던 걸 우연히 봤고, 그로부터 약 1년이 지나 당시 애인과 결혼하는 것을 봤다. 거리에서 한 번, 식장에서 한 번 본 게 전부였던 사람한테 떡볶이를 얻어먹는다는 것은 내가 의도한 미래가 아니었다. 이것은 송준혁에게 한때는 애인이었고 이제는 배우자인, 내게는 내가 벌이는 모든 일을 지지해주는 오랜 친구인 이지향의 돌파구이자 역제안이었다.

"언니 있잖아. 뜬금없는 거 알지만 내가 친구들한테 떡볶이 얻어먹고 다닌 걸로 책을 만들 건데, 언니도 해줄 수 있어?"

"아니(단호). 근데 준혁이가 잘해. 물어볼게."

그 뒤로 나는 이지향과 몇 번의 연락을 주고받았고 차차 많은 것이 구체화되었다. 떡볶이 요리사가 송준혁으로 결정되었고 떡볶이의 날이 약 한 달 뒤로 잡혔으며 떡볶이의 이름까지 나왔다.

"어제 준혁이가 떡볶이 실습해본다고 고춧가루 사 왔거든. 먹던 게 다 떨어졌대. 근데 장 보고 와서 그러는 거야. '내가 진짜 깜짝 놀랄 만한 얘기 해줄까? 고춧가루 1kg에 얼만 줄 알아? 5만 원이래.' 야. 고춧가루가 그렇게 비싼 거였어?"

이지향과 송준혁보다 조금 더 일찍 결혼해 독립한 나도 한 국인에게 흔하게 여겨지는 고춧가루가 사실 얼마나 비싼 식재 료인지 알고 있기는 했다. 잘 알고 있어서 나 때문에 친구 부부 가 5만 원을 갑자기 지출한 것이 많이 미안했고, 그 미안한 마 음으로부터 떡볶이의 이름이 나왔다. 송준혁의 떡볶이는 '5만 원짜리 떡볶이'다.

혼을 실은 육수

앞서 말한 것처럼 송준혁의 배우자 이지향은 내 오랜 친구 다. 셋이 모여 인사와 소개 이상으로 충분한 대화를 나눈 적은 없었지만 나는 그들 부부의 주방 문화를 조금은 알았다. 내가 아는 이지향은 요리에 취미가 없는데, 그런 이지향과 함께 사는 송준혁은 요리를 아주 좋아하고 심지어 잘한다. 언젠가 이지향 은 송준혁이 만든 강된장 이야기를 내게 들려준 적이 있다. 퇴 근하고 나서 후딱 만들어 밥에 비벼 먹곤 하는데 엄청 맛있다고 했다. 내 친구를 통해 조금씩 쌓인 송준혁의 정보에는 강된장 같은 주력 메뉴도 있었지만 스무 살 이래 계속 혼자 살았다는 과거도 있었다. 그런 정보를 토대로, 나는 송준혁을 끼니를 스스로 정성껏 해결하는 습관을 진작 들인 바람직한 가정 요리사 정도로만 인지해왔다. 1년 전쯤 그들 부부가 사는 집에 놀러 가기 전까지는 그랬다. 그날 송준혁은 집에 없었지만 나는 송준혁이 남기고 간 것을 보았다. 그건 재능이었다.

언젠가 그들 부부가 사는 집에 이지향을 만나러 찾아간 날, 우리 둘은 차와 함께 파이를 먹었다. 블루베리 파이가 있었고 복숭아 파이가 있었다. 그것 말고도 다른 과일 2종으로 만든 파이가 더 있었다. 네 가지 과일을 설탕에 일일이 졸이고 반죽을 만들어 오븐에 구운 것이었다. 송준혁의 작품이었다. 일부를 접시에 덜어 주면서 이지향은 말했다.

"요새 준혁이가 베이킹에 꽂혔거든. 퇴근하고 밥 먹고 막 열두 시까지 해. 어젯밤에도 파이 굽더니 망했다고 하던데."

만든 사람은 완성도를 엄격하게 따졌지만 문제의 파이를 먹은 내가 여태까지 기억하는 감정은 만족과 열광이다. 나한테는 달콤한 데다 반죽까지 결함 없는 이런 고급 디저트가 카페가 아닌 집에서 나온다는 것이 매우 놀랍기도 했거니와(심지어 그들 부부의 오븐과 내 오븐은 출시 시기만 다를 뿐 같은 브랜드에서 나온 유사 모델로, 성능이 거의 똑같은 것이다) 사 먹고 싶은 맛이기까지 했다. 그리고 며칠 뒤에 나는 그 파이를 둘러싸고 송준혁과 이지향이 추가로 나눈 말을 들었다. 송준혁은 자신이 망했다고 생각하는 그 파이를 해치운 나를 두고 "좋은 분"이라고 말했다고 했다. 이처럼 그간 나와 송준혁이 나눈 대화는 간접 대화였다. 나는 송준혁이 없는 자리에서 송준혁의 작품을 접한 뒤에 이지향을 통해 피드백을 주고받았다. 그러나 이제는 직접 대화를 나눌 수 있는 관계가 되었다. 우리 사이에 떡볶이가 있기 때문이다.

내가 알고 있던 송준혁은 능숙한 가정 요리사이며 베이킹 꿈나무다. 그런 사람이라서 떡볶이를 준비하는 것마저 매우 정교했는데, 일단 육수부터 남달랐다. 송준혁은 먼저 준비된 냄비를 내게 보여주었다. 아침부터 다시마와 파 뿌리를 물에 우린 냄비였다. 곧 끓일 것이며, 어느 정도 끓고 나면 다시마만 건져내고 무언가 추가해 더 끓일 것이라고 했다. 추가할 2차 재료는 각종 해산물로, 이미 철제 다시망에 마른 멸치와 새우, 그리고 디포리를 층층이 담아두었다. 3차 재료는 청양고추 두 개였다. 나도 종종 육수를 만들기는 한다. 국물 요리를 할 때인데, 그마저도 귀찮아서 보통 멸치랑 다시마만 넣고 끓인다. 게다가 나는 파 뿌리가 육수의 재료가 될 수 있다는 것도 여태까지 모른 채로 별 탈 없이 잘 살아왔다. 육수가 끓는 동안 다른 재료를 다듬고 정리하느라 바쁘게 움직이는 송준혁의 등을 바라보면서 나는 이지향에게 물었다.

"언니. 저거 파 뿌리 맞지?"

"준혁이가 요리할 때마다 맨날 육수에 넣더라."

"그리고 이거 뭐야? 디포리? 맞나?"

"나도 결혼하기 전까지 몰랐어. 집에서도 늘 멸치만 써왔으니까."

나와 이지향 사이에서 이런 수준 낮은 대화가 오가는 동안 송준혁이 말을 보탰다. 육수에 디포리를 더하면 감칠맛이 강화된다. 원래 쓰는 적당량이 있는데 오늘은 촬영한다고 몇 마리 더 넣었다. 그리고 디포리를 넣기 전에 다시마는 건져야 한다. 너무 오래 끓이면 다시마의 진액이 많이 나와 육수의 질에, 나아가 음식의 맛에 영향을 준다. 수첩을 들고 송준혁의 동선을 따라다니며 재료와 조리 순서부터 이런저런 요리 상식까지 내가 보고 들은 모든 것을 적는 동안 나는 인터뷰어가 아니라 어쩐지 막 주방의 세계에 입문한 견습생이 된 것만 같았다.

떡볶이의 비용과 시간

약속한 떡볶이의 날을 앞두고 막 사 왔다는 5만 원짜리 고춧가루 때문에 송준혁의 떡볶이를 '5만 원짜리 떡볶이'라고 이름 붙였지만, 사실 고춧가루 말고도 송준혁은 상당한 재료비를 썼다. 송준혁의 떡볶이에는 양배추, 당근, 양파까지 야채가 잔

뚝 들어갔고, 어묵도 2종이 쓰였다. 사리면의 브랜드도 내가 자주 접해왔던 오뚜기나 농심이 아니었다. 친환경 먹거리 시장 '한살림'에서 낱개로 파는 것을 산 것이다. 송준혁은 떡볶이의 날 하루 전에 집 앞 이마트와 한살림을 두루 오가면서 필요한 것을 사왔다고 했다.

사실 송준혁의 떡볶이는 가격 책정이 매우 어려운 떡볶이였다. 5만 원 가치 이상의 노동이 숨어있는 결과이기 때문이다. 송준혁의 떡볶이가 있기 전에, 나는 하루 전에 양념을 만들어 숙성해뒀던 원성훈의 떡볶이를 '내일은 떡볶이'라고 이름 붙인 바 있다. 촬영차 재료를 모두 꺼내 식탁 위에 펼쳐달라고 내가 부탁했을 때 송준혁은 여러 가지 재료와 함께 원성훈처럼 진작 만들어뒀던 양념을 냉장고에서 꺼냈고, 그걸 본 내가 원성훈의 떡볶이를 설명하자 송준혁은 양념에 더 긴 시간을 썼다고 말했다.

"저는 이틀 전에 했어요."

"그럼 준혁 씨도 이렇게 미리 양념을 만들어두면 떡볶이가 더 맛있어진다는 걸 진작 알았던 거네요?"

"떡볶이를 반드시 그렇게 만들어야 한다는 것은 아니지만, 사실 대부분의 음식이 그렇지 않나요? 미리 양념 만들어서 냉장고에서 묵혀두면 더 맛있죠."

다시 고맙고 미안해서 어쩔 줄 모르는 와중에 이틀 전에 양념을 준비했다는 송준혁의 떡볶이 이름을 '모레는 떡볶이'로 바꿔야 하는 것일까 잠깐 고민했다. 그러나 엄밀하게 따지자면 그 이름도 적합하지 않다. 참고로 이지향을 통해 전달받은 떡볶이의 날은 이미 한 달 전에 결정되었다. 송준혁이 일주일가량 휴가를 쓰려던 계획에 맞춰 날을 잡은 것이다. 우리가 약속한 떡볶이의 날은 송준혁에게 한 달짜리 프로젝트나 다름없었다. 일찍부터 5만 원짜리 고춧가루를 사다가 테스트 조리를 시도했고 이지향으로부터 맛에 대한 검증 또한 마쳤다. 사이드 메뉴도 준비했다. 떡볶이랑 같이 먹기 위해서 이틀 전에 만들었다는 피클이다. 게다가 당일의 주방 노동 또한 예사롭지 않았다. 송준혁은 본격적인 조리를 시작하면서 일명 '스텐볼', 즉 스테인리스 스틸 소재로 만든 볼 두 개와 채반을 꺼냈다. 용도를 물으니 야채를 씻고 수분을 날리기 위해서라고 했다. 내가 사는 집에도 그런 것이 있기는 하다. 하지만 떡볶이를 만들 때 꺼내는 도구는 아니다.

"일반 가정에서도 식당 주방에서 하는 것처럼 스텐볼을 쓰기는 하죠. 그치만 가정에서는 보통 밥그릇과 조리 도구의 경계가 희미한 경우가 더 많잖아요? 준혁 씨는 원래 이렇게 각 도구의 용도를 구분해서 요리하는 편인가요?"

"주방 도구 사는 거 좋아해요."

"그런데 이 스텐볼은 언제 샀어요?"

"하나는 혼자 살 때 쓰던 거고 하나는 결혼하면서 샀어요."

혼자 살던 시절부터 섬세하게 요리하는 습관을 들인 송준혁은 양배추를 씻는 방식도 달랐다. 원래는 베이킹소다로 하는데 다 떨어졌다면서 식초를 희석한 물에 양배추를 담가놓았다. 이렇게까지 깨끗하게 씻는 이유를 물으니 "양배추 속은 우리가 생각하는 것보다 깨끗하지 않다는 얘길 어디선가 들어서"라고 했다. 충분히 세척되었다고 생각했을 시점 송준혁은 수분이 빠지도록 양배추를 채반에 옮겨놓았다. 이어서 당근도 깎아 자르고 양파도 먹기 좋게 썰었다.

이로써 모든 재료가 준비되었다. 육수도 다 끓었고, 야채 손질도 끝났다. 떡과 어묵과 사리면을 차례로 넣고 양념과 함께 끓이기만 하면 된다. 간을 보면서 양념을 더하고 육수를 추가한 끝에 마침내 '5만 원짜리 떡볶이'가 완성되었다. 시간을 확인해 봤다. 45분 걸렸다. 송준혁은 내가 만난 떡볶이 요리사 가운데 당일 조리에 가장 긴 시간을 썼다. 사전 작업까지 합치면 누가 떡볶이에 가장 많은 시간을 투자했는가를 줄 세워도 송준혁을 이길 수는 없었다.

나는 문득 이 책의 기획 의도를 떠올렸다. 무언가 잘못되어 가고 있다는 것을 느꼈다. 가까운 친구한테 떡볶이 한 접시 가볍게 얻어먹고 나눈 얘길 경쾌하게 쓰고 싶어서 시작한 일이었다. 하지만 거의 대부분이 대충을 몰랐다. 거의 모두가 시범 조리를 이미 마친 상태에서 나를 맞았고, 손님맞이한다고 청소까지 신경을 썼다. 고마운 감정이 일정 수준을 넘어서면 미안함만 남는다. 나는 미안하다고 자꾸 말하는 친구가 되고 싶지 않은데 떡볶이가 나를 매번 그렇게 말하는 친구로 만들어버렸다.

떡볶이와 사랑

완성된 '5만 원짜리 떡볶이'를 먹었다. 맛있다는 말을 한 열 번쯤 했던 것 같은데, 맛있다는 그 흔한 말을 내려놓고 내가 느낀 맛의 감동을 명확하게 묘사하기가 참 어렵다. 이틀 전부터 준비했던 양념은 고춧가루, 간장, 굴소스, 마늘, 설탕 등이 섞여 있었고, 육수에는 다시마, 파 뿌리, 멸치, 새우, 디포리, 고추까지 총 여섯 가지 재료가 들어갔다. 그 모든 재료가 균형 있게 어우러진 까닭에 무엇이 강조되었다고 말하기 어려운 맛이었다. 필요한 재료와 좋은 재료가 적정 비율로 섞이면 그냥 맛있다는 본능적인 말만 계속 나오는 조화로운 맛이 된다.

한편 송준혁의 '5만 원짜리 떡볶이'는 볶음 요리에 가까운 건조한 떡볶이였다. 원래 이런 스타일로 떡볶이를 먹어왔는지를 물으니 평소에는 이보다 촉촉하게 만들었다고 했다. 평소보다 많은 양을 했고 평소보다 긴장했기 때문에 평소 같은 그림이 안 나왔다는 것이다. 사실 송준혁은 요리에 앞서 재료를 촬영할 때부터 조금 긴장한 것 같았다. 떡볶이에 들어갈 모든 재료를 꺼내달라고 내가 부탁했을 때 송준혁은 두 가지를 잊었다. 하나는 육수에 쓰인 청양고추였고 다른 하나는 마지막에 올린 대파였다. 다시 찍어야 하는 것 아니냐고 송준혁이 걱정스럽게 물었을 때 나는 이런 게 재미라고 말해주었다. 가정용 떡볶이에 완벽을 요구하고 싶지 않다. 떡볶이 요리사가 긴장하고 실수할 때면 나는 오히려 쓸 말이 늘어난다.

사실 송준혁은 자주 긴장하는 요리사다. 요리를 마치면 늘 배우자 이지향의 눈치를 살핀다. 몇 차례 이지향에게 떡볶이를 해줬는데 거듭 만들면서 이지향의 입맛도 알게 되었다. 그러면서 떡볶이 양념을 조금씩 바꿔왔다고 말했다.

"언제부턴가 고추장을 안 쓰게 됐어요. 지향이가 고추장 특유의 텁텁한 맛을 좋아하지 않더라고요. 그래서 양념을 바꿔봤어요. 고춧가루 비율을 높여봤고 굴소스도 넣어봤어요. 지향이가 '통과'라고 말할 때까지."

"그럼 이 양념, 준혁 씨가 개발한 거네요?"

"그렇다고 말하기에는 좀…. 그냥 짜깁기한 건데. 각종 블로 그 레시피 참고하면서 이것저것 섞어보다가 지향이가 맛있다고 했던 걸 계속 만들게 된 거죠. 지향이가 떡볶이 좋아하니까."

"그럼 이미 여러 차례 실험을 했다는 건데, 그 실험 과정 얘기 들어볼 수 있을까요? 처음에는 어떻게 했어요?"

"처음엔 만들기 쉬운 걸로 했어요. 야채 안 넣고 그냥 고추장이랑 설탕 위주로. 몇 번 하면서 여기에 뭘 섞으면 지향이가 더 좋아하겠구나 싶어서 이것저것 하다 보니까 바뀐 거고요. 어느 순간 야채도 많이 넣게 됐어요. 지향이가 좋아하니까."

"그런 실험 끝에 오늘의 떡볶이가 나왔겠지만 실패한 날도 있었을 것 같은데. 실패한 떡볶이 얘기 들려줄 수 있어요?"

"얼마 전에 콩나물 떡볶이 했다가 망했어요."

여기서 이지향이 말을 보탰다.

"콩불에서 영감을 얻어서 준혁이가 시도한 떡볶이였지. 콩나물이랑 불고기랑 섞으면 맛의 시너지가 나오잖아? 그런데 떡볶이는 그렇지 않더라. 그냥 순수하게 떡볶이에 콩나물이 들어간 맛이었어."

내가 아는 이지향은 떡볶이를 좋아한다. 이지향의 떡볶이 추억 한 토막만 말하자면, 서울 출신 이지향은 어린 날부터 성당에 다녔고 성당 앞에는 고등학교가 하나 있었으며 "고등학생 언니들이 드나드는" 즉석 떡볶이집도 있었다. 성당에 가는 일요일에 어머니로부터 헌금에 쓰라고 돈을 받을 때면 조금 남겨 놨다가 성당 친구들과 함께 그 즉석 떡볶이집에 들르곤 했다. 그 즉석 떡볶이는 초등학생 이지향이 학교 앞에서 먹던 500원 짜리 떡꼬치와 비교해 훨씬 풍성하고 매력적인 맛이었고, 다 먹고 나면 남은 국물에 밥까지 볶아 먹을 수 있어서 더 좋았다. 이어서 이지향은 어린 날부터 여태까지 이어지는 "떡볶이 파티"가 있다고 말했다. 여기서 파티는 '잔치'가 아니라 '당' 혹은 '무리'를 말한다. 즉 떡볶이는 어른이 되어서도 동네 친구들과 자연스럽게 먹게 되는 음식이라는 얘기다.

반면 송준혁은 떡볶이에 대한 기억이 별로 없는 사람이다. 송준혁이 다닌 초등학교 앞에 떡볶이집이 하나 있긴 했는데, 송준혁은 그 떡볶이집의 이름이나 메뉴가 아닌 영업 시기만 기억하고 있다. 거긴 1년 만에 문을 닫은 곳이다. 송준혁은 강원도 태백에서 나고 자랐다. 송준혁에게 고향이란 "엄청 완전 시골"이라서 초등학교 앞 떡볶이집마저 장사가 잘 안 됐다고 기억하는 곳이다. 밖에서 먹을 일이 없다고 해도 식구들이 좋아하는 음식이라면 집에서 자주 접하기 마련인데, 송준혁의 가풍에는 떡볶이가 없었다(송준혁에겐 여동생이 있지만 그 여동생이 떡볶이를 좋아하는지 여부조차 전혀 모른다고 말했다). 그런 송준혁의 기억에 남은 맛있는 떡볶이 하나는 어머니의 떡볶이도 아니고 학교 앞 떡볶이도 아닌 이웃집 친구네 어머니가 해줬던 떡볶이다. 떡볶이를 잘 모르고 자란 송준혁에게, 시간이 흘러 공대에 입학한 송준혁에게 떡볶이 파티 같은 것은 당연히 없었다. 또래 남성 친구들과 하는 고기 파티가 더 익숙한 일이었다.

그러나 이제는 떡볶이를 자주 먹는다. 직접 만들어서 배우자와 먹는다. 그리고 이제는 즐길 줄 안다. 시행착오 끝에 이제는 맛의 기준까지 생겼고, 그 기준으로 떡볶이를 만들기 위해서 일찍부터 양념을 만들고 육수의 재료를 챙기면서 긴 시간을 쓴다. 가장 가까운 사람이 자주 원하는 음식이기 때문이다.

"연애할 때 준혁이가 나한테 거짓말했어. 내가 떡볶이 먹으러 가자고 했더니 떡볶이 좋아한다고 그랬어."

"그때 내가 거짓말 많이 했지. 산책도 좋아한다 그러고."

"금방 들통났어. 요리할 때 말고는 몸을 움직이는 걸 싫어하는 애였어."

나는 이런 대화가 이어지는 시간을 좋아한다. 거창하지 않은 말로부터 내 친구의 사랑과 행복을 읽게 될 때 나는 정말로 기분이 좋아진다.

수준급 가정 요리사

"너무 오버 같아서" 결국 하지 않기로 결정했지만, 송준혁은 사실 떡볶이에 "수비드 계란"을 넣을까 말까 잠깐 고민했다고 했다. 송준혁에 따르면 계란을 100℃에 삶으면 단단해지지만 수비드하면, 즉 저온에 오래 가열하면 조금 더 부드러워진다. 75℃로 15분 가열하면 찐득한 상태가 되고, 60℃로 한 시간쯤 가열하면 수란에 가깝게 물컹한 계란이 나온다. 송준혁은 계란이 아닌 다른 것을 수비드하기도 한다. 며칠 전에는 닭가슴살도 해봤고 연어도 해봤다. 역시 수비드를 적용해서 마늘을 넣은 수육과 스테이크도 해봤다. 시도했던 요리들을 송준혁이 쭉 나열하자 나는 도구가 궁금해졌다. 나는 어디선가 전기밥솥으로 수비드를 하는 사람을 본 기억이 있다. 그런데 어쩐지 송준혁이라면 밥통을 쓰지 않을 것 같았다.

"혹시 수비드 쿠커 샀어요?"

"네. 얼마 안 해요."(검색해보니 100달러 전후다)

"'직구'로 산 것 맞죠?"

"네."

"제가 아는 지향 언니는 소비에 있어 매우 신중한 사람인데, 지향 언니가 허락했어요?"

"엄청 비싼 거 아니면 주방 도구 살 때는 지향이가 저를 존

중해줘요."

한편 떡볶이에 수비드 계란을 올린다는 발상 이상으로 내게 신선했던 송준혁의 조리 노하우 하나는 떡볶이 양념에 굴소스를 쓴다는 것이었다. 떡볶이에 굴소스를 쓰는 사람이라면 굴소스 활용법 또한 다채로울 것 같아서 물으니 역시 시도했던 음식을 쭉 나열했다. 일단 가볍게 오징어볶음과 제육볶음으로 시작했다. 그런 뒤에 중화요리로 펄쩍 뛰었다. 송준혁이 굴소스를 써서 만들었던 음식은 다음과 같다. 고추잡채, 짬뽕, 짜장면.

"그러니까 이런 중국집 요리를 집에서 한다는 거죠? 준혁 씨가 직접?"

"요새 이연복 셰프가 TV 나와서 많이 알려줘요. 아 맞다, 탕수육도 했다."

"지향 언니는 준혁 씨를 움직이는 거 싫어하는 사람이라고 했어요. 요리할 땐 다른 사람이 되는 거예요?"

"아무리 귀찮아도 먹고 싶은 걸 만들어서 먹겠다는 욕구가 항상 더 커요."

이지향에 따르면 자신은 TV에서 맛있는 걸 보면 '조만간 저걸 먹으러 가야지' 하고 생각하는 사람인데, 송준혁은 직접 만들 생각부터 하는 사람이다. 송준혁은 중화요리 같은 특식뿐 아니라 각종 반찬도 다 집에서 한다. 나는 식구가 적은 집에서 살면 반찬은 그냥 사다 먹는 게 이득이라는 걸 경험으로 잘 알고 있지만, 송준혁은 "입맛에 항상 맞지도 않는데 양까지 적은 게 불만"이라서 늘 스스로 만드는 것을 택해왔다. 그러나 집에서 요리하기 시작하면 식재료 관리가 어렵다. 무언가는 남고 무언가는 상하고 무언가는 버려야 한다. 송준혁은 여기에도 철저한 편이다. 떡볶이의 마지막 재료로 송준혁이 대파를 꺼냈던 순간이 떠오른다. 그 대파는 키친타올을 가지런히 깔아둔 식재료 보관 용기에서 일정하게 썰린 상태로 나왔다. 우리가 함께 나눈 '5만 원짜리 떡볶이'는 진작 사라졌지만 양배추, 양파, 당근 같은 야채는 좀 남았다. 남은 재료 또한 각각 밀폐 용기와 '아이허브'에서 샀다는, 그리고 "죽은 야채도 살려준다는" 야채 보관 전용 비닐에 담겨 냉장고로 들어갔으며, 송준혁은 이 재료를 곧 오징어볶음에 쓸 것이라고 말했다.

그런 송준혁을 지켜보면서 위대한 요리사는 멀리 있는 존재가 아니라고 내가 말했더니 이지향이 웃으며 말을 보탰다. 이지향에 따르면 송준혁은 "<골목식당>을 보면서 자주 화를 내는" 사람이다. 자신도 아는 주방의 기초 상식을 어떻게 식당을 운영하는 요리사가 모를 수 있느냐는 것이다.

이처럼 뜨거운 요리 열정이 있지만 직업 요리사가 아니기 때문에 송준혁은 늘 시간을 쪼개서 요리해야 한다. 수비드나 중화요리처럼 긴 시간을 필요로 하는 음식은 주말에 한다. 매일 저녁 한 끼는 배우자와 함께 나누려고 노력하는 편인데, 최근 근무 조건이 바뀌면서 밖에서 사 먹는 날이 늘고 있다. 송준혁은 소프트웨어 엔지니어다. 가상 현실 계열의 제품을 만드는 회사에서 일하는데, 그런 직장에서 송준혁이 무엇을 만드는지 설명해주긴 했지만 업계 사람이 아니라면 이해하기 좀 어려운 일을 하는 것 같다. 야근은 별로 없고 회사의 탄력근무제 도입으로 비교적 일찍 퇴근하고 있지만, 일찍 퇴근하려면 일찍 출근해야 한다. 송준혁의 평균 기상 시간은 여섯 시다. 일찍 일어나려면 일찍 자야 하고, 그러니 요새는 저녁마다 정성을 다해 요리할 힘이 없다. 한편 송준혁의 배우자 이지향은 새벽에 출근하는 송준혁을 보지 못하는 날이 많다. 하는 일이 다르고 일을 시작하는 시간이 달라서다. 이지향은 한때 시나리오를 썼고 지금은 어느 기업에 필요한 글을 쓰고 있는 프리랜서 작가다. 송준혁보다 늦게 일어나 집에서 일하고 보통 혼자 점심을 해결하는데, 송준혁이 미리 만들어놨던 걸 데워 먹곤 했다.

그리고 내가 아는 이지향은 말을 정말 조리 있게 잘한다. 반면 내가 관찰한 송준혁은 조리에 있어 적극적으로 몸을 쓰는 사람이었다. 그러느라 바빠서 말을 많이 하지 않는 사람이면서, 그렇게 공들여 음식을 하고도 자신의 요리에 대한 설명과 과시 욕구가 전혀 없었고 내가 무언가 제대로 유도해야 그때 답을 주는 과묵한 사람이었다. 말과 글로 일하는 이지향은 동지이자 친구로서 나를 진심으로 걱정했다. 이렇게 말을 아끼는 자신의 배우자한테서 내가 과연 분량을 얻을 수 있을까를, 그렇다고 자신이 개입하자니 인터뷰의 본질이 흐려지지 않을까를 걱정한 것이다. 심지어 그들 부부는 떡볶이의 날을 앞두고 시뮬레이션을 했다고 한다.

"민희가 아마도 이런 질문을 할 거야. 그러면 너는 이런 얘길 해주는 게 좋겠지?"

그러나 걱정하고 대비하는 친구와 달리 나는 요리사의 화려한 말보다 내가 관찰한 습관과 태도로부터 배우고 옮길 것이 더 많다고 느낀다. 이를테면 이런 것이다.

"준혁 씨, 집에서 요리할 때 이렇게 앞치마 두르고 해요?"

"네. 어쩌다 제가 까먹는 날은 지향이가 입혀줘요."

송준혁은 그날 앞치마를 두르고 '5만 원짜리 떡볶이'를 만들었다. 이연복과 백종원이 앞치마를 두르고 일하는 것보다 훨씬 아름다운 그림을 보고 있다고 나는 생각했다. 게다가 그 앞치마는 상태를 살펴보니 보풀이 많았다. 꽤 오래 입었다는 증거다. 내 주방 수납장 어딘가에 꽤 오래 잠들어있는 앞치마 하나가 떠올랐다. 이연복과 백종원의 프로다운 복장으로부터 이런 것을 상기할 일은 없었다. 나는 유명한 셰프보다 훌륭한 가정 요리사로부터 우리가 배우고 얻을 수 있는 것이 많다고 느낀다.

떡볶이의 후식

송준혁의 '5만 원짜리 떡볶이'를 비운 뒤 우리는 후식을 먹기로 했다. 초대를 받았으니 도리라고 생각해서 내가 사 간 페이스트리와 과일을 먹게 될 줄 알았는데, 똑같은 과일이 이미 송준혁의 냉장고에 있었다. 그리고 내가 빵집에서 사 간 빵보다 훌륭한 간식이 이미 준비되어있었다. 송준혁이 하루 전에 직접 구웠다는 쿠키로, 크랜베리와 아몬드가 들어있는 것이었다. 우리는 점심에 만나 두 시간을 함께 보냈는데, 나는 그날 저녁을 먹지 못했다. 떡볶이로 이미 배가 찼는데 송준혁의 쿠키까지 너무 많이 먹어버렸다. 정말이지 당장 팔아도 될 것 같은 맛이었다. 쿠키 맛에 매우 감탄하는 나를 두고 이지향은 송준혁에게 웃으며 말했다. "좋은 분 맞지?"

언젠가 먹었던 송준혁의 파이가 떠올라서 어떻게 베이킹에 눈뜨게 되었는지를 물었다. 전자레인지 고장이 계기였다는 답이 돌아왔다. 자취하던 시절부터 결혼한 뒤까지 쓰던 전자레인지가 고장 나는 바람에 오븐 기능까지 있는 것을 새로 사게 되었다는 것이다. 오븐 겸용 전자레인지는 수비드 쿠커보다 비싸다. 논의가 필요한 품목인 만큼 송준혁은 이지향을 적당히 설득한 뒤 오븐을 들였고, 이제는 "레시피를 안 보고 베이킹을 하는" 수준까지 왔다. 그러다가 전날 쿠키를 만들면서 베이킹파우더를 까먹고 만들었다고 송준혁은 실토했지만, 실수를 고백하는 송준혁에게 내가 물은 것은 그 쿠키의 레시피였다.

이 같은 설명에 '스토리텔러' 이지향이 말을 좀 보탰다. 이전까지 송준혁이 알던 빵은 '파리바게뜨'가 전부였다. 그러다 이지향과 연애하면서 서울 홍대 어느 빵집에서 파는 치아바타를 먹게 됐고, 이어서 이지향이 데려간 신사동 가로수길의 어느 빵집에 다녀온 뒤부터 "서울은 빵 맛부터가 다르다"고 인지하게 되었다. 먹는 것에 있어서 적극적으로 DIY를 추구하는 송준혁은 이제 전만큼 빵집에 갈 일이 많지 않다. 휘핑이 따르기 때문에 난이도가 좀 있는 케이크는 아직이지만 오븐에 이어 작은 반죽기까지 들인 뒤로 포카치아, 치아바타, 스콘, 쿠키, 파이, 식빵까지 직접 만들 수 있게 되었기 때문이다.

나는 쿠키를 입에 물고 책의 기획 의도를 다시 생각했다. 친구한테 가볍게 떡볶이 얻어먹고 나눈 얘기를 글로 바꾸고자 했다. 가정용 떡볶이를 만드는 각각의 방식과 미묘한 입맛 차이를 조사하고, 그 김에 어린 날의 추억까지 함께 나누면서 우리 삶에 떡볶이가 어떻게 녹아있는지를 기록하려고 했다. 그런 정리를 바탕으로 우리에게 떡볶이는 어떤 음식인가, 얼마나 중요한 음식인가 하는 질문을 던지고 싶었다. 그런데 이제는 다른 차원으로 확장된 생각을 한다. 참여한 모두의 피로를 내가 걱정해야 할 만큼 모두가 정성스럽게 상을 차렸다. 나는 모든 친구들로부터 떡볶이의 기술을 넘어 요리를 대하는 올바른 태도와 초대의 매너를 제대로 배우는 중이다. 그런 관찰의 시간이 쌓이고 쌓여 내가 지금보다 나은 사람이 되는 방법을 배우고 있다는 생각까지 든다. 문득 그날 '호스트'의 복장이 떠오른다. 송준혁은 가장 편한 공간이어야 할 자신의 집에서 청바지를 입고 나를 맞았고 그 복장으로 '5만 원짜리 떡볶이'를 만들었다(이지향이 입으라고 권했다). 게다가 진작부터 수제 디저트까지 고려하고 있었다.

떡볶이를 먹으러 갔지만 떡볶이 이상을 얻고 돌아온 나는 곧 아몬드 가루, 아몬드 슬라이스, 크랜베리를 주문했다. 밀가루가 떨어진 상태였다는 것을 뒤늦게 확인하고 후딱 나가서 박력분도 사왔다. 냉장고에 버터와 계란이 있고, 잘 쓰진 않지만 내 주방 어딘가에는 계량컵과 전자저울이 있다. 송준혁이 쓰는 것과 비슷한 오븐도 집에 있다. 이 모든 것은 송준혁이 일러준 쿠키의 재료와 도구다. 나는 송준혁의 '5만 원짜리 떡볶이'를 당장 똑같이 만들 자신이 없다. 송준혁처럼 정성스럽게 육수와 양념에 집중할 정신적 여유를 만들기는 당분간 어렵지만, 그래도 송준혁이 나를 대접하기 위해 준비한 과정의 일부를 체험해볼 수는 있다고 생각했다.

어렵지 않았다. 번거롭다고 느끼지도 않았다. 좋은 음식을 얻어먹으면 나도 전보다 발전하는 사람이 된다. 심지어 맛도 아주 괜찮았다. 언젠가 송준혁에게, 혹은 또 다른 고마운 친구에게 내가 부끄럽지 않게 건넬 수 있을 맛이었다. 나는 이처럼 친구로부터 많은 것을 배우고 있다. 기술과 맛도 배우고 마음까지 배우고 있다. 떡볶이로 시작했지만 내가 떡볶이 이상으로 얻게 된 귀한 요령을 나누면서 송준혁 편을 마무리하고자 한다. 다음 페이지의 레시피는 송준혁이 내게 보낸 장문의 문자 메시지를 그대로 옮겨온 것이다. 단, 버터는 80g만 써도 된다.

2018년 12월

송준혁의
아몬드 크랜베리 쿠키 만들기

1.

- 버터 125g(실온에서 말랑하게. 저는 앵커버터 썼어요)
- 설탕 50g
- 노른자 1개

말랑한 버터에 설탕을 2~3회 나누어서 설탕이 녹을 정도로 휘핑하고, 이어서 노른자와 흰자를 차례로 추가하면서 휘핑하세요(저는 노른자만 썼어요).

2.

- 박력분 140g + 아몬드 가루 30g
- 소금 2g
- 베이킹파우더 3g

3.

- 크랜베리 50g
- 아몬드 슬라이스 적당히

4.

1과 3을 대충 섞은 뒤 2를 넣고 주걱을 세워서 대충 섞어주세요.

5.

랩 위에 반죽을 올리고, 김밥처럼 말아서 냉동실에 30분 보관하세요.

6.

칼로 썰어서 180℃ 오븐에서 15분 정도 구우면 됩니다.

떡볶이와 만화가
만났을 때

최세희의 최초의 떡볶이

오늘의 떡볶이 요리사
최세희는,

2019년 기준 50대 초반이다. 번역가로 일하면서 이따금 방송 대본을 쓴다. 1970년대 중반 가래떡이 넘치는 명절 시즌에 집에서 궁중 떡볶이를 먹었다. 1970년대 후반 서울에서 보낸 10대 시절에 '만화집'에서 약 300원에 만화와 떡볶이를 함께 즐겼다. 1980년대 초반 중학교 시절에 즉석 떡볶이를 처음 먹었다. 집에서 좀처럼 요리하지 않는다. 현재까지 직접 떡볶이를 만들어본 경험은 1회다.

최세희의

최초의 떡볶이 만들기

재료

- 광명시장 가래떡 1봉

- 홈플러스 좋은상품 부들어묵 1봉

- 농심 사리면 1봉

- 양념) 사조해표 순창궁 태양초 100% 우리햅쌀 고추장, 설탕, 올리고
  당, 라면수프 적당량

- 야채) 대파 적당량

소요 시간

- 18분

조리법

1. 떡볶이를 물에 불려둔다.

2. 냄비에 물을 적당량 넣고 끓인다.

3. 물이 끓으면 고추장 3큰술, 설탕 2큰술을 넣는다.

4. 불려둔 떡, 어묵, 사리면을 순서대로 냄비에 넣는다.

5. 라면수프를 절반쯤 넣는다.

6. 국물이 적당히 졸면 올리고당 1큰술과 대파로 마무리한다.

＊ 재료 선정과 조리법에 있어 방송인 김수미의 레시피를 일부 참고했음

"진짜? 근데 나 방금 전에도 떡볶이 먹었는데?"

떡볶이로 말을 시작하면 또 다른 떡볶이 이야기가 나온다. 언제나 그랬다. 10여 년째 내가 언니라고 부르는 최세희에게도 책의 기획 의도를 설명하고 참여를 권하고자 전화를 걸었더니 말이 끝나기도 전에 깔깔깔 웃으면서 마침 동료들과 함께 떡볶이를 먹고 집에 가는 길이라고 했다.

최세희의 직업은 번역가다. 그리고 번외로 어느 라디오 프로그램(이건 돈이 된다) 및 어느 팟캐스트(이건 돈 대신 보람이 따른다)의 대본을 쓴다. 각 프로그램과 코너의 주제를 따라서 여러 어지러운 영어 자료를 읽은 뒤에 진행자와 청취자 모두가 이해하고 소화할 수 있게끔 방송의 언어로 전환하는 일이다. 내가 최세희에게 떡볶이 이야기를 처음으로 꺼냈던 그날은 각각 밥벌이하느라 바쁜 팟캐스트 구성원 모두가 모여 "돈이 안 되는" 녹음을 마치고 탈진했던 날이고, 그래서 "아주 매운" 떡볶이를 먹으러 가는 것에 전원 합의했던 날이다. 땀 뻘뻘 흘리면서 모두가 매콤한 떡볶이를 "폭풍 흡입"하는 동안 한 동료가 문득 "떡볶이는 이래서 필요한 거구나" 했는데, 그 말에 함께 떡볶이를 먹던 모두가 수긍했다고 했다. 떡볶이가 만병통치약이 될 수

는 없지만 그래도 떡볶이와 함께라면 피로의 해소를 어느 정도
는 기대할 수 있다는 것이다.

"시작부터 좋은데요? 그런 얘길 계속 들려주면 돼요. 언니
가 그동안 먹었던 떡볶이 얘기요."

"떡볶이 많이 먹긴 했는데, 진짜 말만 하면 되는 거야?"

"중요한 숙제가 하나 더 있어요. 저한테 떡볶이도 만들어줘
야 돼요."

"진짜? 나 떡볶이 한 번도 안 해봤는데?"

"완전 좋은데요? 처음 하는 거면 할 말이 얼마나 많겠어요."

"재앙이 될 텐데?"

"망하면 망한 얘기 쓰면 돼요."

"지옥이 될 텐데?"

책에 등장하는 열 명의 떡볶이 요리사는 각각 다른 스타일
로 떡볶이를 만든다. 세상에 똑같은 떡볶이는 없고, 각 떡볶이
마다 만드는 사람의 특징이나 습관, 경험이 배어있다. 그것이
내가 모든 떡볶이에 이름을 붙여주는 이유다. 최세희가 만드는
떡볶이는 난생처음이라는 점에서 특별하다. 최세희는 재앙이
나 지옥 같은 무서운 말로 확실히 경고했지만 완벽한 거절을 말
하지는 않았다. 나는 이를 수락이라고 간주하면서 아직 먹지 않
은 떡볶이의 이름부터 뽑았다. 나는 일에 지친 날이면 떡볶이를

떠올릴 만큼 떡볶이를 좋아하는 최세희가 그간 단 한 번도 만든 적 없었던 떡볶이를 먹게 될 것이다. 최세희의 떡볶이는 '최초의 떡볶이'다.

최초의 출장 떡볶이

최세희의 떡볶이는 최초의 출장 떡볶이이기도 했다. 초대가 부담스럽다면 내가 사는 집으로 와서 만들어도 된다는 내 제안을 따른 것이다. 떡볶이의 날을 결정하고 고추장부터 어묵과 라면 사리까지 필요한 재료를 대충 논의했더니 최세희가 사 와야 할 것은 떡볶이 떡이 전부였다. 시간이 흘러 우리가 약속한 떡볶이의 날이 되었다. 당일 최세희의 손에는 집 근처 시장에서 3,000원에 샀다는 떡국용 떡 말고도 다른 것이 들려있었다. 오는 길에 샀다는 아이스크림과 맥주였다. 그건 책에 실린 모든 떡볶이 요리사로부터 초대를 받을 때마다(엄밀히 말해서 초대를 내가 요구할 때마다) 내가 준비한 것과 성격이 같은 것이다. 이처럼 누가 게스트이고 누가 호스트인지 헷갈리는 상태에서 최세희의 출장 요리가 시작되었다. 나는 최세희가 직접 준비한 유일한 재료부터 점검하기로 했다.

"그런데 떡국용 떡을 고른 이유가 있어요?"

"설익을까 봐 걱정돼서 이거 샀어. 만들어본 적이 없으니까. 다시 말하지만 나 진짜 처음이야. 거짓말 아니고 진짜야."

"이거 무슨 셰프의 요리 비법 공개 같은 거 아니에요. 그냥 감대로 하면 돼요."

"감이 있어야 감대로 하지. 나 휴대폰 보면서 해도 돼?"

최세희는 출장 직전에 떡볶이 레시피를 검색해 마땅한 것을 찾았다고 했다. 일단 백종원의 레시피부터 검토했지만 멸치 육수를 내야 한다길래, 들이는 시간에 비해 맛을 장담할 수가 없어서 최대한 간단한 것을 골랐다. "과정은 엄청 간단한데 해보면 맛은 괜찮다고 들었던" 배우 김수미의 레시피였다.

일단 최세희가 휴대폰을 보면서 불러주는 재료를 내가 하나하나 꺼내서 촬영부터 하기로 했다. 모든 재료를 다 모아놨더니 고춧가루가 없길래 이래도 괜찮은 것인지를 묻자 최세희는 "수미 언니는 고춧가루 안 쓴다는데?" 했다. 아무리 수미 언니의 방식이라고는 하지만 그래도 정말로 괜찮은 것일까 하는 약간의 의심을 안고 어쨌든 몇 안 되는 재료를 모아 촬영을 마치기는 했는데, 조리에 돌입하자 재촬영이 필요해졌다. 고춧가루가 아닌 다른 가장 중요한 재료가 빠졌다는 걸 깨달았기 때문이다. 김수미의 레시피를 따라 떡을 불리고, 냄비에 물을 붓고 고추장을 풀어 바글바글 끓이던 최세희는 갑자기 당황하면서 물었다.

"어떡하지? 라면수프 있어야 된대."

"여기 있어요. 걱정 마요."

굳이 새 라면을 뜯지 않아도 되었다. 내 주방에 라면 두어 개 끓이고 남겨둔 라면수프가 있었다. 이는 최세희가 김수미의 레시피를 따라서 고춧가루 없이 만드는 '최초의 떡볶이'에 대한 내 걱정이 해결된 순간이기도 했다. 아무리 방송을 탄 레시피라고는 하지만 나는 과연 고추장과 설탕 및 올리고당만으로 맛이 날까 하는 의심을 버리지 못했는데, 그러다가 최세희가 까먹고 나한테 진작 일러주지 않았던 궁극의 재료를 뒤늦게 확인하자 마음이 놓인 것이다. 그게 라면수프였다. 그런데 최세희는 라면수프 말고도 다른 것도 까먹었다. 라면수프, 고추장, 설탕이 섞이고 떡과 라면의 녹말까지 적당히 나와서 양념이 충분히 걸쭉해졌을 때, 최세희는 마무리에 앞서 또 물었다.

"그런데 대파도 있어?"

"잠깐만요. 냉동실에서 꺼낼게요."

"많이 넣자. 백종원이 많이 쓰랬어."

그렇게 해서 김수미의 레시피와 백종원의 노하우가 섞인 최세희의 '최초의 떡볶이'가 완성되었다. 조리 시간은 18분이었고, 완성된 형태와 맛은 포장마차 떡볶이에 가까웠다. 적당히 맵고 적당히 자극적인 맛, 그러니까 우리가 생각하는 떡볶이의 일반적인 맛이었다. 라면수프가 일을 많이 한 맛이기도 했다. 나는 최초치고 매우 준수했던 '최초의 떡볶이'를 먹으면서 최세희에게 솔직히 설마 하는 마음이었다고 말했다. 사실 맛은 크게 기대하지 않았고 떡볶이를 처음으로 만들면서 허둥지둥 헤매는 과정을 관찰하고 싶은 마음이 컸다고 말했다. 라면수프와 대파라는 핵심 재료를 잊는 바람에 추가 촬영이 따르기는 했지만 그래도 큰 탈 없이 빨리 끝난 데다 기대했던 것보다 맛까지 있어서 놀랐다고 하니 최세희는 고맙다고 말했다. 나한테 고맙다고 한 것이 아니라 "수미 언니에게 고맙다"고 말했다.

최초의 떡볶이

　돌이켜보니 나는 그동안 최세희를 만나면 술을 마셨지 밥이나 간식을 나눈 적이 거의 없는 것 같다. 우리는 지난 10여 년간 자주 만났고 만나면 할 얘기도 많았는데, 그런 만남 자체가 중요해서 그랬나 둘 다 술만 좋아해서 그랬나 그날의 메뉴 같은 걸 까다롭게 고민한 적이 없다. 서로의 떡볶이 선호도와 취향은 물론 전반적인 입맛이나 조리 습관 같은 것을 참 오래 모르고 살았다가 김수미의 레시피를 들고 무사히 완수한 떡볶이 출장을 계기로 뒤늦게 여러 가지 정보를 흡수하게 되었다. 일단 최세희는 떡볶이를 좋아한다. 1970년대부터 집에서 먹고 길에서 먹으면서 성장했으며 지금도 떡볶이가 필요한 날이 있다고 느낀다. 이처럼 최세희는 떡볶이에 관해 할 말이 좀 있지만 직접 만드는 떡볶이 경험담은 방금 전까지 전혀 없던 사람이다.

"그렇게 좋아하는데 떡볶이를 집에서 만들어 먹을 생각을 한 번도 안 해본 거예요?"

"떡볶이는 사 먹는 거니까."

"그럼 끼니는요?"

"집에서 요리 안 해. 기껏해야 파스타 정도? 근데 그것도 며칠 먹으면 물리잖아? 그럼 또 사 먹는 거지."

"매번 사 먹긴 힘들지 않아요? 언니 집에서 일하잖아요."

"밖에서 먹고 들어와서 다시 책상 앞에 앉는 거지."

"그런데 방금 떡볶이 만들었잖아요. 게다가 '최초의 떡볶이'였어. 제가 언니한테 엄청난 일을 시킨 거였네요?"

"내가 민희한테 그런 걸 먹였어. 검증되지 않은 걸 먹였어. 뭔가 죄를 지은 기분이야."

이 같은 기본적인 식습관 점검이 끝나자 최세희는 약 40년 전에 최초로 먹었던 떡볶이를 설명하기 위해 내가 아직 태어나지 않았던 자신의 어린 시절(우리는 열한 살 차이 나는 관계다)로 나를 데려가 어머니의 삶을 먼저 이야기했다. 최세희의 어머니는 거의 매 끼니를 밖에서 해결하는 최세희와 다른, 전형적인 "옛날 사람"이다. 그래서 아무도 가치를 알아주지 않는 고된 노동으로 수십 년을 피곤하게 살아왔을 사람이다. 그런 어머니는 철이 바뀔 때면 이불을 죄다 뜯어 빨고 풀까지 먹여서 다시 대바늘로 꿰매곤 했고, 김장철이면 뒤뜰을 파서 장독을 묻어뒀다가 김치를 꺼냈다. 그렇게 꺼낸 김치 가운데에는 얼음까지 실려 나오는 동치미도 있었다. 해가 바뀐 뒤에 찾아오는 명절 시즌이면 어머니는 더 바빠졌다. 목욕탕에 자식 둘을 데려가 때를 밀었다. 그리고 동네 방앗간에서 가래떡을 잔뜩 뽑아 왔고, 떡국 및 각종 제사 음식을 준비하기 위해 소고기를 샀다.

열 살쯤 차이가 난다고 해도 최세희의 어머니가 당시 수행했던 노동은 내 어머니의 노동과 크게 다르지 않았지만, 두 어머니가 명절이 끝난 뒤 남은 식재료를 처리하는 방식은 좀 달랐다. 떡국을 먹을 만큼 먹고 제사 음식까지 충분히 소화한 뒤에, 최세희의 어머니는 처치 곤란으로 남은 재료를 가지고 떡볶이를 만들어 자식에게 먹였다. 간장과 설탕 양념에 가래떡과 소고기를 넣고 볶아 달콤하게 만든 궁중 떡볶이였다. 그때는 궁중 떡볶이라는 이름도 없었던 것 같다. 한참 시간이 흘러 그 이름을 알게 된 뒤에 "그게 그거"였다고 자각한 것인데, 최세희는 이 같은 어머니의 떡볶이를 최초의 떡볶이로 기억하고 있었다.

나도 어린 날 집에서 '엄마 떡볶이'를 먹긴 했다. 고춧가루 없이 고추장과 설탕으로만 만들었기 때문에 강한 주황빛이 돌던 것이었는데, 약간의 죄의식을 안고 솔직하게 말하자면 그 나이에도 집에서 먹는 떡볶이가 대단히 맛있다고 생각하지는 않았다. 마침 언젠가 만났던 어느 또래 친구 하나가 "우리가 어린 날에 먹던 엄마 떡볶이는 사실 맛 별로였잖아요?" 했던 게 떠올랐다. 나는 이 같은 요령 부족에 이유가 있을 것이라고 보는데, 내 또래와 연장자의 부모 세대는 어린 날 길에서 우리만큼 입에 착 달라붙는 떡볶이를 먹을 기회가 적었을 것이기 때문이다. 아이에겐 부모만 한 조리 기술은 없지만 그 아이가 부모의 눈을 피해 거리 음식을 먹고 성장했다면 떡볶이 맛 감식 능력만큼은 부모보다 우월할 수 있다. 많이 먹어봐야 맛을 정확하게 알고, 누적된 맛의 경험은 실제 조리의 완성도에 기여할 수 있다.

나는 이 같은 검증되지 않은 추론을 바탕으로 최세희에게 물었다. 그것은 정말 맛있었을까. 최세희는 정말 맛있었다고 말했다. 나는 그 맛의 이유가 좀 흥미롭다고 생각했다. 단순히 어머니의 요리 실력에 대한 칭찬이 아닌 또 다른 세대 차이와 이로 인한 결핍에 관한 답이 돌아왔기 때문이다. 최세희에 따르면 그 시절엔 군것질이라는 것이 거의 없었다. 그래서 명절 뒤에 먹을 수 있었던 어머니의 떡볶이는 특식이었다. 최세희뿐 아니라 친언니도 맛있게 먹었다. 참고로 그 시대는 1970년대다.

한편 최세희는 그 시대에 "애들이라서 입맛을 무시당한" 경험이 있다. 경기도 광명시에서 보낸 "국민학교 4학년" 무렵 처음으로 친구들과 떡볶이를 먹으러 갔다가 겪었던 일이다. 학기가 막 시작된 봄, 최세희 어린이는 막 사귄 같은 반 친구들과 날을 정해 학교 앞 분식집에 찾아갔다. 진작부터 먹고 싶었던 떡볶이를 설레는 마음으로 기다렸는데, 그 마음이 짜게 식는 떡볶이가 나왔다. "그냥 맨고추장에 맨떡을 비빈" 떡볶이, 그래서 "국민학생이 느끼기에도 너무너무 맛없는" 떡볶이였다. 진짜 맛없다고 모두가 투덜댔지만, 당시 떡볶이를 먹으러 간다는 건 또래들에게 엄청 짜릿한 이벤트였기 때문에 최세희는 맛이 없는 것마저도 일행 모두에게 웃기고 재미있었다고 말했다. 재미있긴 했어도 최세희 무리는 그 맛없는 떡볶이를 다 먹지 못할 것이라고 생각했다. 분식집 남자 사장이 나타나 "어린 것들이 무슨 맛을 따져?" 하고 호통치기 전까지는.

"아직도 생생하게 기억나. 맛없다고 투덜대니까 사장이 막 화를 내는 거야. 주는 대로 먹으라는 식이었어. 그러더니 '너네 이거 다 먹기 전에 못 나가' 했어. 근데 그땐 무슨 정신이었는지 그 말이 하나도 무섭지 않았어."

"그래서 다 먹었어요?"

"꾸역꾸역 먹었어. 억지로 먹고 또 먹이면서 서로 또 깔깔대고 그랬어. 사장이 했던 말 막 따라 하고. '너 이거 다 못 먹으면 못 나가.' 오늘도 그 말이 계속 생각나더라. 내가 만든 거 민희가 못 먹으면 똑같이 말하려고 했거든. 그 맛도 잊히질 않아. 그냥 고추장에 맨떡 비빈 맛. 걱정했어. 오늘도 어쩐지 그런 맛이 나올 것 같았어."

만화방 아니고 '만화집'에서

광명시에서 어린 시절을 보낸 최세희는 곧 학군 이동 때문에 "버스로 통학할 수 있는" 서울 영등포의 한 국민학교로 전학을 갔다. 그리고 졸업 직전에 학교 근처에서 떡볶이와 만화를 동시에 만났다. 간추려 말하자면 떡볶이를 먹으면서 만화책을 봤다는 얘긴데, 그 추억을 따라가면서 나는 잠깐 천국에 다녀온 것 같았다. 열세 살 어린이에게 만화와 떡볶이가 동시에 주어졌다면 그게 천국이 아니고 무엇이겠는가. 게다가 최세희의 집에는 만화책이 없었다. 그건 부모가 금지하는 것이었다. 그리고 그 시절에는 앞서 말했듯 군것질이라는 것이 거의 없었다. 6학년 최세희는 당시 일탈하는 기분으로 만화와 떡볶이를 동시에 누렸다.

오전 수업만 하는 토요일, 한 친구가 "떡볶이를 먹으면서 만화를 보자"고 권했다. 그런 세상이 존재한다는 것도 몰랐던 최세희는 그 말에 들뜬 가슴으로 친구를 따라 교문을 나와 구름다리를 건넌 뒤 지금까지 남아 있는 공장지대와 이제는 사라진 하꼬방을 지나왔다. 그렇게 30분쯤을 걸어 문래동 "만화집"에 도착했다. 당시 친구들은 거기를 만화방이 아니라 만화집이라고 불렀다. 그 만화집 이름은 기억나지 않는데, 아마도 그때부터 이름 없는 만화집이었을 것이다. 만화집에 도착하자 친구가 예고한 것처럼 떡볶이가 있었다. 주인 아주머니가 밀떡으로 직접 만든 것이었고, 밥그릇 같은 '스뎅' 공기에 나왔다. 시점은 1980년대 초반인데, 오락과 간식을 동시에 누릴 수 있는 곳이었다는 점에서 어쩐지 오늘날의 PC방 문화와 다르지 않아 보인다.

"맛있었어요?"

"엄청. 아직도 생각나. 만화책을 열면 죄다 떡볶이 국물이 떨어져있었어. 지금이야 그런 게 웃기지만 그때는 다른 걸 보면서 숨넘어가게 웃었어. 만화책 하나 꺼내서 펼쳤더니 한여름이 얼마나 더운지를 묘사하는 장면이 나왔거든? 팔에 땀이 맺혀서 막 지글지글 끓고 있는 거야. 그땐 유치하게 그런 거 보면서 웃겨 죽는다고 했지."

"그 만화 제목 혹시 기억나요?"

"아니. 그런데 내가 진짜 좋아했던 만화는 알아. <나일강의 소녀>라고, 일본 만화였어. 그땐 사실 떡볶이보다 만화가 더 좋았어. 중학교 입학하기 전까지 토요일마다 매번 갔어. 만화가 연재되고 있어서 계속 새로운 게 나왔거든."

"떡볶이는 금방 먹지만 만화를 보려면 시간이 좀 걸리죠. 토요일마다 늦게 들어오는데 혼나지 않았어요?"

"안 걸렸어. 친구네 집 다녀왔다고 거짓말했으니까. 아마 그땐 나 같은 애들 많았을걸?"

"떡볶이도 먹고 만화도 보려면 돈도 필요하죠. 갈 때마다 얼마씩 썼어요?"

"매일 차비 하라고 엄마한테 100원씩 받았는데 거기 가려고 매일 50원씩 모았던 게 기억나. 한번 가면 떡볶이 먹고 만화 보는 데 300원쯤 쓴 거 같아."

이어서 최세희는 당시 몰입했던 만화 <나일강의 소녀>의 줄거리를 읊었다. 고고학에 관심이 많은 금발의 미국인 소녀 캐롤이 카이로에 가서 공부하면서 고대 이집트 신전을 드나들다가, 갑자기 수천 년 전의 이집트 문명 사회로 시간 여행을 하게 된다. 타임워프를 통해 갑자기 청동기 시대에 떨어진 노란 머리, 푸른 눈동자의 캐롤은 처음엔 수상한 이방인 취급을 받지만 곧 현대인의 상식과 교양을 활용해서 아직 이집트에 없던 철기로 칼을 만들고, 흙과 재를 사용한 정수 기술로 깨끗한 물을 만들어 당대 노예들의 목숨을 살린다. 그야말로 나일강의 기적이라 말할 만한 신비로운 능력 덕분에 여신 대우를 받고 이집트의왕 멤피스와 사랑에 빠져 결혼에 이르는데, 그런 능력을 탐하는 권력자가 많았고 그래서 캐롤은 주변국과 치르는 전쟁의 발단이 되기도 한다.

나는 이 이야기를 들으면서 조금 놀랐다. 그건 공교롭게도 내가 다른 시대에(1990년대 초반), 그러나 같은 나이에(6학년) 책으로 흥미진진하게 읽은 내용이었기 때문이다. 원고 작성을 앞두고 내용을 정확하게 점검하기 위해 진작 절판된 책을 다시 열어보면서 더욱 놀랐다. 등장인물의 이름부터 사건의 전개까지, 1980년대 초반에 그 만화를 봤다는 최세희의 기억이 굉장히 선명했기 때문이다. 참고로 내가 읽은 버전의 제목은 <나일에 피어난 사랑>(1992~1993, 이동희 글, 바른사)으로, 두 권짜리로 나온 책이었다. 조금 더 뒤져보니 원전이 나타났다. 제목은 <왕가의 문장王家の紋章>(1976~)이다. 위키백과에 따르면 호소카와 치에코와 그의 동생 후민이 창작한 작품이며 놀랍게도 현재까지 연재가 이어지고 있다. 최세희가 만화로 읽었던 버전은 해적판으로 추정된다.

사실 추가 조사를 하면서 어린 날 읽었던 책을 다시 열어봤다가 기분이 좀 나빠졌다. 내가 그때 숨넘어가게 읽었던 그 책, 그리고 최세희가 떡볶이보다 좋아했기 때문에 매일 50원씩 모았다가 봤던 그 만화가 다시 찾아서 읽어야 할 만큼 좋은 내용이 아니었다는 걸 뒤늦게 알았기 때문이다. 주인공 캐롤은 이집트의 왕 멤피스에게, 그리고 영토와 함께 여성의 소유를 두고 경쟁하는 이웃나라 히타이트의 이즈밀 왕자(이른바 '서브 남주'다)에게 온갖 수모를 겪는다. 그 남자들은 사랑한다는 이유로 여성을 채찍으로 때리고 감금하고 때로는 말도 못 하게 한다. 그리고 수시로 얻어맞는 캐롤은 그들의 권력과 통제를 사랑과 질투, 야망과 같은 '남자의 본능' 정도로 이해한다. 이런 서사들이 차곡차곡 쌓여 더러운 성깔로 약자를 소유하려는 인간을 '터프 가이'라고 이름 달아줬던 시간이 너무 길었다.

이 같은 추가 검증 자료와 문제의식을 나는 최세희와 다시 나눴다. 최세희도 "맞아 맞아" 하면서 "멤피스 나쁜 놈"이라고 말과 마음을 보탰다. 그때는 몰랐던 감정과 가치관을 가지고 과거를 여행하면서 나는 좀 어지러웠다. 만화와 떡볶이라는 천국의 일부는 여성의 지옥이었다. 나는 혹시 친구의 동심을 파괴한 것일까. 추억은 그냥 추억으로 간직해야 했을까. 그런데 우리가 덮어두고 지나왔던 그릇된 것은 또 얼마나 많을까.

떡볶이 먹는 번역가

최세희가 국민학교를 졸업하고 만화집과도 작별한 시기, 다른 떡볶이가 나타났다. 역시 1980년대 초반이었다. 다니던 중학교 앞에 즉석 떡볶이집이 생겼다. 막 개업한 음식점치고 굉장히 허름한 데다 떡볶이 앞에 '즉석'이라는 말이 붙는 것부터가 생경해서 별 관심을 두지 않았다가 어느 날 친구를 따라서 가보긴 했는데, 모든 게 다 이상했다. 만화집에서 먹던 것처럼 "다 해서 나오는 것이 아니라는 것부터가" 이상했고, 새빨간 빛깔이 아니라 짜장에 가까운 검붉은 양념으로 떡볶이를 한다는 발상도 이상했다. 처음 먹었을 때는 그게 맛있는 것인 줄도 몰랐다. 그 이상했던 것에 그렇게 빨리 적응될 줄도 몰랐다. 몇 번 먹고 나서 3학년이 되자 최세희는 그 즉석 떡볶이집을 "제집처럼" 드나들었다. 기억이 정확하진 않지만 당시 친구들과 가면 2,000원가량을 쓰고 왔다.

그 떡볶이집은 굉장히 허름하긴 했지만 복층 구조였는데, 사실 그 복층 구조라는 것도 허름함의 일부였다. 손님이 많은 날이면 떡볶이집 사장은 학생들을 복층으로 보냈다. 복층에는 소반이 있었고, 상 옆에는 그 떡볶이집을 운영하는 남자 사장이 밤마다 덮고 자는 것으로 추정되는 이불이 접혀 있었다. 그때는 쿰쿰한 이불 냄새 나는, 무언가 비밀스러운 아지트 같은 그 복층을 더 좋아했다. 속칭 '날라리'라 불리는 또래들이 더 좋아하는 공간이기도 했다. 언젠가는 그 복층에서 젓가락이 날아다녔다. "꺼져" 같은 험악한 말과 욕설이 오가기도 했다. 학교 앞 떡볶이집의 그 복층은 이른바 '노는 애들'이 마주치고 싸우는 공간이었다.

시간이 흘러 고등학생이 됐을 때는 '학교 앞'이 아니라 '학교 안'에서 떡볶이를 먹었다. 당시 떡볶이는 매점의 인기 메뉴였다. 쉬는 시간이면 친구들과 함께 우르르 매점으로 몰려가 10분 만에 후딱 해치우기도 했고, "아침에 도시락을 까먹는 날이면" 점심에 사 먹곤 했다. 졸업하고 대학생이 된 뒤에도 떡볶이는 늘 곁에 있었다. 대학 입학과 졸업 및 각종 사회생활을 기점으로 10대 시절에 비해 이동의 폭이 훨씬 넓어지면서 잡다하게 떡볶이를 먹게 됐기 때문에 만화집, 복층 떡볶이집, 교내 매점 같은 강렬한 기억이 남지 않았을 뿐이다. 시간의 흐름 속에서 떡볶이의 대세라는 것도 달라졌다. 특히나 국물 떡볶이의 유행 앞에서 최세희는 두 번 놀랐다. 졸여서 쫀득하게 먹는 떡볶이에 익숙했던 최세희는 국물 흥건한 떡볶이가 "한때는 맛없는 것이었기 때문에" 갑자기 모두가 열광해서 놀랐고, "먹어보니 꽤 맛있어서" 또 놀랐다.

요새도 떡볶이를 계속 먹는다. 코스트코의 히트 상품이라는 반조리 식품 '해물 떡볶이'를 한번 사봤는데 예상했던 것보다 괜찮아서 몇 번 먹었고, 집 근처에 생긴 '죠스 떡볶이'가 문을 닫기 전까지 꽤 많이 먹었다. 집에서 멀지 않은 시장에서 파는 떡볶이도 주기적으로 먹고 있다. 그런 떡볶이는 누군가와 함께 먹을 때 더 맛있고 짜릿하기까지 한 음식이다. 앞서 적었던 것처럼 최세희는 일과 피로를 함께 나눌 수 있는 동료들과 떡볶이를 가끔 먹는다.

이렇게 기나긴 떡볶이 여정을 듣다가 문득 우리가 알고 지낸 시간이 얼만데 왜 그동안 떡볶이 한 번 먹지 못했을까 싶어졌다. 만날 때마다 늘 최세희는 지친 표정이었는데 그때 왜 나는 떡볶이를 함께 먹자고 권하지 않았던 것일까. 앞서 말한 것처럼 최세희의 본업은 번역이다. 가진 언어 능력으로 방송 작가 같은 추가 업무를 하기도 하지만 주로 북미 및 유럽의 소설을 번역하는데, 대표작은 맨부커상을 수상한 작품인 줄리언 반스의 <예감은 틀리지 않는다>와 영화로 유명한 욘 아이비데 린드크비스트의 <렛미인>이다. 그 밖에도 잊을 만할 때쯤이면 최세희가 번역한 책이 나왔고, 신간 정보를 살피다가 문득 최세희가 보고 싶어져서 연락했고 만났으며 술을 마셨다. 그럴 때마다 일에 대한 고민을 들었다.

최세희는 훌륭한 작품을 꾸준히 곁에 두고 일한다. 그건 일에서 누릴 수 있는 기쁨이기도 하지만, 상당한 압박이기도 하다. 최세희는 늘 고독과 싸우면서 일한다. 그 고독이란 단순히 외롭다는 감정이 아니라 복합적인 막막함이다. 번역이 직업이 되기 전까지 최세희는 영어로 쓰인 문장을 "글이 아닌 이미지 같은 것"으로 인식했다. 단어부터 어순까지 한국어와 모든 게 다른 언어를 이해하려면 전과 다른 방식의 사고가 필요했고, 그렇게 다른 언어를 통해 일시적으로 사고방식을 전환하는 것이 흥미롭다고 생각했다. 읽기만 하면 됐을 때는 그렇게 생각했는데, 그러나 글이 아닌 것처럼 인식해왔던 것을 글로 옮기는 것은 늘 생각만큼 순조롭지 않다. 오역이 없어야 한다는 책임 의식은 당연한 것이고, 원문을 그대로 복사하는 것은 번역이 아니며, 그렇다고 의역에 치중하면 작가의 의도와 멀어진다. 나아가 번역이란 의미만 그대로 실어 나르는 것이 아니라 문체는 물론 캐릭터의 말투부터 적합한 단어 선정에 이르기까지 다른 언어를 쓰는 작가의 작중 의도를 파악해서 익숙한 언어로 옮겨야 하는 일이다. 하면 할수록 의미 있는 일이라고 느끼지만, 하면 할수록 선택하고 책임질 것이 많아진다. 상대적으로 쉬운 텍스트는 있을지 몰라도 그렇게 생각하고 접근했다가 늘 배반당하는 것이 번역이라서 이미 충분한 경험을 쌓았는데도 속도가 잘 안 나온다. 하다가 막히면 위로를 받고 싶어진다.

"어떤 위로요?"

"동종 업계 친구들이 더 많았으면 좋겠어. 아는 사람이 있긴 하지만 다들 시간 쪼개기 힘들지. 나부터가 늘 마감에 쫓기니까. 가끔 해서는 안 되는 생각도 해. 계약한 거 무르고 싶어져."

동료들과 함께 힘든 노동을 마치고 떡볶이를 해소의 음식으로 선택했던 것처럼, 동료 없이 고독과 싸우면서 일하다가 코너에 몰린 순간에도 떡볶이가 떠오를까. 최세희는 그런 날이 있었던 것 같지만 늘 그렇지는 않았다고 말했고 이어서 이제는 자신감이 생겼으니까 이를 활용해봐야 할 것 같다고 말했다. 우리가 약속한 떡볶이의 날에 최세희가 최초로 시도했던 '최초의 떡볶이'를 말하는 것이다. 또 만든다고 했을 때 먹어줄 수 있는 사람이 가까이에 있는지는 잘 모르겠다고 말하기는 했지만, 어쨌든 최세희는 떡볶이를 만들 수 있는 사람이 되었다. 나는 걱정을 덜어주고 싶어진다. 내가 또 먹으면 된다.

2019년 1월

떡볶이도
외상이 되나요

강민선의 못 갚은 떡볶이

**오늘의 떡볶이 요리사
강민선은,**

2019년 기준 40대 초반이다. 출판사를 운영하면서 글을 쓰고 책을 만든다. 1980년대 중반 집 앞에서 500원짜리 떡볶이를 외상으로 먹은 기억이 있다. 1990년대 중반 고교 시절에 신당동 떡볶이 타운에 자주 드나들었다. 경제 활동을 시작한 이래 늘 일터 주변에 괜찮은 떡볶이 집이 있었다고 말한다. 배우자와 함께 산다. 집에서 좀처럼 요리하지 않는다. 떡볶이 조리 경험도 매우 적은 편이다.

강민선의

못 갚은 떡볶이 만들기

재료

- 세영푸드 달인이 만든 밀떡볶이 적당량
- CJ 삼호 부산어묵 1봉
- 양념) 순창 태양초 고추장, 하이몬 칠리 샤브 수끼 소스, 간장, 쌀 조
  청, 설탕 적당량
- 야채) 브로콜리, 대파 적당량

소요 시간

- 15분(양념 준비와 재료 다듬기 등 사전 조리 시간은 포함하지 않음)

조리법

1. 조리 하루 전에 고추장, 칠리소스, 쌀 조청, 간장을 적당한 비율로 섞어 양념을 만든다.

2. 브로콜리를 살짝 데쳐 수분을 날리고, 대파를 편으로 썬다.

3. 냄비에 물을 적당량 채우고, 적당량의 떡볶이와 어묵을 차례로 넣는다.

4. 양념을 적당량 넣고 중불에 끓인다.

5. 설탕을 2작은술 정도 추가로 넣는다.

6. 대파와 삶은 브로콜리를 넣고 30초 뒤에 불을 끈다.

7. 5분 정도 뜸을 들인 뒤에 먹는다.

처음에는 거절이 돌아왔다. "첫 외상을 떡볶이로 기억하고 있기 때문에" 떡볶이에 대해서 할 말이 있긴 하지만 "내가 만든 음식을 다른 사람에게 도저히 먹일 수 없어서" 요리도 자신 없고, "집에 책이 800권이나 쌓여있어서" 초대도 불가능하다고 강민선은 조심스럽게 말했다. 먼저 그 책 800권에 대한 설명이 필요할 것 같다. 그리고 나는 집에 책을 몇백 권씩 쌓아놓고 사는 강민선의 사정을 잘 이해할 수 있는 사람이다.

강민선은 작가다. 그리고 출판사 '임시제본소'를 운영하는 사장이다. 직접 글을 쓰고 책의 표지와 내지를 디자인하며 물류 관리 및 배송도 집에서 스스로 해결한다. 전업 작가이자 개인 사업자가 되기 전엔 도서관 사서로 일했는데 그 경험을 바탕으로 대표작 <아무도 알려주지 않은 도서관 사서 실무>(2018)를 썼고, 현재까지 최신작은 '내 인생을 관통한 책'이라는 부제가 붙은 <상호대차>(2019)인데 언급한 두 책 사이에 여섯 권쯤이 더 있고 앞으로도 더 나올 것이다. 즉 강민선은 빨리 쓰고 많이 쓰는 작가이면서, 작업 생산성이 높은 만큼 어지러운 재고 관리 업무가 따르는 출판사 사장이다. 나는 강민선의 하루 일과를 어렵지 않게 머릿속에 그릴 수 있는데, 출판사 '산디'를 운영하면서 책을 만드는 내 삶도 그와 다르지 않기 때문이다. 차이가 있다면 책 800권 이상을 집에서 감당할 수 없으니 물류 서비스에 입고와 출고를 맡긴다는 것이고, 디자인과 편집 및 제작에 요령이 없어서 전문가에게 의뢰한다는 것이며, 나도 강민선처럼 직접 쓰고 내는 사장이지만 이제 내 책은 적당히 하고 다른 작가들의 책을 만들고 싶어한다는 욕구뿐이다.

세부적인 운영 방식이 다를지언정 일의 본질은 똑같다. 나도 집이 일터고, 작은 규모로 출판사를 열고 출간을 거듭한 결과 집이 창고로 전환되는 과정을 잘 알고 있다. 그래서 동료 입장에서 사정을 이해하는 만큼 나는 거절을 당연하게 받아들였고, 한편으로 친구 입장에서 최초의 외상을 떡볶이로 기억한다는 강민선의 과거가 매우 궁금하긴 했지만 더 캐물으려 하지도 않았다. 내가 만드는 떡볶이 책보다 10년 이상 유지해왔던 우리의 관계가 더 중요하다고 생각해서 그랬다. 우리는 20대 어느 시점에 어느 온라인 서점에서 아르바이트를 하다가 만났다. 어쩌다 보니 둘 다 그때나 지금이나 책에 파묻혀서 살고 있는데 차이가 있다면 그때 우리가 시급을 받고 일하던 서점이 현재는 우리의 주 거래처가 됐다는 것이고, 그때는 없었던 매출 압박을 이제는 둘 다 느낀다는 것이다. 강민선도 나도 800권을 언젠가는 털어야 한다. 그리고 또 찍어야 한다. 지나치게 많거나 적은 재고가 위기의 신호라는 것을 둘 다 잘 안다. 나아가 폐업이나 전업 소식을 나누는 아픈 미래가 없기를 서로 바란다고 나는 믿고 있다.

그로부터 몇 달이 지난 뒤 강민선은 마음을 바꿨다. 떡볶이를 만들어주겠다고 했다. 최초의 외상으로 시작하는 떡볶이 연대기도 다 들려주었다. 마침내 수락하게 된 데는 몇 가지 이유가 있었는데 하나는 출장 떡볶이, 즉 내가 사는 집으로 재료를 가져와 떡볶이를 만들어도 상관없다는 조건을 재고한 것이다. 게다가 마침 새 책의 원고를 끝내고 여유가 생겼다. 이어서 강민선은 동지 의식을 말했다. 친구이자 동료를 돕기로 했다. 나는 같은 이유에서 강민선의 거절을 받아들였지만 강민선은 같은 이유에서 고민을 이어간 끝에 일일 출장 떡볶이 요리사로 분한 것이다. 갑자기 떡볶이가 우리의 관계를 설명해주는 것 같았다. 나는 동료에게 성가시게 굴고 싶지 않아 기대를 일찍 내려놨고, 말을 꺼낸 것을 후회했다. 강민선은 내가 했던 말을 잊지 않았고, 오래 생각한 뒤에 동료를 돕기로 결정했다. 그래서 우리는 10년 넘게 친구이자 동료일 수 있었다.

눈물의 외상 떡볶이

"민선 씨, 아까 왜 눈물이 났던 걸까요?"

"그러게요. 왜죠?"

"…."

"옛날 얘기를 하려고 하면 자꾸 눈물이 나요. 장면이 막 떠오르는 순간 갑자기. 요새 계속 이래요. 얼마 전에도 그랬어요. 말을 꺼내기도 전에 그냥 눈물이 났어요. 그것도 처음 보는 사람 앞에서. 왜 이렇게 울고 다니는지 설명을 잘 못하겠는데, 내가 이러면서 무슨 글을 쓰나 싶고."

마주 보고 앉아 외상으로 먹었다는 떡볶이의 전말부터 물었는데 갑자기 강민선이 울기 시작했다. 깜짝 놀란 내가 벌떡 일어나 휴지 몇 장 챙겨서 자리로 돌아왔더니 눈물을 닦고 말하기를 외상 떡볶이의 시공간을 돌아보자 "딱히 아프거나 슬픈 기억이 있어서 그런 것이 아닌데도" 느닷없이 눈물이 났다고 했다. 강민선은 숨을 고른 뒤에 눈물의 이유를 불완전하게나마 조금씩 찾아가기 시작했는데, "얘기를 하기도 전에 생각을 해버려서" 울어버린 것이었다. 그 눈물에는 강민선이 초등학교 저학년 시절에 살았던 서울 남산 자락의 달동네가 맺혀 있었고, 그때 살던 집 앞에 드문드문 자리 잡고 있던 상점과 친밀한 관계를 중심으로 강민선이 나열한 몇 가지 기억을 통해 나도 그

동네의 풍경을 조금은 그려볼 수 있었다. 분식집, 양장점, 방앗간, 강민선의 친구였던 구멍가게 사장의 딸, 그리고 그 거리에서 좌판을 열고 양말과 장갑을 팔던 강민선의 어머니.

어머니의 좌판 근처에 분식집이 하나 있었다. 김밥과 만두도 팔았지만 강민선은 "일회용 비닐을 씌운 초록색 멜라민 접시"를 더 선명하게 기억하고 있었다. 그 접시에 담겨 나오는 떡볶이가 1인분에 500원이었다는 것도 전혀 손상되지 않은 기억이다. 그 500원이 강민선 인생 최초이자 최후의 외상값이었기 때문이다. 눈물이 다 말랐다고 생각했을 때쯤 나는 물었다.

"초등학교 저학년 때였다고 했죠? 어떻게 그렇게 대범하게 외상으로 먹을 생각을 한 거예요?"

"너무 먹고 싶은데 돈은 없었으니까요. 그래서 그냥."

"그럼 외상으로 하겠다고 말했을 때 분식집 사장이 허락했어요?"

"그때 생각하면 내가 어떻게 그랬지 싶은데, 계산은 다 먹고 갈 때 하는 거였으니까 일단 먹었어요."

"그럼 먹고 일어섰을 때는요? 사실 '빈대떡 신사'랑 다르지 않은 상황이었을 텐데, 사장이랑 별 갈등 없었어요?"

"그땐 너무 어려서 사장 아주머니의 표정을 못 읽은 것 같아요. 엄마가 근처에서 장사하니까 아주머니가 날 안다고 생각했던 것 같기도 하고. 결국 엄마가 와서 500원 갚았다는 거 말고는 확실한 기억이 별로 없네요. 일기라도 써놓을걸. 써놨어도 그 일기장 지금까지 갖고 있지도 않겠지만, 말하다 보니까 갑자기 엄청 아까워지네요."

"수습돼서 다행이긴 한데, 어머니한테 혼나진 않았어요?"

"엄마가 뭐라고 했을 수도 있는데 기억이 잘 안 나요. 시간이 지나면 기억하고 싶은 것만 기억하니까. 그냥 그 시절에 떡볶이에 미쳐있었다는 것만 기억나요."

어린 딸의 충동적인 외상을 변상해준 어머니의 이야기도 들었다. 강민선은 먼저 질문으로 말문을 열었다. "그거 알아요? 눈싸움할 때 아이들이 끼는 장갑인데, 겉은 비닐이고 안은 솜이고." 그때까지만 해도 그게 무엇인지 몰랐지만 강민선의 설명이 조금 더 이어지자 나한테도 한때 같은 장갑이 있었다는 것이 기억났다. 그건 겨울철마다 동네 친구들 모두가 끼던 것으로, 성 역할 구분에 대한 의문이 전혀 없던 시절 로봇 같은 캐릭터가 그려져있던 파란색 장갑은 남자아이에게, 요술공주 밍키 같은 캐릭터가 그려져있던 분홍색 혹은 빨간색 장갑은 여아에게 선택되었다. 강민선은 푹신한 데다 방수까지 돼서 눈싸움할 때 진짜 좋은 장갑인데 요새는 어떤 이유에서인지 잘 보이지 않는 것 같다고 했고, 당시 그 장갑에 느꼈던 강한 애착 때문인지 털

실로 만든 장갑이나 양말 등등 그때 어머니가 함께 취급했던 기타 품목에 대한 기억은 남아있지 않다고 말했다.

그리고 강민선은 그 시절 어머니가 그 자리에서 장사하던 게 좋았다고 말했다. "밖에 나가면 엄마가 바로 보이는 곳에 있는 것"이 좋았고, "엄마가 잔뜩 가져온 예쁜 장갑을 마음대로 낄 수 있어서" 좋았다. 나는 이런 답을 들을 수 있어서 눈물 날 만큼 기뻤다. 그 답이 있기 전에 나는 좀 무례한 질문을 했는데, 그 질문이 몹시 부끄러워질 만큼 티 없는 마음이 답으로 돌아오자 좀 많이 뭉클해진 것이었다. 내게는 건물 청소라는 내 어머니의 일을 부끄러워했던 못난 시기가 있다. 단칸방에 사느냐는 누군가의 질문에 답을 못 하던 친구가, 아버지의 직업을 숨기는 일에 번번이 실패했던 '아갈머리' 곽미향 같은 친구가 내게도 있었다. 나는 강민선의 눈물이 어쩌면 이런 종류의 기억과 연관이 있을지도 모른다는 생각에 실례라는 걸 알면서도 당시 어머니에게 느꼈을 모난 감정을 물은 것이었는데, 강민선은 위와 같은 아름다운 대답을 들려준 뒤 "너무 어려서 수치심을 모르던 시절"이었다고 덧붙였다.

"지금은 집이 창피해서 아무도 못 부르지만 그땐 진짜 좁은 집에 살면서도 친구 자주 데려오고 그랬어요. 엄마가 어떻게 이런 집에 친구를 부르냐고 뭐라고 했던 게 기억나요."

"저도 그랬던 때가 있었어요. 동네 친구들이 다 비슷비슷한 형편이었기 때문에 불필요한 부끄러움도 없었던 것 같은데, 조금 더 큰 뒤에는 창피한 게 많아졌지만요. 나도 누가 똑같이 물었다면 울었을지도 몰라요. 과거의 내가 너무 못나고 미워서."

"혹시 저만 너무 신파인가요? 그동안 떡볶이 얘기 하다가 운 사람 있어요?"

"떡볶이에 대한 기억은 전반적으로 경쾌한 것 같아요. 다들 신나서 얘기했어요. 눈물의 떡볶이는 민선 씨가 최초예요."

"저도 떡볶이 생각하면 신나긴 해요. 그건 슬픈 기억이 아닌데, 그런데 왜 자꾸 눈물이 나는 걸까요?"

답을 바라고 한 질문이 아니라는 걸 알았으므로 나는 강민선에게 눈물 나는 이야기를 들려줘서 고맙다고 말했다. 강민선은 들어줘서 고맙다고 말했다. 나는 그 눈물의 의미를 지금은 몰라도 언젠가는 읽게 될 것이라고 생각했다. 강민선은 차차 그 이유를 찾고 쓸지도 모른다.

노동과 떡볶이 사이에서

열일곱 살의 강민선은 노래를 많이 불렀다. 그 노래를 들어주는 사람들이 있었지만 노래가 즐겁지는 않았다. 노래가 빨리 끝나기만 바랐다. 그래야 떡볶이를, 그것도 즉석 떡볶이를 먹을 수 있었으니까. 강민선이 고등학교를 다닌 1990년대 중반, 매주 일요일 오전 국립중앙의료원에 찾아가 여러 층과 방을 오가며 노래 봉사를 하던 합창부 단원 시절의 이야기다. 합창부 활동은 그리 즐겁지 않았다. 돌이켜보면 좀 우스운 기억이지만 그때는 임원이라 불리던 고작 한 살 많은 선배들의 권위에 기가 죽어있었고, 이제는 아픈 사람을 볼 때면 복잡한 생각을 하게 되지만 그땐 어린 시절이라 병동에서 노래를 기다리는 나이 많은 환자들의 삶을 이해할 아량도 없었다. 병원 특유의 소독약 냄새도 낯설고 불편해서 빨리 나가고만 싶었다. 그냥 의무 봉사 시간을 채우는 게 중요했고, 일정이 끝난 뒤에 병원 바로 앞 신당동 떡볶이 타운에서 먹게 될 떡볶이만 기다렸다.

노래가 끝난 뒤 합창부 동기와 선배랑 함께 드나들던 신당동 떡볶이집 이름을 강민선은 '짱이네 떡볶이'로 기억하고 있었는데, 검색 결과 같은 이름의 떡볶이집이 엉뚱하게도 경기도 수원 소재라고 나오는 것을 보니 현재 신당동에 그런 떡볶이집은 없는 것 같다. 강민선의 기억이 잘못되었거나 아니면 문을 닫았을 거기는 '마복림 떡볶이'나 '아이러브 떡볶이' 같은 신당동 떡볶이 타운의 대표 주자에 비해 규모가 작았기 때문에 예약한 합창부 단원 30~40명이 몰려들면 더는 손님을 받을 수 없었다.

떡볶이 값은 각출하여 해결했기 때문에 기억이 잘 안 난다. 매달 단원들에게서 걷는 회비로 냈고 예산은 총무가 관리했다. 강민선은 한때 총무도 맡아봤지만 그때 계산했던 30~40인분의 떡볶이 값보다 강렬한 기억은 떡볶이에 대한 갈망이다. 아침부터 노래만 불렀기 때문에 배가 고팠고, 노래가 다 끝나면 점심시간이 훌쩍 지나있었기 때문에 더 배가 고팠다. 떡볶이는 그냥 먹어도 맛있는 것인데 일 다 마치고 배고픈 상태에서 먹었으니 더 맛있을 수밖에 없었다.

고등학교 졸업과 함께 합창부 활동과 신당동의 추억도 끝났다. 스무 살의 강민선은 대학 대신 학원으로 갔다. "엄청 치열하게 공부하진 않았지만" 그래도 재수를 하려면 "노량진에 가서 기반을 만들어놔야" 한다고 생각했다. 입시 학원을 알아보기 전에 일단 거기서 아르바이트부터 구했다. 그 시절에 대한 이야기를 언젠가 원고로 썼기 때문에 정황을 정확하게 기억하고 있는데, "액세서리점에서 오전 열 시부터 오후 네 시까지 시급 1,600원을 받고" 일했다. 친구 몇 번 만나 밥 먹고 놀다 보면 금방 사라지는 푼돈이라서 학원비는 부모의 지갑에서 나왔다. 점심 식대도 제공되지 않는 곳에서 하루 여섯 시간의 노동이 시작된 시기, 마침 오후 다섯 시부터 열 시까지 일할 사람을 구한다는 근처 김밥집을 발견했다. 돈도 더 주는 곳이었다. 거기 시급은 오후 타임이라서 2,000원이었다.

　"그냥 '김밥천국' 같은 데였어요. 김밥도 팔고 찌개도 팔고 떡볶이도 파는 그런 곳. 거기서 김밥도 말고 서빙도 하고 그랬죠. 가끔 설거지도 하고. 제가 오전에 다른 알바 하고 온다는 걸 알아서 그랬는지 사장이 여기서 저녁 먹고 일하라고 했어요."

　"거기서 파는 메뉴 다 먹을 수 있었을 텐데, 그럼 그때 저녁으로 떡볶이 먹었어요?"

　"저는 항상 비빔밥만 시켰어요."

　"눈치 보여서 그랬던 거죠?"

　"그쵸. 떡볶이는 조리를 해야 하지만 비빔밥은 이미 있는 나물을 넣고 섞기만 하면 되니까요. 제가 얼마나 피곤한 사람인지 이제는 다 아실 것 같은데, 원하는 거 늘 말 못 하고…. 그러다가 나중에 후회하고, 갑자기 억울해서 화가 나고…. 그런데 또 티는 못 내고, 나중에 혼자 울고…. 그때도 그 성격 똑같았으니까 주방 아주머니를 덜 불편하게 할 수 있는 걸 고른 거죠. 나중에는 묻지도 않고 비빔밥 주시더라고요."

　"그럼 그만둘 때까지 몇 달 동안 비빔밥만 먹었던 거예요?"

　"떡볶이 딱 한 번 먹어봤어요. 기억이 정확하진 않은데 뜬금없이 제가 떡볶이 달라고 했을 리는 없고, 주문이 잘못 들어왔거나 다른 사람 먹을 때 저도 끼어서 먹었던 게 아닐까 싶어요."

"먹고 싶은 것도 못 먹고, 아침 열 시부터 밤 열 시까지 죽어라 일만 하고. 서러웠던 스무 살이네요. 그러느라 바빠서 공부할 시간도 없었을 텐데."

"그래서 또 대학에 못 갔죠."

그래도 강민선의 떡볶이는 캠퍼스에서도 이어진다. 서너 살 차이 나는 동기들과 함께 다녔던 대학 안에 분식집이 있었다. 이름은 '도란도란'이었는데 거기서 먹었던 떡볶이는 강민선이 어린 날 외상으로 먹었던 떡볶이랑 맛이 진짜 비슷했다. 그 맛이 참 반가워서 친구 두어 명과 가서 먹기도 하고 혼자 먹기도 했다. 한 접시에 얼마나 했는지는 잊었지만 분식점에서 김밥 한 줄에 1,000원 하던 시절이었으니 별로 비싸지는 않았을 것이고, 그래서 대학생은 물론 훨씬 어린 친구들한테도 크게 부담스럽지 않았을 것이다. 그 분식집에는 강민선 같은 대학생 말고도 대학 부속 초등학교 아이들도 자주 드나들었는데, 언젠가 강민선은 그 아이들이 자신 같은 대학생 무리를 바라보면서 나누는 웃긴 얘기를 들었다.

"우리 학교 안에 대학교가 있대."

어느 초등학생 눈에 대학교란 자기 학교 옆에 있는 것도 아니고 안에 있다고 관찰되는 작은 세계였다. 강민선은 정확하게 알지 못하는 것들에 대해선 누구나 자기 기준으로 생각하기 때문에 그렇게 이해하는 게 당연한 것 같다고 말했고, 나는 아이의 귀여운 세계관보다 도대체 얼마나 맛있는 떡볶이길래 초등학생과 대학생의 입맛을 한꺼번에 사로잡을 수 있었을까 궁금해졌지만 원고를 쓰면서 검색해본 결과 그 분식집 또한 없어졌다는 것을 알았다. 동시에 강민선이 여태 경험했던 노동의 역사를 기록한 새 책을 준비하면서 스무 살에 일했던 노량진 액세서리집과 김밥집을 얼마 전에 찾았지만 모두 문을 닫았다고 말했던 게 생각났다. 공간에 대한 기억을 붙잡고 복원해 나누는 것은 이토록 어려운 일이다.

대학생이 된 뒤에도 아르바이트는 계속 이어졌다. 당시 일터 가운데 하나는 교보문고 콜센터였는데, 점심으로 동료들과 종종 닭볶음탕을 시켜 먹었다. 그 닭볶음탕에 들어있는 떡이 닭보다 맛있었기 때문에 아직까지 기억한다고 강민선이 말하자 내가 그동안 강민선과 나눈 몇 가지 밥의 공통점이 떠올랐다. 책 800권이 쌓이는 미래를 전혀 몰랐던 과거의 어느 날에 강민선의 집에 놀러 갔던 적이 있는데, 강민선은 평소에 자주 먹는 것이라며 쌀떡이 섞여있는 매콤달콤한 치킨을 전화로 주문해 내게 대접했다. 시간이 흘러 이 책 속 떡볶이 요리사로 강민선을 섭외하려 했으나 실패한 날, 나는 강민선과 망원동의 어느 떡볶이집에서 만나기로 했지만 하필이면 그날 딱 그 집이 사장의 개인 사정으로 문을 닫는 바람에 우리는 어쩔 수 없이 근처 닭갈빗집에 갔다. 먹어야 할 떡볶이 못 먹었다고 툴툴대는 나와 달리 강민선은 닭갈비에도 떡이 들어있다며 좋아했다.

"배달 음식 자주 먹는데 떡볶이만 시키면 금방 질려요. 그보다는 떡이 들어있는 닭강정 같은 걸 더 좋아해요. 거기 있는 떡이 닭보다 더 맛있거든요. 새로운 닭강정 주문할 때면 사진부터 꼼꼼하게 봐요. 거기 떡이 있는지 없는지 살펴보고 주문해요."

"듣고 보니 민선 씨는 떡볶이 이상으로 떡을 좋아하는 사람 같은데, 그럼 밀떡이랑 쌀떡 구분에도 엄격한 편인가요?"

"쌀떡 먹고 싶은 날이 있고 밀떡 먹고 싶은 날이 있고 그래요. 둘은 너무 다르니까."

떡과 떡볶이에 대한 이러한 선호와 취향이 형성된 이유에 대해서 강민선은 "어딜 가나 맛있는 떡볶이가 가까이에 있었기 때문"이라고 분석했다. 강민선은 떡볶이를 먹고 싶은 마음을 숨기고 비빔밥을 먹겠다고 말하는, 즉 늘 욕구 이전에 민폐부터 헤아리느라 좋아하는 걸 분명하게 말하지 못하는 어른이 되고 말았지만, 그런 눈치와 절제를 몰랐던 시절부터 맹랑하게 외상으로 먹었을 만큼 간절한 떡볶이가 집 앞에 있었다. 고교 시절에는 봉사 활동에 대한 보상이 떡볶이였다. 대학생이 된 뒤에는 초등학생과 경쟁하듯 학교 안에서 떡볶이를 먹었다. 떡볶이와 그리 밀접하지 않은 음식 안에서도 떡의 가치를 찾아냈다. 그러다 일터가 바뀌면 새로운 떡볶이 정보부터 업데이트되었다. 전업 작가가 되기 전에 약 5년 일했던 도서관 근처에도 직원 모두가 좋아하는 맛있는 떡볶이집이 있었고, 총무과 직원이 종종 전직원 40여 명이 고루 먹을 수 있게끔 넉넉한 양을 사 와서 나누곤 했다. 어디에 머물든 어디에서 일하든 매혹의 떡볶이가 가까이에 있었던 데다 그간 집에서 시도했던 요리들이 대체로 실패에 가까웠기 때문에 굳이 떡볶이를 만들어 먹을 생각을 안 하고 살았고, 그러니 떡볶이 얘기를 할 수는 있어도 떡볶이 대접까지는 어려워 처음엔 내 제안을 거절할 수밖에 없었다는 것이 결국이 긴 이야기의 결론이다.

떡볶이의 날을 일주일쯤 앞두고 강민선을 미리 만나 이 모든 이야기를 흡수하는 동안 나는 이를 원고로 전환할 미래가 좀 걱정되었다. 나는 어린 날 대책 없이 외상으로 먹었던 떡볶이를 반추하면서 눈물 흘린 친구의 뭉클한 사연을, 닭볶음탕이 됐든 닭강정이 됐든 닭은 뒷전이고 떡에 더 집중하는 친구의 남다른 입맛을, 밀떡과 쌀떡을 그날그날 컨디션에 따라 선택한다는 친구의 섬세한 취향을 고루 비벼서 한 접시에 올리는 일에 과연 성공할 수 있을 것인가. 약 30년에 걸친 떡볶이 연대기를 중간중간 파고드는 20년 치 노동의 역사 또한 내 친구가 좋아하는 떡 사리처럼 적당량 추가할 수 있을 것인가. 일은 평생 의문과 불확실의 연속일 테지만 때때로 나는 이런 고민을 혼자만 하고 싶지 않다. 가까이에 있는 동료와 보다 자주 나누고 싶어서 나는 스스로 돌파해야 할 외로운 고민마저 쓰기로 했다.

못 갚은 떡볶이

　어렵게 결정된 떡볶이의 날을 앞두고 안 가져와도 되는 재료를 논의해보자고 내가 말했지만 강민선은 됐다고 했다. 출장 뷔페 요리사도 집기까지 다 챙겨 가서 일하니까 자기도 그러는 게 맞다면서 알아서 하겠다고 했고, 맛이 없으면 자기가 다 먹을 테니까 걱정하지 말라고 했다. 결국 강민선은 에코백을 두 개나 짊어지고 내가 사는 집으로 왔다. 전날 망원동 월드컵시장에서 사서 봉투에 적힌 지침을 따라 실온에서 보관했다는 밀떡, 전날 고추장과 기타 재료를 섞어 만들었다는 양념, 미리 다듬어두면 수분이 날아갈까 봐 출발 직전에 썰었다는 대파(대파의 푸른 부분과 흰 부분의 경계가 맛있다고 해서 그 부분만 골라서 잘라 왔다고 강민선은 말했다)와 어묵, 살짝 데친 뒤 수분을 적당히 날려서 밀폐 용기에 보관해둔 브로콜리, 그리고 떡볶이와 함께 먹게 될 단무지까지, 강민선의 가방은 꼭 도라에몽의 주머니 같았다. 그 모든 재료를 조리대 위에 올리자 나는 질문이 많아졌다.

"양념은 어떻게 만든 거예요?"

"까먹을까 봐 적어놨는데, 고추장이랑 간장, 쌀 조청이랑 칠리소스를 섞어봤어요."

"비율은요?"

"몰라요. 그냥 간 보면서 조금씩 더했어요. 그런데 칠리소스 쓴 사람 있어요?"

"그런 재료를 떠올린 떡볶이 요리사는 민선 씨가 최초예요. 조청을 쓴 것도 최초고요. 근데 칠리소스라 하면 인도차이나 음식에 자주 쓰는 그 소스 맞죠?"

"그거 맞아요. 태국산이고요. 제가 며칠 전에 1,000원짜리 떡볶이 소스를 사봤거든요? 근데 거기서 칠리소스 맛이 났어요. 그래서 넣어봤고 어젯밤에 실습도 해봤는데, 어떡하죠? 셔요. 아침에 남편한테 큰일 났다고 했더니 설탕 더 넣으래요. 그래서 설탕도 가져왔어요."

강민선과 배우자는 집에서 좀처럼 요리하지 않는다. 신혼 시절에는 소꿉놀이하듯 오징어 튀김도 해보고 그러다 치킨까지 튀겨봤는데, 그러는 동안 일반적인 밀가루와 튀김가루의 맛이 어떻게 다른지를 알게 되었지만, 그 습관이 오래가지는 못했다. 언젠가 가족 초대 계획을 세우고 "그 비싼 한우를 사다가"

떡갈비를 했으나 "망신에 가까운 결과"가 나온 뒤로 더 안 한다. 그러다 신용카드 명세서가 너무 외식으로 덮여있다는 것을 문득 깨달을 때, 동시에 건강에 대한 위기의식을 느낄 때 반성하는 마음으로 겨우 요리하는데, 이를 자각한 어느 날에 소고기를 빼고 멸치 육수에 배추랑 버섯만 써서 밀푀유나베를 만들었고 시판용 칠리소스를 찍어서 만족스럽게 먹었다. 요리 습관은 곧 사라졌지만 그래도 칠리소스는 남아있었다. 맛에 대한 기억도 남아있었다. 마침 떡볶이의 날을 앞두고 영감을 얻으려고 샀던 시제품 떡볶이 양념에서 익숙한 맛이 나길래 집에 있던 칠리소스를 넣고 한밤중에 실습해본 것인데, 너무 많이 넣었는지 시큼한 맛이 나길래 불안에 사로잡혔다는 얘기였다. 나는 그 말을 믿지 않았다. 시판용 칠리소스를 섞었는데 맛이 없을 리가 없을 것이라고 생각했다. 그리고 나의 예감은 옳았다.

과정은 간단했다. 떡과 어묵으로 시작해 양념 및 야채까지 강민선이 들고 온 모든 재료를 차례차례 냄비에 넣고 끓였다. 다만 마지막 과정이 조금 특별했는데, 불을 내리고 5분쯤 기다렸다. 이유를 물었더니 어디선가 본 팁인데 라면을 설익혀 끓인 뒤에 이렇게 기다리면 더 맛있다고 하길래 따라 해본 것이라고 답했다. 떡볶이는 물론 라면에까지 뜸 들이기라는 조리법을 적용할 수 있다는 것은 나로서는 전까지 전혀 몰랐던 지식이다.

이런 건 제작자의 보람이기도 하다. 책을 명분으로 떡볶이 요리사 열 명을 만나 각각 조리하는 과정을 지켜보면 떡볶이의 세계가 얼마나 다채로운지를 알게 되고 나아가 다양한 조리 기술까지 배울 수 있다.

한편 강민선의 떡볶이는 브로콜리가 들어간 최초의 떡볶이이기도 했다. 어떻게 선택된 재료인가를 물으니 전날 장을 보면서 양배추를 사야지 생각했으나 마침 양배추 바로 옆에 브로콜리가 있길래 그냥 사봤다고 했다. 결과적으로 괜찮은 실험이었다. 완성된 떡볶이 위에 브로콜리가 이불처럼 덮였다. 떡볶이와 샐러드를 동시에 즐기는 기분이기도 했다.

고춧가루를 생략하고 고추장과 시판용 칠리소스를 섞어 만든 떡볶이 양념의 맛도 아주 좋았다. 강민선이 걱정했던 것과 달리 칠리소스는 특유의 이국적인 풍미를 내는 일에 별 관심이 없었고, 대신 단맛을 강화하는 중요한 역할만 잘 수행해냈다. 거기에 간장과 쌀 조청, 그리고 설탕까지 더했으니 전혀 맵지 않아서 쑥쑥 넘어갔다. 나는 애들이고 어른이고 할 것 없이 환장할 맛이라고 극찬하면서 강민선이 사전에 들려준 떡볶이 연대기를 떠올렸다. 이 맛은 어쩌면 강민선이 어린 날 외상으로 먹었던 떡볶이에, 그리고 대학 시절 초등학생들과 함께 드나들었던 분식집에 상당한 빚을 지고 있을 것이다. 진짜로 조금만 맵고 많이 달콤한, 그래서 우리 대다수가 사랑했을 추억의 맛이었기 때문이다. 게다가 밀떡이었다. 제조사의 지침을 잘 따라 실온 보관한 덕분에 말랑하면서도 쫄깃한 식감까지 살아있었다. 맛없으면 혼자 다 먹을 것이라는 강민선의 사전 예고는 완벽하게 틀렸다. 내가 다 먹었고 촬영한 이범학이 다 먹었다.

강민선은 시식 직전까지 "긴장되네요" "떨려요" 같은 말을 여러 차례 반복했다. 그리고 전날부터 "고작 떡볶이 하나 하는 건데 무슨 제사 준비하는 것처럼" 주방에서 소란을 피웠다고 했다. 그런 상황을 야기한 내가 고마움과 미안함 사이에서 어쩔 줄 모르고 별 의미 없는 말들을 중언부언 쏟아내자 강민선은 "나는 원래 이런 사람이 아닌데" "내가 이럴 줄은 몰랐는데" 장 보는 것부터가 즐거웠다고 말해주었다. 준비하는 내내 '망치면 어떡하지' 하고 긴장하고 걱정했던 시간 또한 즐거움의 일부라고 말해주었다.

이렇게 훌륭한 떡볶이 요리사에게도 사실 실패의 기억은 있었다. 아마도 중학교 시절이었을 것이다. 어머니가 집에서 종종 가래떡으로 떡볶이를 만들어주긴 했지만 10대 강민선은 밖에서 먹는 게 더 맛있다고 생각했다. 가래떡과 고추장을 쓰는 것은 같지만 맛의 비밀은 어머니보다 더 과감하게 쓰는 설탕에 있을 것이라는 추측을 바탕으로 "꾸덕해질 때까지" 설탕을 팍팍 넣고 만들어봤는데, 그 기억을 돌아보는 강민선은 직접 만든 최초의 떡볶이가 얼마나 맛없었는지를 강조하느라 상당한 감정을 썼다. '정말' '엄청' '진짜' '너무' 등등 강민선이 동원한 여러 가지 수식어를 빼고 그 맛을 정리하자면 달고 텁텁하기만 했다.

실패한 떡볶이로부터 20년이 넘게 흘렀다. 그 긴 시간 동안 강민선은 떡볶이를 많이 만들지는 않았어도 수없이 떡볶이를 흡수한 끝에 시판용 떡볶이 양념의 재료 구성까지 파악하고 흉내 낼 줄 아는 예민한 떡볶이 감별사가 되었다. 그런 경험을 바탕으로 만든 떡볶이에 뜸 들이기 같은 신박한 기술을 적용했고, 브로콜리 같은 실험적인 재료도 더했다. 긴 고민 끝에 상당한 열정을 쏟아 만든 이 떡볶이의 이름을 무엇이라 붙여야 마땅할까 여태까지 고민하다가 나는 이것이 또 다른 외상이고 빚이라는 결론을 내렸다. 꼬마 강민선에게는 떡볶이 외상값을 갚아줄 수 있는 어머니가 있었지만 나에게는 도리가 없다. 그래서 강민선의 떡볶이는 '못 갚은 떡볶이'가 되었다. 나도 보답을 생각하고는 있다. 그러나 훌륭한 떡볶이가 될 수는 없을 것이다. 강민선의 떡볶이는 내게 영원히 갚을 수 없는 외상이다.

그날 강민선은 내가 사는 집 주방에서 딱 물이랑 가스만 쓰고 갔다. 재료만 가져온 것이 아니라 냄비까지 챙겨 왔기 때문이다. 그래서 가방이 두 개나 필요했던 것이었다. 자신의 집에서 했더라면 내가 몸만 와서 먹고 가면 되는데 그러지 못했기 때문에 남의 집 도마 같은 것도 쓰면 안 된다고 생각해서 칼질이 필요한 모든 재료를 다 썰어서 가져왔고 냄비까지 싸 왔다는 거였다. 설거지까지 마치고 가져온 모든 것을 챙겨서 떠나는 게 계획이었다며 쓸데없이 민폐 타령을 계속했는데, 그런 사람이라는 걸 알기 때문에 나는 10년 넘게 강민선을 좋아하고 있는지도 모른다. 그러나 떡볶이까지 집에서 같이 먹은 마당에 나는 지나치게 조심스러운 이 관계를 바꾸고 싶어진다. 나는 내가 모르는 강민선을 알고 싶다. 외상값 달아놓고 떡볶이 먹던 아이를 언젠가는 보고 싶다.

2019년 2월

다섯 식구와 함께 먹는 법

박현진의 2세대 떡볶이

**오늘의 떡볶이 요리사
박현진은,**

2019년 기준 30대 후반이다. 리조트에서 일했고, 현재 육아 휴직 중이다. 1990년대 후반 인천에서 보낸 고교 시절에 학교 근처 분식집을 자주 드나들었다. 스무 살부터 최근까지 강원도 태백시에 살았다. 떡볶이 선택권이 좁은 지역이다. 세 아이, 배우자와 함께 살면서 떡볶이를 끼니로 자주 먹는다. 거의 매일 가족의 끼니를 담당한다.

박현진의
2세대 떡볶이 만들기

재료

- 송학식품 꼬마 쌀떡볶이 1봉
- CJ 삼호 부산어묵 적당량
- 양념) 어머니의 고추장, 어머니의 고춧가루, 멸치 가루, 올리고당, 설탕, 마늘 적당량
- 야채) 대파, 양파 적당량
- 참깨 약간

소요 시간

- 약 20분

조리법

1. 팬에 물을 적당량 넣어 끓인다.

2. 물이 끓기 시작하면 고추장과 간장을 푼다.

3. 올리고당과 설탕을 넣는다. 고추장 및 간장보다 많이 넣는다.

4. 이어서 멸치 가루를 넣는다. 마른 멸치를 블렌더에 갈아둔 것을 쓴다.

5. 어묵과 떡을 차례로 넣는다.

6. 양파와 대파를 넣고, 양파의 숨이 죽지 않을 때까지만 졸인 뒤 불에서 내린다.

7. 완성된 떡볶이의 떡만 건져서 분리해 아이들에게 먹인 뒤 어른의 입맛에 맞게 고춧가루, 마늘, 파를 더해 끓인다.

내가 20년 전에 드나들었던 떡볶이집 하나를 박현진도 알고 있다. 우리가 함께 다닌 고등학교 후문 근처에 떡볶이와 튀김을 팔던 분식집이 하나 있었다. 시점은 1990년대 후반이고 소재지는 인천이다. 간판도 내 머릿속에서 진작 사라졌고 떡볶이 한 접시에 얼마나 했는지도 전혀 모른다. 내게는 사소하든 강렬하든 거기와 연관된 추억이라고 말할 만한 사건도 없었고, 심지어 2년이나 같은 반 친구였던 박현진이랑 거길 간 적이 있는지 여부조차 불확실하다. 20년이 흐른 오늘, 우리는 이 책을 계기로 마주 앉아 그 시절로 돌아갔지만 당시의 기억을 나누면서 보다 확실해진 건 그 떡볶이집의 공기나 풍경이기 전에 우리가 지난 20년간 단 한 번도 그 떡볶이집을 대화의 소재로 삼지 않은 데엔 이유가 있다는 것이었다.

거긴 떡볶이와 함께 튀김을 팔았고, 가옥을 개조한 곳이라서 또래 모두가 신발을 벗고 들어가서 먹었다. 튀김도 떡볶이도 정말 맛없었지만 학교 후문 근처에 뭘 먹을 곳이라곤 거기뿐이라서 늘 붐볐다. 여기까지는 박현진과 내가 똑같이 기억하는 내용인데, 나는 여기서 더 나아가지 못했다. 내게 거기는 뭐든 엄청 잘 먹던 10대 시절에도 어쩌다 다녀오면 속이 더부룩해졌던 곳, 그래서 내가 주도적으로 가자고 했던 적은 없었고 이런저런 친구들한테 어쩌다 이끌려서 각출하여 먹고 올 때면 늘 후회했던 곳이다. 반면 박현진은 거길 계란 튀김을 처음 접한 곳이라고 말했다. 이제는 자주 먹을 수 있지만 1990년대라서 그랬는지 삶은 계란에 튀김옷을 입혀 메뉴에 올린다는 것이 그때는 신기했고, 그 생경한 튀김을 으깨서 떡볶이 양념에 비비는 것으로 떡볶이의 맛과 모양과 색을 엉망으로 만든 친구들이 그때는 참 불편했다고 했다. 그 집의 맛을 떠올리면서 인상만 쓰는 나와 달리 떡볶이 외에 튀김의 종류부터 그 튀김을 둘러싼 감정까지 잊지 않은 것으로 미루어 박현진은 그 시절 나보다 그 집 떡볶이를 더 많이 먹었거나 덜 꺼렸던 모양이다. 내게는 튀김의 디테일이 어떠했는지는 물론 누구랑 가서 어떻게 먹었는지도 기억에 전혀 없을 만큼 시시한 떡볶이집이었다는 얘기다.

박현진은 내가 "그동안 먹었던 떡볶이를 갑자기 다 돌아보라고 했기 때문에" 전날부터 열심히 기억을 쥐어짜봤다면서 내가 아는 지역의 내가 모르는 떡볶이집 이야기를 이어갔다. 내 기억에 학교 주변의 유일한 즉석 떡볶이집은 꽤 만족스러웠지만 학교에서 1km 이상 걸어가야 했기 때문에 평일 야간 자율학습에 매여있는 고등학생 입장에서 주말 아니고서는 드나들기 어려웠는데, 박현진은 그 시절에 즉석 떡볶이 열풍이 시작되었다면서 거기 말고도 학교 근처에 하나 더 있었으며 거기선 깻잎을 많이 넣어줬기 때문에 맛있었다고 말했다. 나는 모른다. 학교 근처 시내 지하상가에도 뭐가 하나 있었다고 했는데 역시 나는 가본 적 없는 곳이다. 박현진은 내가 모르는 몇몇 떡볶이집의 위치를 내가 알 만한 랜드마크를 더해 자세하게 설명하면서 "야, 내가 너랑 거기 갔었냐?" 하고 물었지만 나는 돌려줄 답이 없었다.

　이쯤 되니 진짜 의심스러운 것은 그 시절의 떡볶이가 아니라 우리의 모자란 기억력이다. 나는 나한테 떡볶이를 해줄 수 있고 동시에 살면서 여태 먹었던 떡볶이가 무엇이었는지를 말해줄 수 있는 친구들을 불러 모아 책을 만들기로 마음먹었는데, 친구들의 기억이란 과연 정확할까. 불완전한 기억이라면 어떻게 검증해야 하는 것일까. 어찌어찌 증인을 데려온다 해도 올바른 증언을 기대할 수 있을 것인가. 당장 나부터가 자신도 없고 대책도 없다는 것을 고교 동창 박현진을 만나 뒤늦게 깨달았다. 박현진과 나는 그 시절 몇 번 다퉜고 아주 자주 깔깔거렸으며 어느 해엔 복도 청소 담당이 되어 수업이 끝날 때마다 2인 1조로 같이 쓸고 닦고 했는데, 그랬다면 꽤 가까웠다는 건데 우리가 떡볶이를 과연 같이 먹었는지조차 불투명하다면 우리가 친했던 게 맞는 것일까. 박현진은 그 시절 떡볶이보다 순대를 더 좋아했다는데 이제 와서 그렇게 말해주기 전까지 나는 친구의 입맛을 전혀 몰랐다. 박현진은 졸업한 뒤 강원도 태백시로 갔고 나는 그런 박현진을 만나러 때때로 몇 시간씩 기차를 탔다. 날마다 연락하진 않았지만 그동안 우리를 스쳐간 연애의 명과 암을 서로 알고, 취업과 결혼과 출산으로 인해 각각의 인생이 크게 전환되던 시기도 안다. 그럴 때마다 축하와 걱정을, 혹은 진심이 깃든 선물과 봉투를 주고받았으니 우리는 긴 시간 서로를 소중하게 여겼던 친구가 맞다. 20년 전의 떡볶이에 대한 기억만 매우 다를 뿐이다.

그래서 불확실한 기억은 여기까지만 소환하기로 했다. 대신 오늘의 떡볶이 및 최근 몇 년 사이의 떡볶이에 집중하기로 했다. 그것만으로도 박현진은 들려줄 이야기가 많았다. 박현진과 배우자 임대빈은 지난 10여 년 사이 아이 셋을 낳았다. 그리고 그 10여 년 사이에 박현진은 참 많은 떡볶이를 먹고 먹였다. 역시나 내가 그간 몰랐던 내 친구의 과거다. 나는 이제부터 소중한 것을 기록하고 기억하기로 한다. 떡볶이가 아니었다면 내게 없었을 각성이다.

떡볶이 트랜스포메이션

약 한 달 전 박현진 가족은 인천으로 왔다. 박현진에게 인천이란 돌아오고 싶은 마음이 간절하지는 않았어도 어쨌든 고향이자 어머니의 생활권이고, 강원도 태백 출신으로 지금까지 거기서 일하는 배우자 임대빈에게 인천이란 아이들에게 자신과는 다른 삶을 주고 싶어서 많은 것을 포기하고 선택한 도시다. 이사라는 큰 결정을 앞두고 많이 걱정했던 것과 달리 아이들은 괜찮다. 곧 5학년이 되는 첫째 임가은과 초등학교 입학을 앞두고 있는 둘째 임지민은 친구들과 헤어지는 게 조금 서운하다고 했지만 막 학원에 드나들기 시작하면서 새로운 친구들이 생겼다. 이제 네 살이 된 막내 임주원은 이사 첫날 엘리베이터를 타면서 "여기 우리 집 아니야" 하고 울었지만 이제는 무덤덤하다.

반면 부모는 도시 적응이 그리 순조롭지 않다. 인천이 고향이지만 "나는 교육열 없고, 이사는 남편이 애들 생각해서 강하게 추진한 거고, 그런데 남편은 여태까지 시골에서 살았으니까 그 갈증이 이해는 되고"라고 이주의 배경을 설명하는 박현진은 태백에서 얼마 전까지 누리던 것들이 많이 아쉽다. 무료로 아이들과 함께 참여할 수 있었던 각종 지역 행사도, 굉장히 저렴하게 이용할 수 있었던 지역 복지관 혜택도 사라졌다. 배우자 임대빈은 일주일에 한 번씩 네 시간 운전해서 가족을 만나러 가는 피로에, 태백과는 다른 복잡한 교통 환경에 익숙해져야 한다.

박현진 임대빈 부부는 태백에 살던 시절, 지역 리조트에서 함께 일하다가 만났다. 세 번의 출산을 기점으로 복직과 휴직을 거듭했던 박현진은 인천으로 이사했으니 이제 영영 일로 돌아가지 못할 것이라서 명예퇴직을 기다리고 있는 상태지만, 임대빈은 계속 거기서 일한다. 거기서 떡볶이를 판다. 직접 만드는 것은 아니고, 리조트 내 스낵바가 일터다. 거기서 매장 운영 및 매입과 매출 관리를 담당하고 있다. 스낵바의 주 메뉴는 떡볶이, 어묵, 만두고, 나열한 순서가 곧 인기순이다. 주말과 주중 매출이 많이 다르지만 고객의 선호도는 똑같다. 어느 날이든 떡볶이가 가장 많이 나간다. 딱히 비밀스러운 재료가 쓰이는 것은 아니다. 그냥 고추장과 고춧가루와 설탕 등 우리가 아는 떡볶이의 일반적인 재료가 들어간다. 맛은 좀 매운 편이다. 임대빈은 그렇게 만들어 그렇게 팔리는 떡볶이를 둘러싸고 일하면서 재료를 똑같이 써도 만드는 사람의 철학에 따라 음식의 맛이 크게 갈릴 수 있다는 것을 새삼 알게 됐다. 스낵바를 이용하는 고객의 연령대는 네 살부터 70대까지인데, 중장년층 여성 정도는 되어야 "그 매운 국물을 다섯 번씩 리필해 간다"고 하니 임대빈은 그 떡볶이를 열두 살짜리 첫째라면 몰라도 둘째와 셋째에게는 몇 년간 먹일 수 없을 것이다.

이처럼 임대빈의 일터에서 떡볶이란 만드는 사람의 고집으로 맛이 유지되는 매운 음식이지만, 아이 셋과 함께 사는 또 다른 떡볶이 요리사 박현진은 그렇게 고집을 피울 마음의 여유가 없다. 박현진한테 떡볶이란 네 살부터 열두 살에 이르는 세 아이들한테 먼저 먹여야 하고 어른도 먹어야 하니 양쪽의 입장을 두루 반영해 맵기를 단계별로 조절해야 하는 조금 번거로운 음식이다. 박현진은 떡볶이를 만들 때 두 번 조리한다. 팬을 두 개 써서 떡볶이 두 판을 만든다는 뜻이 아니다. 일단 떡과 어묵을 넣고 고추장 약간과 간장, 설탕과 양파만 써서 안 맵게 만든 뒤에 떡만 적당히 건져서 아이들한테 준다. 아이들은 그걸 우유와 함께, 혹은 반찬 삼아서 밥과 함께 먹는다. 아이들의 몫을 분리하고 나서 떡 몇 개와 어묵이 남은 팬에 파와 마늘과 고춧가루를 넉넉하게 풀어 다시 끓이는데, 그렇게 해서 맛도 색깔도 확 달라진 짜릿한 떡볶이를 박현진과 임대빈이 먹는다. 우리가 함께 만난 떡볶이의 날에도 임대빈은 아이가 먹을 떡을 건져놓은 뒤 바로 배우자에게 신호를 보냈다. "됐다. 이제 고춧가루 넣자. 마늘도 많이." 첫째 임가은은 한동안 안 매운 1차 떡볶이의 멤버였지만 이제는 매운 2차 떡볶이에도 동참할 수 있는 나이가 됐다. 이렇게 다섯 식구가 밥그릇을 찾아가는 과정을 살펴보고, 동시에 변형되고 전환되는 두 가지 맛을 차례로 경험하고 났더니 떡볶이의 이름이 나왔다. 박현진의 떡볶이는 '2세대 떡볶이'다. 달콤하게 시작해서 맵게 끝나기 때문에 부모 세대와 아이 세대가 시간차를 두고 함께 먹을 수 있는 효율적인 떡볶이다.

박현진이 만드는 '2세대 떡볶이'의 마지막 코스는 볶음밥이다. 남은 떡볶이 국물에 밥, 큐빅으로 썬 양파, 버섯, 당근, 파를 넣고 볶은 것인데, 더 중요한 재료는 따로 있다. 냉동실에 상비된 모차렐라 치즈, 어머니가 보낸 김치와 참기름이다. 박현진은 떡볶이 후 볶음밥에 이 세 가지 재료가 없으면 절대로 맛이 안 나온다고 생각한다. 특히 참기름이 가장 중요하다. 그걸 아끼지 않고 넣어야 밖에서 먹는 볶음밥과 유사한 맛이 나온다. 박현진이 쓰는 참기름은 녹색 소주병에 담겨있었는데, 어머니가 동네 방앗간에서 뽑아 온 것이다. 어머니의 흔적은 그것 말고도 많았다. 떡볶이에 쓰인 고추장도 어머니로부터 왔다. 한때는 외할머니가 만든 것을 썼는데, 전통적인 방식으로 메주를 많이 풀어서 만들었기 때문에 된장 냄새가 많이 났던 데다 텁텁하기까지 해서 아이들은 썩 좋아하지 않았다. 그에 반해 어머니는 엿과 찹쌀의 비율을 높여서 찰지고 끈끈하게 만들기 때문에 시판용 고추장과 많이 비슷하다. 어머니의 고추장으로 음식을 만들면 아이들도 잘 먹는다.

고추장과 참기름 말고도 어머니뿐 아니라 시어머니가 골

고루 나눈 각종 재료와 반찬으로 냉장고와 싱크대가 가득 찼다고 박현진은 말했는데, 이런 섬세한 재료들의 기원을 듣다가 문득 여러 가지 의문이 정리되지 않은 채로 머릿속에서 빙빙 돌았다. 내 친구 박현진도 언젠가는 외할머니와 어머니의 기술을 배워서 똑같은 노동을 이어가게 될까. 식재료의 제작에 관여하지 않아도 매번 밥상 계획을 세우고 차리는 것만으로 고단한데 장을 직접 만들고 방앗간에 기름을 의뢰하는 프로젝트까지 해야할까. 게다가 박현진의 어머니는 사업가인데, 일하느라 바쁜 와중에 진작 품을 떠난 자식의 먹거리까지 챙기는 서비스는 도대체 언제가 되어야 끝나는 것일까. 그렇다고 이렇게 가족에게 내림으로 전수되는 문화를 막 부정해도 되는 것일까. 이런 가족의 손길마저 없다면 내 친구는 매번 식단을 짜고 끼니를 준비할 때마다 얼마나 더 벅찰 것인가.

나는 복잡한 의문들 사이에서 당장 어떤 입장을 취하기를 비겁하게 미루고 친구를 기쁘게 해줄 적절한 말이나 고민하기로 했다. 마침 그렇게 '2세대 떡볶이'를 차려놓고 정성껏 볶음밥까지 만들었으면서 내 눈치를 살피는 박현진에게 "네가 하는 건 언제나 맛있어" 하고 배우자 임대빈이 응원하자 나도 끼어들 틈을 얻었다. 그러나 친구가 차린 밥에 내가 보탤 수 있는 칭찬은 빈곤하기 짝이 없다. 참 몹쓸 습관인데, 매너에 대한 관념이 지금과 같지 않았던 시절에 만났던 친구에게는 풍성하고 따뜻한 표현이 자연스럽게 안 나온다.

"야, 진짜 맛있다. 너 요리 이렇게 잘했냐?"

"참기름의 힘이지."

"나도 참기름 팍팍 넣고 볶아봤는데 쓰기만 하고 맛없던데. 근데 이건 파는 거랑 진짜 똑같아."

"한 끼 어떻게 때울까 맨날 머리를 쓰는데 떡볶이만 한 게 없어. 애들도 좋아하고, 밥까지 볶으면 든든하니까."

"얼마나 자주 하는데?"

"떡부터 어묵까지 냉동실에 떨어지지 않게 사다 놔. 밥다운 밥 먹으려면 고기든 매운 요리든 뭐 하나는 있어야 하는데 그거 없는 날이면 떡볶이 하는 거고, 가은이 친구들 놀러 오면 또 하고. 많이 해봐서 후딱 하는데 오늘은 좀 긴장했다. 너 때문에."

원래 고추장 먼저 풀어야 했는데 떨려서 간장부터 넣고 말았네, 계란을 까먹었네, 내가 뚫어져라 쳐다보는 바람에 평소보다 어묵을 예쁘게 못 잘랐네 어쩌고 하는 친구의 시시콜콜한 후회와 푸념을 "야, 맛있다니까?" 하는 말로 적당히 자른 뒤에 나는 그날의 떡볶이 요리사가 다룬 재료에 대한 관찰과 질문을 이어갔다. 박현진이 냉동실에서 꺼낸 어묵은 **1.2kg**짜리였다. 내가 그동안 만났던 떡볶이 요리사 가운데 이런 특대형 어묵을 꺼낸 경우는 없었고 2인 가구 구성원인 나도 여태 그런 걸 사본 적이 없다. 그러나 박현진의 집에서는 1.2kg도 절대로 많은 것이 아니다. 식구가 다섯이나 되기 때문에 떡볶이 몇 번 하고 국 몇 번 끓이고 반찬 몇 번 만들면 금방 사라진다.

어린이 친구의 떡볶이

그동안 다녀온 모든 취재 현장이 주방이었기 때문에 노트북 같은 장비는 마땅하지 않았다. 때때로 수첩을 쓰기도 했지만 대체로 떡볶이의 날마다 녹음기를 돌렸고 다녀와서 녹취를 풀어 원고를 썼는데, 박현진의 '2세대 떡볶이'를 먹었던 날에 녹음했던 내용에는 평소와 다른 생활 잡음이 섞여있었다. '뽀요TV'에서 흘러나오는 여러 성우의 목소리였다. 뽀요TV란 무엇인가. 그것은 박현진의 설명에 따르면 "<뽀로로>와 <타요>만 하루 종일 틀어주는 채널"로, 각종 시리즈와 극장용 영화부터 영어 교육 프로그램까지 다양한 콘텐츠가 논스톱으로 쏟아진다. 곧 초등학교에 입학하는 둘째 임지민은 진작 <뽀로로>와 작별했지만 여전히 <타요>를 좋아하고, 네 살 막내 임주원이 <뽀로로>에 열광하는 시기이기 때문에 그 김에 같이 보면서 복습도 하고 지난 몇 년 사이 업데이트된 프로그램도 챙긴다. 첫째 임가은은 드라마에 이끌리는 나이가 됐지만 동시에 돌봄의 책임감도 생긴 의젓한 언니라서 대체로 두 동생에게 채널 선택권을 양보하는 편이다. 이처럼 TV만 있으면 아이 셋의 통제가 가능해진다. 그래서 박현진은 늘 고민이다. 초대나 외식 같은 어른 위주의 이벤트가 있을 때면 소란을 방지하기 위해서라도 TV를 켜거나 아이패드를 쥐여주는데, 결국 어른 편하자고 하는 일이다. 그렇다고 너무 금지하면 아이는 또래들 사이에서 쉽게 소외된다. 절제나 조절 같은 개념은 매사 모순적인 어른한테도 어렵다. 아이들한테 가르치는 건 더 어렵다.

아이들은 <뽀로로>도 좋아하지만 주말 저녁에 하는 <런닝맨> 같은 예능 프로그램은 더 좋아한다. 특히나 송일국이 나왔던 육아 예능 <슈퍼맨이 돌아왔다>는 가족 모두가 좋아했다. 박현진은 거기서 가족의 새로운 끼니에 대한 영감을 얻기도 했다. 첫째 임가은이 다섯 살이던 무렵에 박현진은 송일국이 세쌍둥이 대한, 민국, 만세에게 궁중 떡볶이를 해주는 걸 봤다. 매운 떡볶이에 진작 길들여진 어른한텐 좀 싱거운 음식이라서 집에서 굳이 할 일이 없었는데, 일단 TV에서 누가 뭘 먹는 걸 보면 다 맛있어 보인다. 송일국의 아이들이 좋아하는 것처럼 임가은도 잘 먹을 것 같았고, 만드는 요령을 살펴보니 어려울 것도 없었다. 그때부터 박현진은 종종 궁중 떡볶이를 만들곤 했다.

간장과 소고기와 굴소스로 만들 때도 있었고, 어떤 날에는 이미 만들어놓은 장조림에 떡을 넣고 볶기도 했다. 요새는 잘 안 한다. 둘째가 무럭무럭 자라 고추장 반 스푼을 넣고 만든 떡볶이를 슬슬 먹을 수 있을 만큼 시간이 흘렀을 때, 첫째의 입맛 또한 달라지면서 엄마가 만드는 궁중 떡볶이의 맛을 까다롭게 따지기 시작했기 때문이다. "밋밋하고 느끼하다"고 했다. 그렇게 떡볶이의 맛을 구체적으로 평가할 수 있는 10대 임가은은 앞서 말했던 것처럼 엄마가 '2세대 떡볶이'를 만들 때면 어른 편에 서는 나이가 됐다. 한때는 둘째 임지민처럼 안 맵게 만들어서 먼저 건져놓은 떡을 먹는 세대였지만 엄마가 "줘도 안 먹게 된 지 한참" 지났다.

박현진에 따르면 임가은은 "매운 음식을 잘 먹지는 않지만 떡볶이는 좋아하는 애"다. 나는 그 말에 웃음이 좀 났는데 나는 그런 어른을 몇 알고 있기 때문이고 사실 나도 그런 사람이기 때문이다. 나와 입맛이 같은 임가은을 붙잡고 최근 밖에서 먹었던 떡볶이를 물었더니 '콜떡'이라는 낯선 답을 준다. 콜떡이 무엇인지를 물었더니 학원 근처에서 1,000원에 파는 컵볶이라고 말한다. "초코픽처럼" 내부가 분리된 플라스틱 컵에 나오는 것인데, 아래층에는 콜라가 있고 위층에는 떡볶이가 있다. 위층의 떡볶이는 팝콘처럼 생긴 순살치킨 튀김으로 대체될 수 있는데 그러면 '콜팝'이라고 불린다. 콜떡이 됐든 콜팝이 됐든 전국의 아이들이 열광할 만한 든든하고 맛있는 간식이라서 그걸 파는 집은 새로 이사 온 인천에도 있고 전까지 살던 태백에도 있었다. 그걸 학부모가 돌아가면서 챙기기도 한다. 박현진 또한 임가은과 함께 피아노 학원에 다니는 친구들에게 콜팝 2만 원어치를 쏜 적이 있다. 임가은은 엄마가 만드는 '2세대 떡볶이'도 좋아하지만 실은 밖에서 먹는 콜떡 같은 자극적인 떡볶이를 더 좋아한다. 박현진은 떡볶이를 만드는 날엔 평소 요리 습관에 비해 설탕을 많이 쓰는데도 임가은은 "엄마 떡볶이는 밖에서 파는 것보다 덜 달아요" 한다. 그런 임가은을 떡볶이집에 데려가는 날은 박현진에 따르면 "말 잘 들은 날"이다.

임가은은 며칠 전에 휴게소 떡볶이도 먹었다. 동생 임지민이 태백에서 다닌 유치원의 졸업식 날이었다. 아빠를 제외한 모든 가족이 한 차에 탔고, 인천에서 태백까지 왕복으로 약 500km를 달렸다. 박현진에게 그날은 "그런 장거리를 혼자 뛰어본 적이 없어서 심장이 두근거렸던 날"이다. 중간에 휴게소에 들렀지만 배부르면 혹시나 졸음이 쏟아질까 봐 밥도 못 먹었다. 반면 그날은 엄마의 불안을 아직 잘 알지 못하는 임가은에게 떡볶이를 끼니로 먹었던 행복한 날로 기억된다. 안 맵게 만든다고 해도 떡볶이는 근본적으로 매운 음식이니 박현진은 아직 어린 아이에게 무리일 수도 있다고 생각해서 늘 밥과 함께 혹은 우유와 함께 먹여왔다. 그런데 임가은은 집에서 떡볶이를 먹을 때 동반되는 기타 음식을 언제부턴가 거부하기 시작했다. 엄마가 이런저런 잔소리를 덧붙여 영양이나 맛의 균형을 고려해 챙겨주는 다른 것 말고 그냥 떡볶이만 먹고 싶어했다. 엄마가 모는 차로 태백에 다녀온 그날, 임가은은 간만에 온전하게 떡볶이만 먹을 수 있었다. 엄마는 밥을 안 먹었고, 자신의 몫으로 주문한 떡볶이의 일부를 물에 씻어 동생과 적당히 나눴다. 그 정도는 충분히 양보할 수 있는 양이었다.

약 한 달 전 태백을 떠날 무렵에도 임가은은 떡볶이를 먹었다. 이사를 앞두고 엄마가 동네 친구들이랑 마지막 추억을 만들라는 의미로 콘도를 잡아주고 거기서 밥도 먹였다. 그날의 저녁도 떡볶이였다. 엄마 박현진 입장에서는 "덜 번거로웠던 대단찮은" 떡볶이였다. 마트에서 파는 풀무원 반조리 떡볶이를 그냥 팬에 끓여 준 것이다. 임가은은 집에서 먹는 것과 밖에서 먹는 것의 맛 차이를 명확하게 알아도 떡볶이는 언제 어떻게 먹어도 맛있는 것이라서 친구 및 가족과 변함없이 기분 좋게 먹었지만, 그날은 아빠가 좀 이상했다. 아빠는 떡을 별로 안 좋아하는 사람, 그래서 엄마가 떡볶이를 할 때면 어묵과 볶음밥만 파는 사람인데, 아빠는 "당신이 만드는 떡볶이가 가장 맛있지만 이건 정말 맛있네" 하는 아리송한 말을 얹어 떡까지 적극적으로 집어 먹었다. 박현진에 따르면 그날은 "그런 걸 좀 사다 놔야 할까 진지하게 고민했던 날"이다. 배우자가 "마트에서 파는 반조리 떡볶이를 속상할 정도로 바닥까지 박박 긁어서 먹던 날"이기 때문이다. 가정 요리사는 가게나 공장의 맛으로부터 느끼는 어쩔 수 없는 패배 의식 이상으로 더 복잡한 감정을 나누고 싶어한다. 가족 구성원 각각의 입맛과 영양을 신경 써서 밥상을 차리는 피로, 그런 가족으로부터 가끔 느끼는 배신감이 대표적이다.

태백에서 보낸 시간

나는 내가 잘 모르는 박현진의 시간을 묻기로 했다. 태백에 머무른 동안 밖에서 먹었던 약 20년간의 떡볶이를 하나하나 돌아보기로 한 것인데, 박현진의 대답과 그 기억을 적절히 보완해 주는 배우자 임대빈의 추가 설명이 이어질수록 태백은 떡볶이를 좋아하는 사람에게 가혹한 환경 같았다. 박현진이 기억하고 있는 태백의 떡볶이집은 다섯 개가 전부다. 현재까지 한 개만 남아 있다. 사라진 떡볶이집 하나는 대학 시절 학교 후문 근처에서 어느 노부부가 운영하던 분식집으로, 엄청 맛있지는 않았

지만 일반적인 떡볶이에 비해 어묵을 크게 썰어 주는 게 마음에
들었던 곳이다. 다른 하나는 체인점 '아딸'이다. 성격은 비슷하
지만 운영 기간은 몹시 짧았던 '죠스 떡볶이'도 있다. 거긴 눈 깜
짝할 새에 떨이 옷을 파는 어지러운 매장으로 바뀌는 바람에 사
먹지도 못했다. 잠깐 스쳐 갔던 즉석 떡볶이집 하나도 그랬다.
먹을 생각을 하기도 전에 사라졌다.

떡볶이 불모지 태백에서 유일하게 살아남은 떡볶이 전문점
은 '유진 떡볶이'다. '아딸' 같은 떡볶이 위주의 분식 체인점이 생
기기 전부터 쌀떡과 밀떡의 선택권을 줬으며, 위생 봉투나 검정
색 비닐봉지에 떡볶이를 테이크아웃하는 낡은 방식에서 벗어
나 진공 포장을 도입하고 비닐을 절단할 수 있는 플라스틱 칼
까지 줘서, 게다가 각종 튀김 메뉴도 가지런히 정돈해놓고 팔아
서 지역 주민들이 처음부터 반겼던 깔끔한 분식집이다. 그 위생
적인 떡볶이집의 테이블은 서너 개뿐이지만 자리가 그리 부족
하지 않을 것이다. 먹고 가는 사람보다 포장을 주문하는 사람이
더 많다. 박현진도 그렇게 먹었다. 살던 집은 물론 다니던 회사
와도 거리가 있던 곳이라 박현진은 생각날 때 찾아가거나 다른
일로 그 근처에 갔을 때 포장해 오곤 했다. 나도 검색해보니 태
백에서 맛있다고 소문난 떡볶이집이라고 어느 블로거가 설명
하고 있었다.

왜 태백에서 떡볶이집은 지속적인 운영이 어려울까. 그들 부부의 설명에 따르면 떡볶이집만 그런 것이 아니다. 다들 힘들다. 태백에 생기는 거의 모든 음식점은 이른바 '오픈빨'로 잠깐 버티고 곧 문을 닫는다. 인천에서 성장한 뒤 서울에 정착한 나의 관점에서는 추가 검증이 좀 필요한 평가라고 생각했다. 인천 및 서울과 태백을 비교하긴 어려울 수 있어도 나는 동네 상점을 죄다 파악할 수 없는데, 둘 다 태백에서 오래 산 건 맞지만 그래도 태백을 속속들이 다 아는 사람이라고 믿어도 되는 걸까. 인간은 지역보다 작다. 그러니 혹시 그들이 모르는 떡볶이집이 있는 것은 아닐까.

"태백에 살면 거기 있는 음식점 진짜 다 알아?"

"당연하지. 시내에 뭐가 있는지 다 알게 돼."

"그만큼 시내가 작다는 뜻?"

"내가 면허 딴 얘기 해야겠다. 도로주행 연습을 하는데 운전학원 강사가 내 옆에 앉더니 대로로 가래. 대로가 없는데. 시내에 왕복 4차선 도로가 하나 있긴 한데, 설마 거길 말하는 거냐고 했더니 거기 맞다고 거길 가라는 거야."

그들 부부에 따르면 태백의 유일한 왕복 4차선 도로를 따라 상가 몇 개가 붙어있다. 거기가 유일한 시내이기 때문에 태백 사람이라면 어느 상가에 무슨 음식점에 생겼는지 다 안다. 개업한 음식점이 사라지는 것도 금방 눈치챈다. 인구가 워낙 적은 지역이라서(두산백과의 2013년 통계에 의하면 강원도 태백시의 인구는 49,280명이다) 음식점 수요 또한 매우 적기 때문이다. 태백에서는 즉석 떡볶이집도 장기적인 운영이 어려울 것이다. 박현진은 태백에 20년 가까이 살면서 딱 한 번 즉석 떡볶이집이 생긴 것을 봤다. 역시 금방 사라졌는데, 이런 증발을 두고 박현진은 "백종원이 언젠가 다녀갔던 태백 물닭갈빗집" 때문일 것이라고 추측한다. 물닭갈비란 닭을 끓인 적당히 매콤한 육수에 떡, 라면, 쫄면, 우동 등 다양한 사리를 더해 먹는 태백의 향토 음식이다. 그런 물닭갈비는 태백의 어느 상가마다 다 있다. 그게 태백에서 가장 대중적인 음식이니 굳이 즉석 떡볶이를 먹을 생각을 안 해도 된다. 즉석 떡볶이집이 생긴다고 해도 닭까지 들어가는 기존의 지역 음식과 경쟁하기는 조금 어려울 것이다.

새로운 집에서

우리가 떡볶이 이야기를 처음 주고받은 시점은 박현진이 태백에 살던 때였다. 그때만 해도 박현진의 근황을 잘 몰랐던 나는 떡볶이를 명분으로 태백에 놀러 갈 생각이었는데, 박현진은 곧 인천으로 이사할 예정이라는 소식을 전하며 몇 달 뒤로 떡볶이의 날을 잡자고 말했다. 거리에 대한 부담은 둘째 치고, 아이 셋과 함께 사는 한 집이 항상 깨끗하기는 어렵지만 그래도 새집이 낫겠다고 생각해서 그랬다. 새집에서 집들이 같은 기분을 내고 싶기도 했다. 그래서 나와 약속한 떡볶이의 날을 맞아 컵부터 접시까지 그동안 아껴뒀던 새 식기도 다 꺼내놨다. 그날 박현진의 실패한 계획 가운데 하나는 얼마 전에 장만한 테이블 매트까지 깔아서 제법 폼 나는 상을 차리는 거였다. 무슨 떡볶이에 이렇게까지 힘을 주냐고, 그냥 하던 대로 하라고 내가 손사래를 치는 바람에 접은 계획이다.

이런 고맙고 미안한 상황은 내가 모든 떡볶이의 날에 항상 느낀 곤란이기도 하다. 평소 식생활을 반영하는 자연스러운 밥상 위에 그저 떡볶이가 오르는 순간을 기대하고 가볍게 시작한 일인데, 다들 오래 고민해서 준비하고 성의를 다 쏟고 긴장까지 엄청 한다. 게다가 박현진은 내가 만난 모든 떡볶이 요리사 가운데 내가 호칭에 신경을 가장 덜 쓸 수 있는 사람이다. 존댓말은 우리 사이에 존재한 적 없었을뿐더러 이름조차 안 불러도 된다. 10대를 함께 보낸 우리는 서로를 "야"라고 성의 없이 부를 수 있는 관계다. 그렇게 예의를 차리지 않는 관계라 해도 초대란 차린 밥 위에 밥숟가락 한 개 더 얹으면 되는 일이라고 쉽게 말할 수가 없다. 내게도 관계의 깊이에 상관없이 늘 초대는 부담이다. 그런 부담이 따르기 때문에 초대란 고맙다고, 또 맛있다고 말하는 친구들의 진심보다 호스트로서 준비 과정에서 저지른 별로 티 안 나는 실수나 사소한 아쉬움에 대해 쓸데없이 더 많이 생각하는 날이다.

상기한 여러 가지 이유로 인천으로 이사한 뒤로 떡볶이의 날을 잡게 됐지만, 박현진은 딱 하나가 아쉽다고 느낀다. 떡이다. 그날은 동네 마트에서 사 온 일반적인 떡볶이용 떡을 썼는데, 태백에서 살던 시절에는 방앗간에서 파는 떡으로 떡볶이를 만들곤 했다. 그 방앗간은 가래떡도 팔았지만 떡볶이용으로 뽑은 귀여운 떡에 랩을 씌워 3,000원에 팔았다. 갓 나온 것을 사면 따끈따끈해서 더 맛있다. 적당히 쫄깃하고 부드러운 그 떡을 아이들도 참 좋아해서 언젠가는 떡볶이를 하기도 전에 떡이 다 사라진 날도 있었다. 그 떡의 맛을 아는 아이들은 떡볶이에 있어 떡을 좀 가리는 편이다. 일반적인 가래떡으로 떡볶이를 하면 평소만큼 잘 먹지 않는다.

아이들의 취향은 떡 말고도 다양한 방식으로 고려된다. 그날 박현진은 '2세대 떡볶이'를 만들면서 멸치 가루를 적당량 넣었다. 언젠가 학부모 친구네 집에 놀러 갔다가 꽤 큼직한 멸치를 통으로 넣고 만든 떡볶이를 먹게 됐는데, 예상했던 것보다 비리지 않았던 데다 심지어 맛있길래 흉내 내기 시작한 것이다.

다만 멸치가 눈에 보이지 않는다면 아이들이 더 잘 먹을 것이라고 생각해서 블렌더로 다져놓은 가루를 쓴다. 그런 아이들은 떡볶이 이상으로 치킨에 열광하지만, 이사한 지 한 달도 안 돼서 동네 치킨집의 맛을 아직 제대로 검증하지 못했다. 불확실한 맛에 돈을 쓰느니 피곤하더라도 만들어서 먹이는 게 낫다. 식구가 많으니 외식도 늘 부담이다.

결국 떡볶이를 둘러싼 박현진의 모든 이야기에 아이들이 있었다. 아이들을 챙기는 것도 당연하지만 아이들과 분리된 시간도 필요할 것이다. 그런 시간의 가치를 묻는 내게 박현진은 지금은 방학이라서 다들 집에 있지만 곧 개학이니 첫째와 둘째는 학교에 갈 것이고 막내는 어린이집에 갈 것이라고 말했다. 그런 시기라서 간만에 만나는 나한테만 집중할 수 있게끔 배우자의 휴일, 즉 배우자에게 아이들을 맡길 수 있는 날에 떡볶이의 날을 잡았다고 덧붙였다. 나도 개학을 기다린다. 그때쯤이면 고요한 곳에서 만나서 차 한잔 나누면서 잠시나마 아이를 잊고 배우자를 잊은 내 친구만의 삶과 고민을 들을 수 있을 것이다. 돌이켜보니 우리가 지난 10년간 제대로 가져본 적 없는 시간이다.

2019년 2월

떡볶이는
간식이니까

김지양의 원주민 떡볶이

**오늘의 떡볶이 요리사
김지양은,**

2019년 기준 30대 중반이다. 의류 쇼핑몰을 운영하고 있다. 2000년
대 초반 서울에서 보낸 고교 시절에 떡볶이를 직접 만들어 먹곤 했다.
성인이 되면서 떡볶이를 적극적으로 찾아 먹었다. 어디서 일하고 살든
15분 내로 갈 수 있는 맛있는 떡볶이집이 머릿속에 있어야 한다고 생
각한다. 배우자가 있는데, 둘은 주 1~2회 만나는 '롱디' 커플이다. 대학
에서 외식 조리학을 전공했다. 주방 활동에 매우 친숙한 편이다.

김지양의
원주민 떡볶이 만들기

재료
- 효림원 새벽수풀동산 꼬마떡볶이 적당량
- 사조대림 대림선 부산어묵 2장
- 육수) 무, 대파, 양파, 양파 껍질, 말린 표고버섯, 다시마, 멸치, 새우, 디포리 적당량
- 양념) 시할머니의 고추장, 남성시장 고춧가루, 요리당, 멸치액젓, 간장, 다진 마늘 적당량
- 야채) 대파, 양파, 양배추, 청양고추, 깻잎 적당량

소요 시간
- 35분

조리법

1. 육수를 만든다. 끓는 물에 무, 대파, 양파, 양파 껍질, 말린 표고, 다시마, 멸치, 새우, 디포리를 넣고 20분가량 끓인다.

2. 육수가 끓는 동안 대파를 편으로 썬다. 양배추, 깻잎, 양파를 손가락 길이와 두께로 썬다. 고추는 다진다. 어묵도 먹기 좋게 썰어둔다.

3. 고춧가루, 요리당, 멸치액젓, 간장, 고추장, 다진 마늘을 섞어 양념장을 만든다.

4. 육수에 양념을 풀고 어묵과 떡을 넣는다.

5. 깻잎을 제외하고 손질해둔 야채를 넣는다.

6. 불에서 내린 뒤 깻잎을 올려 마무리한다.

김지양의 떡볶이는 가장 먼 곳에 있었다. 강원도 원주다. 그래서 김지양의 떡볶이에 '원주민 떡볶이'라고 이름 붙였다.

사실 원주까지 가지 않아도 김지양을 자주 만날 수는 있다. 김지양은 사업가다. 플러스 사이즈 의류 브랜드 '66100'을 운영하고 있으며, 사업장은 서울이다. 하지만 "각 잡고" 요리하는 김지양을 만나려면 원주로 가야 한다. 김지양은 3년 전 결혼한 뒤로 '두 집 살림'을 한다. 평일에는 주로 서울에 머물면서 일하고, 주 1~2회가량 원주로 간다. 먼 거리를 오가느라 늘 피로에 시달리지만, 원주에는 김지양이 본업 이상으로 지켜야 할 많은 것이 있다. 거기서 일하는 배우자가 있고 두 고양이도 있다. 그리고 "서울에서 같은 돈으로 절대로 구할 수 없는" 매우 넓고 쾌적한 집이 있다. 그런 집이라서 주방도 훌륭하다. 싱크대와 조리대, 식탁이 각각 구분되어있을 정도다. 돌이켜보니 내게는 그런 집에 사는 서울 친구가 없다.

서울 친구들 대다수가 부러워하는 그 집에 이사하기까지 김지양이 고민했던 건 딱 하나였다. 원주 집의 주방에는 가스레인지가 아니라 인덕션이 설치되어있다. 음식은 자고로 불로 해야하는 것이라고 오랜 기간 믿어왔기 때문에 입주를 망설인 것인데("이걸로 어떻게 요리를 해? 그게 음식이야?"), 이제는 적응해서 잘 쓰고 있지만 요리에 있어 불을 따져온 시간이 길었을 만큼 김지양은 요리에 능숙한 사람이다. 요리 잘하는 사람이 대부분 그렇듯 김지양도 음식을 만들어 먹이는 걸 좋아한다. 한편으로 김지양은 매 끼니 식당을 선택하는 일에 매우 까다로운 미식가이기도 하다. 김지양을 만나서 뭘 먹고 싶다면 "아무거나"라고 말하면 절대로 안 된다. 그건 김지양을 기운 빠지게 하는 일이다. 마땅한 음식이 떠오르지 않는다면 최소한 좋아하는 식재료나 평소 식사 패턴을 알려줘야 한다. 그래야 김지양이 만족하고 상대가 기뻐할 만한 음식점과 메뉴의 목록이 추려진다.

김지양은 이런 사람이다. 당신이 자취생이라면 김지양은 삼첩반상 이상의 집밥을 준비할 것이다. 외식을 선택할 경우에는 피자 같은 모호한 외식의 단서를 김지양에게 준다면 "어떤 피자? 화덕 피자? 고르곤졸라 먹을까?" 하는 반응이 연달아 돌아올 것이다. 나는 그런 김지양에게 고기 얘길 한 적이 있다. 그런 뒤에 "구워 먹는 고기보다는 고기로 낸 국물을 더 좋아하고, 반주를 즐기고" 하고 덧붙였더니 김지양은 마치 정답을 외치듯 지역의 순댓국집을 일러주었다. 내가 만약 불판에 굽는 고기를 이야기했다면 김지양은 돼지고기나 소고기가 아니라 양고기를 제안했을 것이며, 양고기 설득에 실패했다면 각종 부위에 대한 집요한 질문을 이어갔을 것이다. 나는 얼마 전에 뒷고기를 먹은 적이 있다. 김지양이 데려간 서울 어느 식당에서 먹은 것인데, 그러기 전까지 나는 그런 용어가 존재한다는 것도 몰랐다. 김지양은 먹는 것에 있어 이런 식의 구체적인 소통을 좋아한다. 나아가 원주까지 방문한 친구에게 가급적 많은 걸 해주고 싶어한다. 한 끼 정도는 원주 재방문을 기대할 만한 지역의 자랑스러운 음식을 먹이고(그러나 이것은 '넘버투'다. '넘버원' 맛집은 친구의 재방문을 염두에 두고 나중에 공개하는 전략을 취한다), 동시에 집에서도 성의를 다해 만들어 먹이고 싶어한다. 그러니 김지양을 만나러 원주에 가면 최소 두 끼는 먹게 된다. 우리가 약속한 떡볶이의 날에도 그랬다. 원주 터미널에 도착했다고 전화하자마자 김지양은 밥 이야기부터 했다.

"일단 간단하게 요기부터 할까요? 나온 김에 장도 보고요."

"그, 그럼 떡볶이는 언제?"

"떡볶이는 간식이잖아요?"

내가 터미널에 도착한 시간은 오후 한 시였다. 그리고 김지양은 내가 만난 아홉 번째 떡볶이 요리사였다. 그간 모든 떡볶이 요리사와 점심 혹은 저녁 시간에 약속을 잡았고 떡볶이로 끼니를 해결해왔다. 초대와 요리는 여러모로 피곤한 일이니 모든 떡볶이의 날엔 딱 두 시간만 빼앗자고 다짐하고 시작한 프로젝

246

트이기도 했다. 내용을 보완하거나 확인해야 할 사실이 있다면 추가 인터뷰를 진행하면 될 일이다. 그런데 여기서 모든 것이 엎어졌다. 더 많은 시간을 쓰고 더 많은 장소를 오갔으며 더 다양한 것을 먹었다. 기존의 진행을 예상한 내가 원주에 도착하기가 무섭게 김지양이 떡볶이는 간식이라고 못을 박았기 때문이다. 그렇게 단호한 김지양의 떡볶이 철학을 따라 떡볶이는 일단 뒤로 미루기로 했다.

원주에서 장 보기

　　PM 1:20. 터미널로 나를 마중 나온 김지양과 배우자 허민을 따라 지역 마트로 이동했다. 떡과 어묵을 고르고 야채 코너로 이동했더니 양배추와 무가 엄청 쌌다. 그들 부부가 요리조리 재료의 상태를 살피며 마땅한 것을 카트에 잔뜩 싣는 동안 나 때문에 떡볶이 한 접시 하겠다고 산 재료가 너무 많이 남아서 냉장고에 방치될 미래가 좀 걱정스러웠다. 내가 참 잘 저지르는 일이고, 김지양은 앞서 적었듯 두 집 살림을 한다. 요리 잘하는 사람이라는 걸 잘 알고는 있지만 그래도 그걸 다 소진할 시간이 있을까. 김지양은 신경 쓰지 않아도 된다고 말했다. '직구'로 산 야채 전용 보관 봉투가 있어서 괜찮다. 앞서 만난 또 다른 떡볶이 요리사 송준혁이 쓰는 그 봉투다. 그 봉투 덕분에 언제 샀는지도 모를 배추가 냉장고에서 이미 잘 견디고 있다. 남은 무는 잘 보관해뒀다가 된장찌개 끓일 때 쓰고 부침개랑 조림 몇 번 해 먹으면 사라진다. 양배추는 무보다 좀 힘들지만 그래도 쪄서 먹고 오코노미야키 몇 번 하면 된다.

한편 김지양은 떡볶이의 필수 재료 말고도 다른 것도 많이 샀다. 번외 재료 하나는 소면이다. 설마 이것도 떡볶이에 들어가는 것인지를 묻자 나중을 대비한 재료라고 말했다. 조리가 시작되면 육수를 잔뜩 끓여서 곧 냉동실에 보관해둘 것인데, 얼리기 전에 국수를 할 것이라며 그것도 먹고 가라고 했다. 그날 고른 또 다른 품목 하나는 튀김이었다. 무려 만 원어치였다. 김지양의 배우자 허민이 주도적으로 고른 것인데, 특히 김말이를 잔뜩 집어 담는 것을 보고 나는 걱정을 안고 물었다. 총 다섯 개였다. 게다가 어찌나 실한지 지름은 족히 2cm가 넘어 보였다. 나는 허민과 대화가 좀 필요하다고 생각했다.

"그거 다 먹을 수 있을까요?"

"제가 김말이에 좀 집착해요. 중학교 2학년 땐가? 다니던 학원 아래에 떡볶이집이 있었는데, 언젠가 친구들이랑 떡볶이 먹으러 갔다가 처음으로 김말이 입에 하나 물고 깜짝 놀랐어요. 진짜 '세상에 이런 맛이' 같은 느낌이었거든요. 저한텐 그게 미식의 시작이었던 것 같아요. 그때부터 음식의 맛을 따지기 시작했으니까요. 저는 떡볶이집 가도 모둠 튀김 같은 거 안 시켜요. 그냥 김말이 열 개 시켜요. 그리고 다 먹어요."

"그럼 민 씨는 떡볶이랑 김말이 중에 뭘 더 좋아해요?"

"어려운 질문이네요. 둘 다 좋아하는데 둘은 달라요. 김말이는 저를 지배한 음식이고, 무조건 밖에서 사 먹죠. 하지만 떡볶이는 저한테 집에서 먹는 음식이에요."

"집에서 먹는 음식? 떡볶이가요?"

"집에 외할머니 고추장이 있어요. 꼭 그걸 써야 돼요. 그리고 고기도 끊어 와야 돼요. 결혼하기 전까지 엄마랑 집에서 반주로 먹어왔고, 지금도 종종 그렇게 해 먹어요. 어릴 적부터 컵볶이 안 좋아했어요. 시시하다고 해야 할까. 그냥 과자 같았어요. 달기만 하니까. 떡볶이는 그래선 안 돼요. 더 진한 맛이 나야 돼요."

허민의 외할머니는 집 앞 텃밭에서 직접 재배한 고추로 고추장을 만든다. 그렇게 만든 할머니의 고추장은 시판용보다 색은 더 진하고 질감은 더 끈적하다. 맛도 더 세다. 그리고 할머니는 그 맛을 유지하기 위해 검증된 품종의 고추를 쓴다. 그렇게 정성스럽게 만들어 식구 모두와 고루 나누기 때문에 그 고추장은 허민과 김지양이 사는 원주 집 냉장고에도 늘 있다. 배우자는 평일에 서울에서 일하니 늘 집에 없고, 어쩐지 외로운 날이면 허민은 고기를 사다가 혼자 떡볶이를 만들고 소주와 함께 먹는다. 늘 소고기를 쓰는데 컨디션에 따라 부위가 달라진다. "조금 속상한 날"이면 양지를 산다. "아이들과 싸워서 더 속상한 날"이면 양지보다 비싼 차돌박이를 산다. 왜 허민은 아이들과 싸워야 할까. 허민의 직업은 지역 초등학교 교사다. 5학년 담임 선생님 허민이 학교에서 유난히 시달린 날, 혼자 만들어 먹는 떡볶이에는 고기 250g과 떡 250g이 들어간다.

허민은 자신이 만든 떡볶이를 두고 "지옥의 쾌락" 같은 맛과 양이라고 말했다. 그 남다른 맛과 양을 김지양도 잘 알지만 아주 반기지는 않는다. 김지양의 떡볶이 철학에 따르면 "떡볶이니까 떡이 위주가 되어야 하는데" 허민의 떡볶이는 "고기볶음에 떡이 들어간 것"과 비슷하기 때문이다. 그러나 허민의 "곤조"는 인정한다. 김지양은 "곤조라는 것은 삶에 있어 아무짝에도 쓸모가 없지만" 그래도 요리에는 필요하다고 생각한다. 고집이 있어야 만든 사람의 성격이 드러나는 일정한 맛이 유지되기 때문이다. 허민은 요리에 있어서 융통성이 없다. 특히 떡볶이를 만들 때 그렇다. 재료가 일부 없다면 다른 것으로 대체할수도 있는데, 허민은 소고기 250g과 외할머니의 고추장이 없으면 떡볶이를 만들 수 없다고 생각한다. 허민이 들려준 이 이야기의 끝은 질투다. 김지양은 "내가 민희 씨랑 떡볶이 책 한다니까 남편이 삐졌어요" 했다. 허민도 떡볶이 요리사로서 진심으로 이 책에 참여하고 싶었다. 나는 전혀 예상하지 못한 허민의 질투에 웃음을 참지 못하면서도 이미 다음 떡볶이 요리사가 결정되었다는 미안한 진실을 전할 적절한 타이밍을 찾아야 했다.

허민의 "강박적인 김말이"와 "지옥 같은 떡볶이" 얘기는 우리가 마트와 식당에서 나눈 것이다. 장보기가 끝난 뒤 앞서 말한 것처럼 "아무거나"를 허락하지 않는 그들 부부와 밥을 먹으러 가기로 했는데, 메뉴 선정에 있어서 나는 그들을 실망시키지 않을 자신이 없긴 했지만 어쨌든 선택의 폭을 좁힐 만한 단서를 조금은 줘야 했다. 다행히도 통했다. 곧 떡볶이를 먹어야 한다는 것을 고려해야 할 것이며 "원주민"의 경험과 안목을 따르겠다고 완곡하게 말한 결과, 막국수가 그날의 점심 식사로 선택되었다. 서울에선 도저히 먹을 수 없을 엄청 맛있는 막국수를 각각 비워가는 사이 허민은 아쉬워하면서 사리 추가를 고민하고 있었다. 나는 말려야 한다고 생각했다. 김지양도 나를 도왔다.

"저기, 지양 씨가 곧 떡볶이 만들 텐데 그거 맛있게 먹으려면 무리하지 않는 것이…"

"들었지? 여기서 멈춰."

둘의 만류에 겨우 젓가락을 내려놓은 허민을 보면서 내게

이 떡볶이 프로젝트란 무엇일까를 새삼 생각했다. 이건 일이기도 하면서, 나한테 떡볶이를 해줄 수 있는 따뜻한 친구를 간만에 만나 밀린 근황도 주고받고 그 김에 떡볶이를 둘러싼 서로의 추억과 취향도 함께 나누는 시간이다. 그러다 김지양을 만나러 원주로 찾아가서 다 같이 장을 보고 떡볶이 외 색다른 지역음식까지 먹게 되자 기존의 구상이 크게 확장되고 있다는 것을 느꼈다. 이것은 여행 같았고, 여행지에서 경험하는 요리 체험과 비슷한 것 같기도 했다. 그리고 새로운 현장에서 새로운 친구를 얻는 시간이기도 했다. 나는 책을 계기로 김말이를 유난히 좋아하고 떡볶이 "곤조"가 있는 친구를 사귀게 되었다. 그 친구가 뭐든 참 맛있게 잘 먹는다는 것도, 배우자 김지양과 마찬가지로 좋은 음식을 나누고자 하는 욕구 또한 크다는 것도 차차 자연스럽게 알게 되었다.

원주민 떡볶이

막국수로 간단히, 아니 충분히 배를 채우고 찾아간 김지양의 집에서 '원주민 떡볶이' 조리가 시작되었다. 대강 예상은 했지만 조리 환경과 조리 과정에 있어 많은 것이 기존의 떡볶이 요리사들과 달랐다. 무언가 더 전문적이고 체계적이었다.

김지양은 육수부터 끓였다. 먼저 육수의 재료부터 나열해보자. 김지양의 육수에는 무, 대파, 양파, 양파 껍질(이걸 넣으면 조금 더 달콤해진다고 김지양은 덧붙였다), 표고버섯, 다시마, 멸치, 새우, 디포리가 들어간다. 앞서 만난 '5만 원짜리 떡볶이' 요리사 송준혁이 만든 육수와 재료 구성이 비슷했지만 훨씬 스케일이 컸다. 더 많은 재료를 썼고 더 많은 양을 끓였다. 그걸 한 20분쯤 끓이고 나니 왜 김지양이 소면을 샀는지를 알게 되었다. 잔치국수 냄새가 주방에 진동했다. 그런 의미에서 김지양의 떡볶이는 미래 지향적이라고 생각했다. 떡볶이 한 그릇을 만들기 위해 각종 재료를 아낌없이 쓰고 향후의 식단까지 고려해 엄청난 양을 뽑아낸다는 점에서 그렇다. 그리고 그런 육수를 내기 위해 적합한 사이즈의 냄비를 찾느라 김지양은 한참 곤란을 겪었다. 나는 이게 남다른 주방 환경에서 비롯된 곤란일 것이라고 생각한다. 일단 주방이 넓다. 수납장 또한 많다. 수납장을 채운 각종 주방 도구마저 엄청 많다. 김지양은 그런 주방에서조차 감당할 수 없는 대형 들통도 두고 사는 사람인데, 그런 건 운동장 같은 복층 창고로 밀어두었다. 참고로 이 모든 집기는 "18평 아파트에 살던 몇 년 전에도" 가지고 있었던 것들이다.

육수가 끓는 동안 김지양은 '원주민 떡볶이'에 들어갈 주요 재료를 다듬었다. 어묵부터 야채까지 각각 알맞게 썰린 재료는 동그란 접시 위에 가지런히 놓였는데, 능숙하게 칼질하던 김지양이 갑자기 비명을 질렀다. 다친 게 아닐까 걱정하는 내게 김지양은 손톱만 나갔고 피가 난 것은 아니니까 별일 아니라며 "이렇게 '오거나이징'해서 요리한 게 너무 오랜만이라" 긴장한 탓이라고 말했다. 그러면서 자신의 실수를 돌아보았다. 야채부터 썰고 어묵을 가장 마지막에 썰었어야 했는데 순서를 주의 깊게 생각하지 않고 칼질을 했기 때문에 도마에 어묵의 기름이 묻어 칼이 미끄러진 것이다. 원래 이런 실수 안 하는데 "너무 오래 주방 일을 쉬어서, 먹고살기 바빠서" 주방의 리듬을 잊고 말았다. 그러면서 "떡볶이를 할 때는 모든 재료를 완벽하게 다듬어 놓는 것이 좋다"고 말했다. 김지양에 따르면 떡볶이는 시간 싸움이다. 떡을 넣어야 할 적절한 타이밍을 놓치면 떡이 풀어지거나 딱딱해진다. 떡 외에 다른 사리를 넣는다면 타이밍에 더욱 유의해야 한다.

한편 '원주민 떡볶이'의 양념에는 김지양의 시할머니가 만든 고추장이 쓰였다. 앞서 설명한 대로 배우자 허민의 외할머니로부터 가져온 것이다. 거기에 고춧가루, 요리당(올리고당과 비슷한 것), 간장, 멸치액젓, 다진 마늘을 섞었다. 떡볶이 양념에 액젓이 쓰일 수 있다는 것에 내가 놀라는 사이 김지양은 의외로 마늘 앞에서 잠깐 망설였다. 넣을까 말까. 많은 재료가 쓰인 만큼 사실 마늘을 안 넣어도 맛은 날 것이라는 확신이 있다. 하지만 한식을 할 때 마늘을 안 쓰면 요리를 제대로 마치지 않은 것 같은 기분이라서 그냥 넣기로 했다. 김지양은 고춧가루에 대한 의심도 버리지 못했다. 김지양에 따르면 "떡볶이의 맛은 고추장보다 고춧가루가 좌우"하는데, 먹던 것이 떨어져서 며칠 전 근처 시장에서 한 봉 샀지만 아직 맛에 대한 검증을 마치지 못했다. 그러나 떡볶이는 결국 다른 재료로 보완될 수 있는 음식이다. 김지양은 간을 보면서 간장과 요리당을 적당량 추가하고는 "떡볶이는 좀 달아야 돼요" 했다. 앞서 말했듯 김지양에게 떡볶이는 간식이기 때문이다. 그리고 떡볶이는 "자고로 후룩후룩 먹어야 하는" 음식이기 때문이다.

그렇게 김지양이 촉각을 곤두세워 떡볶이에 몰두하는 동안 배우자 허민은 적당히 거리를 두고 김지양의 동선을 따라다녔다. 조리하는 동안 나오는 각종 설거지와 쓰레기를 처리하기 위해서였지만 아주 밀착해 있지는 않았다. 김지양이 부르면 와서 할 일을 했고 때때로 부르기 전에 조용히 무언가를 치웠다. 그렇게 거리를 두는 이유를 물으니 "더 가까이 가면 제가 참견하게 될까 봐요" 한다. 그렇게 요리에 집중하는 김지양의 등을 바라보면서 허민은 말했다. "우린 음식점 하면 망할 거예요. 뭘 만들어도 아낄 줄을 몰라요. 오늘 저이가 쓴 재료비만 해도 한

15,000원 될걸요? 원가 15,000원짜리 떡볶이를 어떻게 팔아요. 제가 하면 더 망해요. 전 떡볶이 한 접시 하는 데 35,000원 쓰거든요. 고기 없이 떡볶이를 만들 수는 없으니까요."

그렇게 아낌없이 재료를 쓰고 공을 들여 만든 떡볶이는 의외로 양이 많지 않았다. 떡볶이는 간식이라는 김지양의 떡볶이 철학에 의거한 양이기도 했지만, 김지양은 애초부터 2인분을 의식하고 만들었기 때문이다. 김지양은 양 조절이, 보다 정확히 말해 인분 수 조절이 가능한 요리사다. 나는 여태까지 김지양의 조리 습관을 쭉 기록하면서 김지양이 어떤 사람인지 짐작할 만한 단서들을 제법 뿌려왔다고 생각한다. 이제 말할 때가 된 것 같다. 지금은 음식과 관계없는 분야의 사업가로 살고 있지만 한때 김지양에게 요리는 학문이었고 직업이었다. 김지양은 학교에서 요리를 배운 사람이다. 외식 조리학과 졸업생이다. 시식이 시작되자 나는 전문가의 근심을 해결해줘야 했다.

"떡볶이는 냄비째 먹는 게 더 맛있다고 생각하는데, 접시에 덜어놓지 않아도 될까요?"

"그럼요. 대부분 그렇게 먹었어요. 저도 그거 좋아해요. 설거지도 하나 덜고."

"혹시 맛 평가도 들어가나요?"

"어쩌다 보니 다 맛있다고 썼는데 정말 그랬거든요."

나는 맛 전문가가 아니다. 그래서 책을 핑계로 떡볶이를 얻어먹을 때마다 상당한 곤란을 느낀다. 더군다나 김지양은 음식에 있어서 구체적인 소통을 기다리는 사람인데, 나는 진실하지만 흔한 말("진짜 맛있는데요?")과 본능적인 반응("바닥까지 긁게 되네요?") 너머에 무엇이 있는지 잘 알지 못한다. 대신 내가 할 수 있는 일을 한다. 맛에 대한 구체적인 묘사와 상대가 감동할 만한 칭찬을 부자연스럽게 쥐어짜는 대신 그 훌륭한 떡볶이를 완성하기까지 내 친구가 준비한 아름다운 과정을 길게 쓴다. 맛있는 음식은 절대로 쉽게 나오지 않는다는 것을 나는 말하고 싶다. 이는 내가 만난 모든 떡볶이 요리사에게 진심을 다해 전하고 싶은 보답의 말이면서 또 다른 가정 요리사인 내가 종교처럼 믿는 진실이다.

한편 김지양의 '원주민 떡볶이'는 그렇게 많은 육수를 끓이고 시작했지만 생각보다 육수를 적게 부어 만들었다. "포장마차 떡볶이 느낌"을 살리기 위해 "튀김에 살짝 찍어 먹을 수 있을 정도로만" 자작하게 양념을 졸였다. 이어서 김지양은 "발뮤다의 기적"을 보여주겠다며 그 유명한 토스터에 튀김을 넣었다. 배우자 허민이 김말이 위주로 고른 만 원어치 튀김이다. 그 발뮤다 토스터가 죽은 빵도 살려준다는 얘길 진작 듣긴 했지만 확인할 기회가 없었는데, 나는 떡볶이를 먹으면서 그 토스터에

빵뿐 아니라 튀김의 생사까지 달려있다는 것을 알게 되었다. 성능도 디자인도 무결하지만 가격은 그렇지 않은 그 기적의 토스터를 나도 들일까, 그 비싼 걸 들여놓고 방치하지 않을 수 있을 것인가. 내가 이런 대수롭지 않은 고민에 홀로 젖어있을 때 김지양이 튀김 하나를 입에 물고 말했다.

"역시 음식은 남이 해주는 게 맛있어."

돌이켜보니 내 입에서 단 한 번도 나온 적 없는 말이었다. 내게 그보다 가까웠던 주방의 문장이란 "집에서 하니까 맛없어" "해봤는데 망했어" 같은 거였다. 김지양이 했던 저 말에서 수없이 요리했던 사람의 피로가 읽히는 건 사실이다. 그러나 그 피로에 아직 익숙하지 않은 나는 언젠가 저렇게 말할 수 있는 사람이 되고 싶어진다. 그렇게 말할 수 있을 만큼 많은 음식을 하고 나누는 괜찮은 사람이고 싶어진다.

다른 주방에서

약 5년 전 일일 쿠킹 클래스에 다녀온 일이 있다. 당시 살던 지역의 온라인 커뮤니티에서 접한 정보를 보고 찾아간 길이다. 수업의 내용은 된장찌개와 무전이었고, 어떤 이유에서인지 수업료가 굉장히 쌌다. 기억이 맞다면 만 원이었을 것이다. 마침 그때 나는 어찌어찌 음식 관련 스타트업에서 작가로 일할 새로운 기회를 막 얻어 우리의 밥상을 어떻게 글로 풀어야 하나를 고민하던 때였다. 일에 있어 필요한 실습 경험이라고 생각한 데다 수업 현장은 집에서 걸어갈 만한 거리에 있었고 가격에 대한 부담도 없었으며 무엇보다도 메뉴가 친숙한 것이 마음에 들었다. 수업 소개에 따르면 된장찌개를 맛있게 끓이는 방법을 알려주겠다고 했다. 나는 거기서 김지양을 처음 만났다. 김지양은 그날의 요리 선생님이었다.

그날 내가 일일 교사 김지양으로부터 배운 것 하나는 무의 다양한 활용법이다. 된장찌개에 무를 넣고 끓이면 맛있다. 남은 무를 채로 썰어 부치면 맛있는 무전이 된다. 그래도 남으면 간장 양념으로 조림을 하면 된다. 그로부터 5년 뒤 어느 떡볶이의 날에 육수용으로 쓸 무를 고르던 김지양한테서 똑같이 들었던 말이다. 무로 만드는 여러 가지 요리 말고도 그날의 수업을 통해 배운 조리 상식이 많다. 무나 당근처럼 딱딱한 야채를 썰 때 가장자리부터 살짝 도려내 단면을 만들어 도마 위에 눕히면 보다 안전하고 수월하게 칼질할 수 있다. 내가 야채스틱을 준비할 때마다 지금까지 적용하는 방법이다. 직장인이 퇴근하고 집에 들어와 밥을 차리기는 힘들다. 배고픈 상태로는 요리에 집중하기 어려우니 그럴 때 달콤한 주스를 마시고 시작하면 기운을 차릴 수 있을 것이다. 이 또한 김지양으로부터 배운 것이며, 일이나 운동으로 탈진해버려 외식의 충동에 사로잡힐 때마다 내가 마음을 다스리기 위해 늘 되새기고 있는 중요한 지침이다.

나는 그 수업을 통해 많은 것을 얻었지만, 수업에 참여한 약 열 명의 수강생 가운데 하나였던 나는 김지양에게 기억될 수 없는 존재였다. 나는 수업이 끝나고 나서도 그날의 선생님을 자주 봤다. 주로 인터넷 매체에서 봤고, 대부분 요리와 관계없는 내용이었다. 나는 김지양이 자신의 경력과 몸에 대해서 말하는 인터뷰 기사를 읽은 적이 있다. 기사에 따르면 김지양은 20대 초중반에 미국으로 갔고 거기서 플러스 사이즈 모델로 데뷔했다. 동시에 기사 속에서 김지양은 인간의 다양한 체형에 대한 세밀한 고려가 없는 문화와 인식을 비판했고 자신의 신체에 대한 긍정을 말했다. 그런 김지양이 한때 잡지를 창간했던 경력이 있다는 것도 알게 됐으며, 플러스 사이즈 의류 전문 브랜드를 만들었다는 소식도 들었고, 수입 의류로 쇼핑몰을 운영하는 동시에 여성용 속옷을 직접 제작하는 과정 또한 엿보게 되었다. 더 시간이 흘러서는 내 친구 하나가 김지양과 절친이라는 것을 알게 되었다. 다 같이 만나 몇 번 밥을 먹고 깔깔거리고 났더니 어느 순간 나는 김지양의 '원주민 떡볶이'를 먹고 있었다.

'원주민 떡볶이'를 앞에 두고 우리는 이런저런 과거 이야기를 나눴다. 내가 각종 웹페이지에서 접한 김지양의 과거를 확인하고 몰랐던 과거를 보충하는 시간이기도 했다. 갑자기 모델로 데뷔해 이제는 관련 사업을 하고 있지만 한때는 그런 일을 아르바이트로 했다. 학교에서 요리를 배우고 졸업한 뒤에 식당에서 일하다가 갑자기 얻은 기회였다. 더 많은 기회가 쌓여 경력이 되었고, 나아가 잡지와 의류 등 각종 사업의 토대를 쌓게 되면서 요리는 취미로 밀려났다. 그날의 쿠킹 클래스는 막 시작한 사업으로 바빴던 시기에 초등학교 동창이 기획한 것으로, 친구의 제안이라서 거절할 수 없었기 때문에 일정을 쪼개서 했다. 당시 남자친구였던 허민도 수업에 동참했다. 우리가 약속한 떡볶이의 날에 그랬던 것처럼 허민은 그날도 청소와 설거지 담당이었다.

이어서 우리는 더 먼 과거로 갔다. 김지양은 먼저 많이 울적했던 고3 시절을 돌아보았다. 그 무렵 가정의 형편이 심각하게 기울기 시작하면서 김지양은 공부에 별 의욕을 느끼지 못했고 학교도 나가는 둥 마는 둥 했다. 대학 생각도 안 하고 살다가 입시 철이 되니까 초조해져서 적성 검사지를 펼쳐봤더니 푸드 스타일리스트라는 직업이 소개되어있었고, 거기서 전망을 보게 됐다. 많이 어설프긴 했지만 주방에서 피우는 소란도 좋아했고, 당시 유행하던 요리 잡지 <쿠켄>을 보면서 언젠가 그런 데서 기자로 일하는 미래를 그려본 적도 있었기 때문이다. 그렇게 해서 전국의 조리 관련 학과를 둘러본 끝에 실습 위주로 수업을 구성한 어느 대학에 입학하게 됐는데, 처음에는 많이 힘들었다. 막연하게 요리를 선망해서 찾아온 김지양과 달리 또래 동기 대부분은 양식과 한식 등 각종 조리 자격증을 따고 들어왔다. 그렇게 준비된 인재들과 달리 칼질부터 서투른 김지양은 실습에서 많이 불리했고 조교와 교수진은 김지양의 졸업을 걱정했다.

"그래도 무사히 졸업했죠. 그때 학교에서 배운 것들이 지금까지 하는 요리에 얼마나 영향을 주고 있을까요?"

"헤맨 시간이 길었고 그러다 휴학도 했지만 지금까지 써먹고 있는 지식과 기술을 많이 배우긴 했죠. 근데 학교 들어가기 전부터 요리를 대하는 태도는 조금 있었던 것 같아요. 그런 건 학교에서 못 배워요. 학교가 철학을 만들어주진 않거든요."

스무 살 이전에 형성된 요리에 대한 태도란 무엇일까. 이어진 김지양의 과거 이야기로 미루어 나는 그것이 요리에 대한 호기심, 끼니에 대한 책임감, 뭐든 나누고 싶어하는 선한 마음 같은 것이 아닐까 생각한다. 이를테면 이런 것들이다. 김지양은 중학교 시절부터 어머니의 조리법을 참고해 된장찌개를 끓이곤 했다. 된장찌개에 무를 넣으면 국물 맛이 더 좋아진다는 팁을 나눌 수 있는 지금의 관점에서 그때 만든 것을 돌아보면 모자란 것투성이지만, 그래도 그때부터 멸치로 육수를 내고 된장을 풀어 감자와 청양고추를 넣고 마무리했다. 그런 10대의 작품을 두고 김지양의 외할머니는 "애가 얼마나 손이 야물면 이런 걸 다 만들어" 하고 칭찬을 아끼지 않았지만 정작 레시피의 제공자였던 어머니는 썩 좋아하지 않았다. 어머니는 주방을 당신의 공간이라고 생각했다. 딸이 거길 어지럽히는 것을 달가워하지 않았다. 어머니는 딸의 미래도 걱정했다. "더 크면 지겹게 할 건데 왜 벌써부터 신세를 망치려고 해?"

그러나 어머니는 언제부턴가 당신의 주방을 지킬 수 없었다. 앞서 말한 것처럼 고3 시절 가세가 많이 기울면서 어머니는 밖에서 긴 시간을 보냈다. 상황이 그렇게 되자 열아홉 살 김지양은 급식 신청도 못 하고, 어머니한테 용돈 달라고 말할 수조차 없어서 아무도 없는 집에서 스스로 밥을 챙겨야 했다. 김지양의 표현을 빌리자면 그때 "징그럽게" 만들어 먹었던 것, "라면처럼" 집에서 먹던 것이 떡볶이였다. 매일 똑같은 국에 똑같은 반찬만 먹고 싶지 않아서 스스로 만들기 시작한 것인데, 맛있지는 않았다. 맛있을 수가 없었다. 설에 몇 kg씩 샀다가 냉동실에 밀어둔 딱딱한 떡국용 떡, 물, 고추장, 고춧가루, 설탕, 멸치가 재료의 전부였다. 설탕만 써서 떡볶이를 만들면 양념이 단단해진다. 올리고당이나 물엿을 쓰면 그보다 부드러워진다. 이제는 재료 각각의 성질을 알아서 그런 지식을 요리에 두루두루 적용할 수 있지만 그때는 몰랐다. 집에 설탕밖에 없었으니까.

"울면서 먹었어요. 잔뜩 만들어놓고 버릴 수는 없어서 꾸역꾸역 먹던 떡볶이였으니까요. 사실 민희 씨가 떡볶이 얘기 처음 꺼냈을 때 그것만 생각했어요. 지금도 그 떡볶이에서 벗어나기 어려워요. 근데 또 그 시절을 돌아보니까 그때 그렇게 떡볶이를 만들어 먹지 않았다면 내가 과연 외식 조리학과에 갈 수 있었을까 싶어요."

그러나 김지양의 그 우울한 떡볶이를 다르게 기억하는 사람들이 있다. 한참 시간이 흘렀을 때 김지양의 동네 친구가 말했다. "넌 그때부터 요리 잘했어. 너네 집 놀러 가면 너 맨날 떡볶이 해줬잖아. 그거 엄청 맛있었어. 맞다. 너 그때 프렌치토스트도 해줬어." 음식을 많이 하고 나누려는 욕구는 지금까지도 여전하지만 김지양은 그 습관의 기원에 대한 기억이 희미하다. "저는 친구들이 저희 집에 놀러 왔다는 것부터가 전혀 기억이 안 나요."

10대 시절부터 떡볶이를 스스로 만들었던 김지양에게는 학교 앞 떡볶이집에 대한 기억도 별로 없다. 동네에 즉석 떡볶이집이 하나 있긴 했지만 맛보다는 "이렇게 저렇게 주문하면 그냥 주는 대로 먹으라고 했던" 퉁명스러운 사장 아주머니한테 잔뜩 쫄아서 더는 가고 싶지 않았다는 기억만 남아 있다. 당시 김지양이 살던 지역은 서울 신대방동으로, 재개발이 시작되면서 주변 노점은 물론 "떡볶이집이 있을 만한" 작은 상가와 건물까지 다 허물어졌다. 새로 생긴 아파트를 지나 15분쯤을 가면 떡볶이집이 하나 나오긴 했지만, 떡볶이 데이터가 지금보다 훨씬 빈약하고 돈도 없었으며 동선까지 제한되었던 시절이었으니만큼 자주 드나들 수 없었다. 사실 그땐 떡볶이가 맛있는 음식인지도 잘 몰랐다. 어떤 의미를 갖는 음식인지도 몰랐다. 이만큼 시간이 흘러 돌이켜보니 김지양에게 떡볶이란 자신을 요리사로 만들어준 결정적인 음식이었지만 그때는 목이 메도록 해치워야 하는 슬픔의 음식이었다.

오늘의 떡볶이

그러나 이제는 다른 이야기를 할 수 있다. 요리를 배우고 다양한 경력을 쌓고 돈을 스스로 벌기 시작하자 떡볶이는 다른 의미를 갖게 되었다. 떡볶이는 더는 끼니가 아니다. 간식이다. 그리고 오늘의 김지양에게 떡볶이는 근거리에서 찾아내 주기적으로 먹어야만 하는 음식이다. 나는 그런 김지양으로부터 "떡볶이 혈중 농도"라는 신박한 표현을 들었다. 김지양은 자신을 두고 "떡볶이 혈중 농도가 떨어지면 문제가 생기는 사람"이라고 표현했다. 그리고는 강한 확신을 실어 덧붙였다. "저만 그런 거 아닐걸요?"

어린 시절에는 집에서 15분쯤 걸어가야 하는 떡볶이집이 참 멀게 느껴졌는데, 이제는 사는 곳이든 일하는 곳이든 15분 내에 후딱 다녀올 수 있는 떡볶이집이 하나는 있어야 한다고 느낀다. 김지양의 표현을 빌려 조금 더 정확하게 말하자면 "먹고 싶을 때 당장 먹을 수 있는 떡볶이집 정보가 머릿속에 항상 있어야" 한다. 대전에서 보낸 대학 시절부터 그런 떡볶이집을 알고 있었다. 이름은 '바로 그 집'으로, '비건 떡볶이' 요리사 임재석 편에서도 잠깐 언급되었던 분식집이다. 거긴 양념이 좀 다르다. 치즈를 쓴 것인지 아니면 마요네즈를 쓴 것인지, 어쨌든 전통적인 떡볶이와는 다르게 적당히 묵직하고 느끼해서 참신한 맛이 난다. 김지양의 표현에 따르면 "처음에 먹을 땐 '이게 뭐지' 싶지만 곧 떠오르는 맛, 그래서 끊을 수 없는 맛"이다. 10여 년 전과 달리 거기는 어느덧 대전의 맛집으로 성장해서 요새는 거기서 양념도 따로 판다. 김지양은 어쩌다 대전에 갈 일이 생기면 그 양념을 잊지 않고 사 온다.

이어서 김지양은 최근 드나들기 시작한 원주의 떡볶이 맛집을 하나 소개했다. 이름은 '형제오뎅'이다. 트럭으로 운영을 시작했다가 최근에는 건너편 상가에 아예 점포를 냈다. 어느 날 매우 늦은 시간에 갑자기 순대가 먹고 싶어져서 원주, 열두 시, 순대로 검색한 결과 딱 하나 나온 곳인데, 집에서 차로 딱 15분 거리길래 후딱 찾아갔더니 이름 그대로 어묵으로 유명한 곳이었다. 김지양은 '형제오뎅'의 첫인상을 "어떤 남자 셋이 와서 어묵 2만 원어치를 먹고 떠난 곳"으로 기억하고 있다. 참고로 그 어묵 하나에 1,000원도 안 한다. 순대 때문에 찾아갔고 어묵 때문에 놀란 곳이지만 심지어 떡볶이까지 아주 괜찮아서 한밤중에 떡볶이 혈중 농도를 채울 수 있는 곳이 되었다. 대낮에 떡볶이를 원한다면 원주 자유시장으로 가면 된다. 시장 안에도 만족스러운 떡볶이집이 하나 있다.

"이렇게 계속 떡볶이 얘기를 하다 보니까 알게 됐어요. 지난 10여 년간 떡볶이를 엄청 사 먹었는데, 집에서 해 먹는 떡볶이가 지겨워서 그랬던 것 같아요. 만들 때가 있긴 했지만 아주 드물었어요. 꽤 오랜 기간 동안 떡볶이는 사 먹는 거라고 생각했어요. 3,000원이면 해결되는 거잖아요?"

김지양은 이제 자신의 인생을 돌아볼 필요가 있다고 느낀다. 그렇게 떡볶이를 좋아하고 요리에도 익숙한 자신에게 "시그니처 떡볶이 레시피"가 아직까지 없다는 것에 문제가 있다고 느낀다. 김지양은 집에서 감자탕을 만들고 마라탕을 만드는 사람이다. "음식점과 경쟁하는 기분으로" 복잡하거나 새로운 요리에 도전하기를 망설이지 않아왔던 사람이다. 그런데 떡볶이는 예외였다. 아마도 두려웠기 때문일 것이라고 김지양은 생각한다. "떡볶이를 만들었는데 실패하면 대미지가 너무 클 것"임을 어렴풋하게나마 알았기 때문에. 나는 그 타격을 조금 다른 관점에서 이해할 수 있다. 나는 소문을 듣고 찾아간 떡볶이집이 기대한 것보다 맛이 없으면 다음 날 다른 검증된 떡볶이집에 가야 한다. 집에서 만드는 떡볶이의 맛이 일정할 수 없다는 것을 알게 된 뒤에는 떡볶이 양념을 샀다. 이런 애정의 이유와 계기를 명확하게 설명한다는 것은 불가능한 일이다. 한때 떡볶이를 지긋지긋한 음식이라고 생각했으나 이제는 떡볶이 혈중 농도를 챙기는 김지양도 같은 곤란을 느낀다. 그래서 애매한 말을 한다. 김지양에 따르면 "내가 떡볶이를 좋아하는 것은 거기 떡볶이가 있기 때문"이다.

나는 김지양이 요리를 잘한다는 것과 식당 선택에 있어 매우 까다롭다는 것을 잘 알고 있었다. 그래서 떡볶이 요리사로 반드시 섭외하고 싶었다. 주방 활동에 익숙하고 맛에 예민한 사람이 떡볶이에 접근하는 특별한 방식을 살펴보고 싶었다. 다행히 김지양은 제안을 반겼지만 아주 당당한 기색은 아니었다. 떡볶이를 매우 좋아하는 것은 맞는데, 재미있을 것 같지만 자신

있지는 않다고 했다. 떡볶이를 둘러싼 우리의 첫 번째 논의가 이루어진 날에 김지양은 어린 날 만들어 먹던 서글픈 떡볶이가 무엇이었는지를 간략하게 말했고, 떡볶이를 해줄 수는 있지만 그 시절에 만들었던 단조로운 떡볶이와 아주 크게 다르지는 않을 것이라고 예고했다. 내 눈에는 변화가 명확하게 보인다. 김지양과 내가 나눈 '원주민 떡볶이'는 한때 멸치만 넣고 끓였던 수돗물이 언제든 잔치국수로 돌변할 수 있는 진한 육수로 확장되고, 냉동실의 유물 같은 떡국용 떡이 마트에서 갓 사 온 떡볶이 떡으로 대체되고, 양념의 재료도 다채로워졌으며, 어묵과 각종 야채까지 추가되었다. 하지만 자신의 요리에 엄격한 김지양의 관점에서 이건 재료의 변화 혹은 추가일뿐 열아홉 살에 만들었던 것과 본질이 똑같은 떡볶이다. 게다가 그렇게 고민과 정성을 쏟아 만든다 한들 3,000원을 주고 사 먹는 떡볶이와 영영 경쟁할 수 없는 것이다. 김지양이 바리바리 싸준 음식 몇 가지를 들고 원주를 떠나면서 나는 과연 우리에게 떡볶이란 무엇인가하는 복잡한 의문에 다시 시달려야만 했다. 떡볶이는 요리 전문가마저 영원히 만족시킬 수 없는 미지의 음식이다.

2019년 2월

그건 항상
냉장고에 있는 것

권정민의 차가웠던 떡볶이

오늘의 떡볶이 요리사
권정민은,

2019년 기준 40대 초반이다. 어느 예술대학에서 교편을 잡고 있다. 1980년대 중반 서울에서 보낸 어린 시절에 시장에서 파는 50원짜리 떡볶이를 먹었다. 1990년대 중반 고교 시절에 학교 앞 분식집에서 1,000원짜리 짬뽕 떡볶이를 먹었다. 배우자, 22개월 아이, 언제 태어났는지 잘 모르는 강아지 크림이와 함께 산다. 레토르트 식품에 익숙하다. 출산한 뒤부터는 그나마도 잘 챙기지 못한다.

권정민의

차가웠던 떡볶이 만들기

재료

- 풀무원 생가득 순쌀 떡볶이 2인분 1봉

소요 시간

- 4~5분

조리법

1. 냄비에 물 180㎖를 끓인다.

2. 물이 끓기 시작하면 내장된 양념, 야채, 떡을 넣는다.

3. 적당히 저은 뒤 불에서 내린다.

"오늘 중연 씨가 하기로 하지 않았어요?"

"그냥 제가 할게요. 그래도 되죠?"

권정민 김중연 부부네 집에 떡볶이를 먹으러 찾아갔던 날, 나는 누가 오늘의 떡볶이 요리사인지부터 점검해야 하는 전에 없던 상황에 직면했다. 여태껏 이런 적은 없었다. 조리 과정에서 뭘 빼먹거나 흘리는 사소한 사고는 있었을지언정 약속한 떡볶이의 날 당일에 요리사가 교체되는 이변까지는 없었다. 사전에 들은 이야기가 있어서 나는 당연히 김중연이 할 줄 알았으나 막상 집에 도착했더니 김중연의 배우자 권정민이 주방을 차지하게 되는 바람에 누가 그날의 떡볶이 요리사인지를 물어야 했던 것인데, 이 상황을 정리하려면 관계를 설명해야 할 것 같다. 김중연은 내 배우자 이범학의 오랜 친구다. 그래서 나도 김중연을 조금은 안다. 얼굴을 알고 하는 일을 알고 누구와 어디서 사는지를 알고, 내 배우자가 다짜고짜 떡볶이를 해달라고 조를 수 있을 만큼 친밀한 친구라는 것도 안다. 어쨌든 두 오랜 친구 사이에 떡볶이를 둘러싼 첫 이야기가 오간 날, 이범학은 내게 수락 소식을 전하면서 덧붙였다.

"해줄 수는 있대. 근데 이래도 되느냐고 묻더라. 중연이네 집에 반조리 떡볶이가 있대. 그거 냉장고에 항상 있대."

"오. 완전 맘에 드는 모델인데?"

그 말에 나는 좀 많이 설렜다. 아주 재미있는 이야기라고 생각했고 맛에 대한 기대도 커서 그랬다. 여태까지 책에 참여한 떡볶이 요리사는 항상 고춧가루부터 떡까지, 마늘부터 양배추까지 떡볶이의 구성 요소를 하나하나 직접 사서 조리했다. 반면 김중연은 그보다 훨씬 간단하게 시판용 반조리 떡볶이의 봉지를 뜯는 것으로 떡볶이를 만드는 이색적인 떡볶이 요리사라는 것인데, 이 또한 우리가 떡볶이를 원하고 사랑하는 방식이라고 생각했다. 마침 앞서 만난 몇몇 떡볶이 요리사로부터 시판용 반조리 떡볶이가 생각보다 꽤 괜찮다는 평가를 듣기도 했고, 나는 그런 걸 아직 사본 적 없으니 이참에 그게 무엇인지 제대로 살펴봐야지 싶기도 했다. 다 같이 만나서 먹기도 전에 마음이 들떴고, 그래서 실체는 아직 모르지만 특별할 것이 분명한 그 떡볶이의 이름부터 진작 지어놓기까지 했다. 냉장고에서 잠들어 있지만 우리가 나눌 때쯤이면 따뜻해질 것이기에 김중연의 떡볶이는 '차가웠던 떡볶이'라고 부르기로 했다.

권정민 김중연 부부의 집에는 식구가 더 있다. 하나는 펫숍과 유기견 보호소를 전전하던 과거가 있기 때문에 정확한 나이를 알 수 없지만 어쨌든 그들 부부와 3년 넘게 같이 살고 있는 하얀 강아지 크림이다. 또 다른 가족은 김재윤이다. 김재윤의 나이는 우리 모두가 정확하게 알고 있다. 태어난 지 **22개월** 된 친구다. 우리가 약속한 시간은 세 살배기 김재윤의 저녁 식사 준비 시간이랑 겹쳤다. 김중연이 김재윤을 안고 돌보면서 내 배우자 이범학을 거실에서 상대하는 동안, 권정민은 김재윤의 밥을 차리러 주방으로 가더니 그 김에 '차가웠던 떡볶이'를 꺼냈다. 나는 본능적으로 떡볶이가 있는 곳을 따라서 권정민에게 바짝 붙었고, 냉장고를 여닫는 권정민에게 오늘의 떡볶이 요리사가 누구인지를 물었다. 그때 갑작스럽게, 그러나 자연스럽게 떡볶이 요리사가 권정민으로 결정되었다.

어느 워킹맘의 하루

주방에 들어서자 '차가웠던 떡볶이' 이전에 김재윤의 밥부터 관찰하게 됐다. 닭, 그리고 당근과 양파가 둥둥 떠다니는 맑은 수프였다. 주재료가 닭가슴살인가 물었더니 "닭 한 마리를 고아서 뼈를 버리고 살만 바른 것"이라며 그렇게 만들어야 국물의 맛까지 살릴 수 있다고 했다. 그렇게 끓인 것을 밥과 토마토와 함께 작은 식판에 올리면 **22개월** 김재윤의 한 끼가 완성된다. 양은 적지만 닭 한 마리를 삶아서 다듬는 작업이 필요하니 과정은 간단하지 않은 끼니다. 마침 주방 선반에 전자저울이 보이길래 용도와 구매 시기를 물었더니 "이제 밥을 먹을 수 있는 시기가 되었기 때문에" 더는 쓰지 않지만 김재윤의 이유식을 만들기 시작하면서 산 것이라고 했다. 김재윤은 한때 계량해서 만든 음식을 먹었다. 이제 계량은 안 하지만 만드는 사람의 정성이 잔뜩 깃든 음식을 먹는다. 김재윤이 그런 것을 먹는 동안 권정민은 각종 레토르트 식품을 먹는다. 아니면 빵을 먹는다. 혹은 못 먹거나 안 먹는다.

권정민의 배우자 김중연의 직업은 엔지니어다. 이동 통신사의 네트워크 장비를 개발하는 일을 한다. 직장이 가깝지 않아서 새벽에 출근하고, "비교적 일찍" 귀가하면 밤 열 시다. 자정을 넘겨 집에 들어오는 날도 잦은 김중연은 거의 20년째 회사에서 아침 점심 저녁을 해결하고 있다. 권정민은 그런 배우자의 숨막히는 일과에 적당히 체념하고 있는데, 김재윤이 생기기 전까지 지난 10년간 비슷한 강도로 일했기 때문이다. 한때 미술관 큐레이터였던 권정민은 "무슨 나라를 구한 것도 아닌데" 너무 열심히 일했다. 막 성장하던 미술관이라 홍보를 목적으로 한 인터뷰와 강연이 줄줄이 이어졌고, 업계의 세계적인 추세와 경향을 살피러 몇 주씩 떠나야 했던 해외 출장은 연간 최소 4회였으며, 퇴근하면 미래의 전시를 고려해 여러 작가와 관계도 만들어야 했다. 이제는 미술관에 나가지 않는다. 대신 학교에 간다. 그간 현장에서 쌓은 경력과 그 전에 유럽에서 취득한 두 개의 학위를 자산으로 해서 어느 예술대학에서 전시 기획을 가르친다. 여전히 학교로 출근하지만 김재윤이 생긴 뒤부터는 주 2회 나간다. 학교는 미술관에 비해 업무량이 적고 지시도 명확한 데다 수업 시간도 조정할 수 있긴 하지만 출근하지 않는 날에도 해야 할 일은 늘 있다. 김재윤이 어린이집에 가면 겨우 처리할 짬을 얻는 각종 행정 업무와 다음 수업 준비다. 재택근무가 끝나면 저녁 식사를 준비해야 한다. 김재윤이 먹어야 할 밥이다. 오후 두 시 반 전에 준비를 끝내는 것이 좋다. 어린이집에서 김재윤이 돌아오기 전에.

권정민은 결혼과 동시에 햇반에 익숙해졌다. 부부가 다 바쁘기도 했지만 어쩌다 요리할 시간을 얻는다고 해도 함께 만들고 먹는 기쁨을 제대로 누려본 적이 없다. 10년 전 신혼 시절에 함께 마트에 갔던 어느 날 권정민은 김중연에게 먹고 싶은 걸 고르라고 말했다. 답이 돌아오지 않았다. 그건 김중연에게 너무 어려운 질문이다. 김중연은 그때나 지금이나 먹을 게 있으면 먹고 없으면 안 먹는 사람이다. 음식에 대한 투정도 욕구도 없는 무던한 사람과 살면서 식단은 점점 단출해졌다. 박스 단위로 사는 햇반, '피코크'에서 나오는 김치찌개, 양가 부모로부터 온 반찬이면 그럭저럭 끼니를 때울 수 있었다. 밥을 먹기엔 좀 애매하지만 그래도 출출한 밤이면 반조리 떡볶이나 냉동 만두를 꺼냈다. 권정민은 긴 시간 각종 레토르트 식품의 세계에서 살았기 때문에 그 분야에 관해 많은 것을 알고 있다. 반조리 떡볶이만 해도 종류가 굉장히 다채롭다. 어떤 것은 냉장용이지만 어떤 것은 냉동용이고, 냉동용의 경우 떡을 미리 꺼내서 좀 불려놓으면 말랑말랑해진다. 전형적인 고추장 떡볶이 외에 국물 떡볶이는 물론 짜장 떡볶이도 있고, 어떤 것에는 라면 사리까지 들어있다. 어떤 떡볶이의 양념은 밥에 비벼 먹기에 아주 좋다. 찌개도 종류별, 브랜드별로 골고루 먹어봤는데 그 가운데 '피코크' 김치찌개는 비슷하게 바쁘게 사는 친구들에게 권했더니 다들 잔뜩 사다 놓을 만큼 품질이 괜찮다.

그러다가 김재윤이 생기면서 밥상이 조금 변했다. 유의미한 변화 하나는 햇반을 끊게 되었다는 것이다. 김재윤이 밥을 먹기 시작한 뒤로 밥을 직접 짓고 있다. 반면 주변 사람들이 걱정할 만한 바람직하지 않은 변화도 있다. 여전히 냉장고엔 시판용 찌개부터 떡볶이까지 한가득이지만 그 레토르트 식품조차도 이제는 제대로 챙기지 못한다. 김중연이 세 끼를 회사에서 해결하는 동안 권정민은 아침부터 전쟁을 치른다. 주 2회 출근하는 날이면 김재윤을 돌볼 양가 어머니 중 한 명과 시터가 2인 1조로

집에 찾아온다. 양가 어머니 모두 홀로 아이를 감당하기가 많이 벅차서 보조 인력을 고용하고 있는데, 그들이 오기 전까지 집을 치우고 나가야 하니 밥까지 먹을 시간이 없다. 출근 안 하는 날에는 김재윤을 어린이집에 보내고 나서야 아침도 점심도 아닌 애매한 밥을 먹을 짬을 얻긴 하지만 허용된 시간은 "토스트에 차 한 잔 정도를 마실 수 있는 30분"이 전부다. 교직원에게 주어진 잡무, 크림이 산책, 김재윤의 식사 준비를 제하고 겨우 남은 시간이다. 어린이집에서 돌아와 저녁을 먹고 목욕까지 마친 뒤 김재윤은 저녁 일곱 시 반에 침대에 눕고, 권정민은 김재윤을 재우기 위해 한 시간 정도 책을 읽어준다. 그 작업이 다 끝나야 권정민은 밥을 먹을 수 있다. 먹고 나면 치워야 하는데 그럴 힘마저 없는 날은 건너뛴다. 권정민은 출산한 뒤로 5kg이 빠졌다.

"결국 아이는 정민 씨 혼자 보는 셈이네요. 가끔 울컥하지 않아요?"

"남편이 어떻게 사는지 다 알고 결정한 일이에요. 아기 낳고 나서 부부 관계 악화된 친구들한테 경고도 무수히 들어왔고요. 아무도 저한테 아이 낳으라고 하지 않았어요. 육아는 혼자 하게 되겠구나 하고 마음을 단단히 먹고 시작한 일이기는 한데, 가끔은 좀 화가 나긴 해요. 하지만 어쩔 수 없죠. 남편도 간절하게 아이 보고 싶어하는데 회사에서 못 빠져나오는 거니까."

"일을 하고 있긴 하지만 육아에 더 긴 시간을 쓰고 있는데, 불안하진 않아요?"

"지금 하는 일이 아예 사라진다면 불안을 느낄 수도 있을 것 같긴 해요. 그런데 일은 30대 내내 하고 싶은 만큼 다 했어요."

권정민은 10년 전 결혼했고, 경력도 그 무렵부터 시작되었다. 그리고 김재윤은 그들 부부가 각각 30대 후반, 40대 중반이었을 때 어렵게 얻은 아이다. 김재윤이 생긴 뒤로 많은 것이 달라졌다. 근육이 잡힐 때까지 매달렸던 크로스핏, 스쿠터 라이딩, 열심히 찾아 읽던 제 3세계의 문학 같은 개인적인 취향과 취미부터 먼저 사라졌다. 일도 줄었다. 먹는 것이 변했을뿐더러 사는 곳까지 변했다. 권정민 김중연 부부는 전까지 서울 이태원에서 살다가 최근 강남 어딘가로 집을 옮겼다. 이태원은 강남에 비해 어린이집이 턱없이 적다. 순번을 받긴 했지만 등록은 못했다. 계약 기간을 채우지 못해 복비를 이중으로 쓰고 이사를 치르고 나서야 큰 걱정 하나를 덜었다.

나는 떡볶이를 먹으러 그들 부부의 집에 갔지만, 권정민을 따라서 주방을 어슬렁거리는 동안 우리가 함께 먹을 떡볶이 이상으로 출산과 양육으로 인해 권정민이 받아들여야 했을 삶의 격정과 그에 따른 부담을 많이 나누고 싶어졌다. 하지만 권정민이 더 말하고 싶어했던 것은 "독박 육아"에서 비롯되는 물리적인 고통이나 경력 단절에서 오는 존재의 불안이 아니라 출산 이후 맞이하게 된 "호르몬 변화"와 그로 인한 감정의 변화였다. 간단히 말해 사랑이다. 조건 없는 사랑이다. 권정민은 일하던 시절보다 지금이 더 바쁘고 몸도 더 고되지만 마음은 더 충만한 상태다. 어린이집 등록을 계기로 각자의 시간을 갖게 된 권정민과 김재윤 사이에서 "더 큰 분리 불안"을 느끼는 쪽은 권정민이다. 권정민은 어쩌면 한때 뜨거웠던 연애와 이어진 10년간의 무탈한 결혼 생활이 결국 이 아이를 얻기 위한 "인류의 퍼포먼스"가 아니었을까 생각한다. 이제 권정민에게 있어 삶의 중심은 김재윤이다.

차가웠던 떡볶이

　김재윤이 먹어야 할 치킨 수프가 끓는 동안 다른 화구에서는 '차가웠던 떡볶이'의 조리가 시작됐다. 그날 선택된 반조리 떡볶이는 풀무원에서 나온 '생가득 순쌀 떡볶이'로, 냉장용이다. 그보다 더 차가운 떡볶이도 있다. 앞서 소개한 냉동용 반조리 떡볶이를 말하는 것인데, 권정민의 입맛에는 이마트 '노브랜드'에서 나오는 것이 가장 맛있다고 한다. 하지만 그건 녹여야 한다. 우리가 약속한 떡볶이의 날에는 냉장용 떡볶이를 골랐다.

떡볶이 말고 김재윤의 밥도 차려야 하니 조리 시간을 단축해야 했다.

만드는 과정은 매우 간단했다. 팬에 물 200ml가량을 넣고 끓인 뒤에 주어진 떡, 소스, 야채를 차례로 넣고 적당히 휘저어 볶으면 끝이다. 어려울 것은 없지만 이런 떡볶이를 처음 먹는 나는 구성 요소 하나하나가 신선하고 흥미로워서 관찰했던 것을 다 쓰고 싶어진다. 봉지를 뜯었더니 떡 따로, 양념 따로, 야채 따로 포장되어있다. 떡 포장은 특이점이 보이지 않지만 양념과 야채의 포장은 일반적인 라면수프와 똑같은 방식이다. 좀 구체적으로 말하자면 일반 라면과 비빔면의 중간이라고 정리할 만하다. 양념 봉지를 뜯었더니 비빔면의 비빔장이랑 색깔부터 질감까지 비슷하게 빨갛고 쫀득한 양념이 나왔고, 야채 봉지를 뜯었더니 일반적인 라면수프처럼 작게 잘라 말린 야채가 우수수 쏟아졌기 때문이다. 그런 야채와 양념이 떡과 뒤섞여 먹을 만한 상태가 되기까지 4~5분 정도 걸린 것 같다. 정말로 라면처럼 간편하고 신속한 음식이었다.

게다가 맛까지 있었다. 양념의 맵기와 달기의 균형도 아주 적당했고, 떡은 과연 몇 분 전까지 차가웠던 게 맞나 싶을 정도로 말랑말랑했다. 너무 맛있어서 안타까웠다. 결국 따뜻해진 '차가웠던 떡볶이'를 둘러싼 나의 슬픔 하나는 정작 그날의 떡볶이 요리사랑 한 상에서 먹을 수 없었다는 것이다. 떡볶이 조리를 마친 권정민은 다른 일을 해야 했다. 김재윤에게 밥을 먹여야 했다. 게다가 우리에겐 적당한 거리가 필요했다. 김재윤의 밥은 주방의 식탁으로 갔고, '차가웠던 떡볶이'는 거실로 갔다. 아직 낯을 가리는 김재윤이 내 배우자 이범학과 거리가 매우 좁혀지자 세상 무너진 것처럼 우렁찬 울음을 터뜨렸기 때문이다. 김중연 권정민 부부의 원인 분석에 의하면 김재윤은 이범학의 풍성한 수염을 두려워하는 것이 틀림없다. 꼬꼬마 김재윤은 산타클로스 할아버지도 아직 무서워한다고 한다. 이런 상황에서 내가 할 수 있는 일은 별로 없었다. 떡볶이의 일부를 접시에 덜어서 권정민에게 조심스럽게 보내긴 했는데 그걸 권정민이 먹었을까. 김재윤의 밥을 챙기는 와중에 과연 먹을 수 있었을까. 잘 모르겠다. 아이가 우는 바람에 나까지 긴장하고 숨느라 권정민의 밥이 입으로 들어가는지 코로 들어가는지 살펴보지도 못했다.

어쩔 수 없이 그날의 떡볶이 요리사 권정민 없이 '차가웠던 떡볶이'를 나누게 되었고, 그러면서 김중연으로부터 그들 부부의 떡볶이 이야기 일부를 들었다. 이태원에 살았을 때만 해도 김중연이 퇴근길에 떡볶이를 종종 사가지고 집에 왔다. 늘 끼니 시간을 넘겨 집에 오니 가볍게 맥주 한잔을 곁들여 먹을 만한 야식으로 떡볶이만 한 게 없어서다. 그들 부부가 살던 지역에 떡볶이와 튀김을 취급하는 포장마차가 다섯 개쯤 있었는데, 늦게까지 운영되기 때문에 돌아가면서 한 번씩 다 포장해 올 수 있었지만 권정민의 반응은 늘 시큰둥했다. 전까지 떡볶이를 전혀 마다하지 않던 사람인데 다섯 집 모두가 너무 맵거나 달다고 했다. 포장마차 순회를 마치고 '김밥천국' 떡볶이까지 사봤지만 역시 적극적인 반응이 돌아오지 않았다. 권정민은 "아마도 반조리 떡볶이를 발견한 시점부터" 분식집 및 포장마차의 떡볶이를 썩 즐기지 않게 되었다. 마트에서 종류별로 파는 '차가웠던 떡볶이'는 그보다 덜 자극적이면서 충분히 맛있다. 그리고 무엇보다도 "퀄리티 콘트롤"이 가능한 맛이다. 공장에서 왔으니까 언제 먹어도 일정한 맛이 난다. 미각이 그리 발달하지 않은 김중연은 그 차이를 잘 모른다. 그냥 배우자가 별로 좋아하지 않으니까 떡볶이 배달을 중단했을 뿐이다. 게다가 이사를 한 뒤로 떡볶이 테이크아웃은 가능하지 않은 일이 되어버렸다. 지금 살고 있는 강남의 아파트촌에는 걸어서 오갈 수 있을 만한 떡볶이 노점이 없다.

강남에서 나고 자란 김중연에 따르면 강남이 예전에는 이렇지 않았다. 그 예전은 약 40년 전을 말한다. 강남의 본격적인 개발이 시작되기 전 "국민학교 시절"에 학교와 집 근처에 공터가 하나 있었고, 거기에 천막을 치고 운영하는 뽑기집과 떡볶이집이 있어서 또래 친구들과 많이 드나들었다. 하굣길에 거기서 떡하나에 10원 하는 떡볶이를 50원, 100원어치씩 먹곤 했다. 나는 당시 50원짜리 떡볶이가 어떻게 '서빙'되었는지 궁금해서 혹시 초록색 멜라민 접시와 일회용 비닐을 썼느냐 물었더니 그런 것은 존재하지도 않았던 시절이라는 답이 돌아왔다. 김중연에따르면 떡볶이 그릇의 소재는 스테인리스 스틸이었고 크기와생김새는 간장 종지와 비슷했다고 하는데, 그렇게 주어지는 떡볶이를 먹어본 적 없는 나로서는 감을 잡기 어려운 형태다. 역시 강남에서 성장했으되 세부적인 구역은 달랐던 내 배우자 이범학도 그 그릇을 알고 있다며 맞장구를 쳤는데, 멀지 않은 지역에서 같은 그릇에 나오는 떡볶이를 먹었다 해도 당시 시세에대한 둘의 기억은 달랐다. 김중연과 동갑인 이범학은 1970년대후반 동네 떡볶이집에서 100원을 내면 떡 네 개를 먹을 수 있었다고 말했고, 100원에 열 개를 먹었다는 김중연은 말도 안 되는가격이라면서 덧붙였다. "내가 밀떡 먹을 때 너 혼자 쌀떡 먹었나 봐?"

이어진 10대와 20대 시절에 김중연이 먹었던 떡볶이에 대한 기억은 그리 선명하지 않다. 고교 시절 도시락 두 개를 싸 가지 못한 날이면 야간 자율학습이 시작되기 전에 학교 근처 떡볶이집에서 배를 채운 적이 있긴 하지만 그보다는 백반을 선호했다. 2,000원쯤 하는 순두부 정식 정도를 먹어야 더 긴 시간을 허기 없이 버틸 수 있었기 때문이다. 성인이 된 뒤에는 강남 시내 어느 백화점 맞은편 건물 지하에 있던 즉석 떡볶이집을 몇 번 드나들긴 했지만 지금까지 먹는 것에 그리 예민하지 않은 김중연은 거길 "남자랑 갔는지 여자랑 갔는지"부터가 헷갈린다. 누구랑 갔는지 모를 그 즉석 떡볶이집에 대해 남은 기억은 떡보다 맛있고 라면보다도 맛있었던 면 사리다. 그 떡볶이는 아마도 1인분에 2,000원 이하였을 것이라고 추정하고 있다. 김중연의 20대 초반은 1990년대 초반으로, "소개팅에 나갈 때 만 원만 있으면" 통했던 시절이다. 만 원만 있으면 당시 유행하던 철판 볶음밥 2인분을 먹고 '도토루'나 '자뎅' 같은 시내의 하우스 커피숍 프랜차이즈에 가서 한 잔에 1,000원 정도 하는 커피를 두 잔 마실 수 있었다.

내가 잘 모르는 시절과 지역을 둘러싼 이런저런 과거의 이야기가 이어지는 동안 '차가웠던 떡볶이'의 바닥이 드러났다. 김중연은 다 먹었으니까 밖으로 나가자고 했다. 반조리 떡볶이는 보통 2인분이다. 권정민은 그걸로는 끼니가 되지 않으니 집 근처에서 술 한잔 해야 하지 않겠느냐고 말했다. 그렇게 그들 부부가 집에 찾아온 손님에 대한 예의를 고민하고 있을 때, 나는 어디로 가는지 이전에 누가 거기로 가는지부터 점검해야 한다고 느꼈다.

"정민 씨랑 재윤이도 같이 가나요?"

"재윤이 이제 잘 준비 해야 돼요."

우리는 한때 별 고민 없이 넷이 만나서 술을 마실 수 있었다. 당분간 이런 시간은 허락되지 않을 것 같다. 전처럼 넷이 어울릴 수 있는 시간을 먼 미래로 미루고 나는 나의 배우자와 권정민의 배우자를 보내기로 했다. 두 남자가 밖으로 나갔고, 두 여자는 집에 남았다. 나는 권정민이 김재윤의 밥그릇을 닦고 김재윤을 씻긴 뒤 새 옷으로 갈아입힐 때까지 기다렸다. 그러고 나서야 권정민과 남은 떡볶이 이야기를 이어갈 수 있었다. 장난감과 동화책으로 덮인 소파 위에서, 최초로 아이를 안은 채로 진행된 떡볶이 인터뷰였다.

한국, 독일, 영국

권정민은 결혼을 계기로 레토르트 식품의 달인이 되었지만 전까지는 그러지 않았다. 쭉 건강했다. 어린 날부터 규칙적으로 잘 먹었고 운동도 잘했다. 고교 시절부터 부모가 없는 날이면 집에서 친오빠랑 같이 짬뽕을 만들어 먹었고 체력장에서는 언

제나 1등급을 받았다. 음식도 안 해 먹으면 미각이 퇴화한다는
걸 알게 되기 전까지, 권정민은 "일단 먹어보면" 재료와 조리법
을 추리할 수 있었다. 그래서 10대 시절에도 짬뽕을 집에서 만
드는 게 가능했다.

요리에 가장 적극적이었던 시기는 20대였다. 미술을 전공
한 권정민은 20대 초반에 과연 미술이 무엇이고 예술이 무엇인
지 보다 자세히 들여다보고 싶어서 유럽으로 유학을 떠나 독일
과 영국에 정착했으며 기숙사의 공동 주방에서 자주 파티를 벌
였다. 유럽의 외식 개념은 한국과 달리 아주 거창한 것이었다.
가격이 비싸기도 했지만 나가서 먹으려면 복장부터 갖추는 게
그들의 문화다. 기숙사에서 생활하는 또래 세계인 친구들 모두
에게 부담스러운 이벤트였다.

권정민은 기숙사 파티를 치른 뒤 다음 날 아침이면 지역 한
인 상회에서 사 온 신라면으로 해장을 했다. 그 한국식 '행오버
수프'를 옆방의 중국 친구부터 폴란드 친구까지 차차 맛보더니
나중에는 그들 모두가 알아서 한국 라면을 사 와서 각각 끓여
먹는 것으로 "국물 해장의 세계"에 눈을 떴다. 유럽 대도시 시내
에 스시 프랜차이즈가 생겼을 만큼 아시아 음식이 막 대중화되
던 시기라서 낯설고 매운 음식에도 다들 마음을 열 수 있었던
것 같다. 권정민은 그 시절 간단한 오일 파스타로 끼니를 해결

하기도 했지만, 때로는 배추와 무로 김치도 했고 양념치킨도 했으며 만두피까지 직접 빚어서 만든 만두를 옆방의 전 세계 친구와 나눴다. 한식에 대한 반응은 전반적으로 따뜻했지만 만두는 곧 밀려났다. 상하이 출신 친구가 만드는 완탕을 도저히 이길 수가 없었다. 권정민은 만두 강국 출신 친구의 솜씨를 지켜보면서 만두에 있어 한국인의 상상력은 꽤 빈곤하다는 것을 알게 됐다. 권정민이 그동안 집에서 늘 그래왔던 것처럼 산더미 같은 만두소를 1종으로 준비하는 동안 중국 친구는 왜 그렇게 단조롭게 만드냐면서 어떤 것에는 새우를 쓰고 어떤 것에는 고기를 썼다.

권정민은 그 시절 떡볶이도 많이 만들었다. 왜 그렇게 많이 만들어 먹었나를 돌이켜보니 첫째로 "고추장이 항상 있었기 때문"이다. 권정민은 그렇게 보낸 10년간의 유학 시절이 인생에서 고추장을 가장 많이 먹었던 때라고 생각한다. 그리고 둘째로 떡볶이는 "쉬웠기 때문"이다. 팔 만한 떡볶이를 만들려면 경험과 기술이 필요하겠지만, 그래도 "유학생 누구나 갖고 있는 고추장"과 "한인 마트에서 살 수 있는 떡"만 있으면 야채까지 넣지 않아도 먹어왔던 것과 비슷한 맛을 낼 수 있다. 그리고 떡볶이를 그리 많이 만들었던 세 번째 이유는 "그걸 원하는 친구가 있어서"였다. 권정민은 한 기숙사에서 생활하다가 나중에는 함께 집을 구해 같이 살게 된 각별한 친구 하나를 내게 소개했다. 독일계 폴란드인 친구로, 이름은 카시아다. 권정민은 카시아 덕분에 폴란드에도 김치와 비슷하게 양배추로 만드는 음식이 있다는 걸 알았고, 그런 음식에 익숙했던 카시아가 해달라고 졸라서 깍두기도 자주 만들었다. 떡볶이를 자주 만들었던 이유도 같다. 카시아가 계속 원해서 자주 만들어야 했다. 다정했던 카시아는 10년 전 서울에서 했던 권정민의 결혼식에도 왔다. 그 김에 서울 구경도 하면서 친구의 떡볶이가 아닌 분식집 떡볶이도 먹게 됐는데, 카시아는 단번에 원조의 깊이를 알아보았다. "네가 만들던 것보다 훨씬 맛있는데? 양념의 차이인 거야?"

그 시절 방학을 맞아 한국에 잠깐 들어올 때면 권정민은 동창들과 함께 서울 양재역 근처로 갔다. 추억의 떡볶이와 재회하는 길이었다. 거긴 권정민이 고등학교를 다닌 곳으로, 듣자 하니 떡볶이 천국 같았다. 학교를 중심으로 뻗은 양쪽 길가에 각종 분식집이 다닥다닥 붙어있었다. 떡볶이 옵션이 매우 다양해서 다른 학교 친구들도 자주 찾아오는 명소였다. 떡볶이 한 접시에 대체로 1,000원 전후였는데 어딘가는 짜장 떡볶이와 카레 떡볶이가 맛있었고, 어딘가는 간장에 찍어 먹는 떡 튀김으로 유명했다. 메뉴뿐 아니라 업장의 성격도 다양했다. 어딘가는 가정집과 비슷했고, 어딘가는 "블랙 앤 화이트 톤의 인테리어" 안에서 소파에 앉아 떡볶이를 먹을 수 있었다. 권정민은 고등학교 시절 그날의 기분에 따라 먹고 싶은 떡볶이를 고르곤 했는데, 가장 좋아했던 건 아늑한 소파가 있던 "모던한 떡볶이집"에서 파는 짬뽕 떡볶이였다. 그 떡볶이집의 이름은 '모던 하우스'로, 유학 시절은 물론 유학을 마친 뒤에도 생각날 때마다 10대 시절의 친구들과 함께 찾아가곤 했다. 장사가 엄청 잘돼서 그 떡볶이집 사장이 주변 건물을 샀다는 소문이 돌긴 했지만 믿을 만한 얘긴지는 모르겠다. 지금은 사라졌다.

이어서 우리는 더 먼 과거로 갔다. "국민학교" 시절이다. 권정민 김중연 부부는 다섯 살 차이다. 둘은 나이뿐 아니라 성장하면서 통과한 지역도 조금은 다르지만 그래도 그때나 지금이나 이른바 강남으로 포괄되는 하위 지역에서 어린 시절을 보냈다. 시대는 달라도 어린 날 머물렀던 곳이 대충 비슷하니 그들로부터 그럭저럭 객관적인 떡볶이 시세 변천사를 들을 수 있을 것이라고 기대했는데, 돌아온 답엔 매우 아리송한 구석이 있다. 5년 먼저 태어난 김중연은 앞서 말한 것처럼 1970년대 후반에 학교 앞 공터 떡볶이집에서 50원을 주고 떡 다섯 개를 받았다. 한편 권정민은 1980년대 중반 시장통의 한 노점에서 50원을 주고 떡 열 개를 받았다고 말했다. 두 진술의 사실 여부를 따져보려면 그 시대 학교 앞과 시장통의 부동산 가치 차이부터 면밀

하게 알아야 할 테지만, 그런 측정이 불가능한 상태에서 그들의 기억을 종합하면 그 시절 강남의 떡볶이 값은 몇 년 사이 딱 반으로 떨어진 셈이 된다. 그것이 가능한 일일까. 나는 오로지 떡볶이 요리사 개인의 회고에 의존해 우리가 사랑했던 과거의 떡볶이를 정리하고 있는 관계로 당시 해당 지역의 떡볶이 물가를 검증할 수 있는 정확한 방법을 알지 못한다. 그래도 온전히 믿을 수 없는 우리의 기억 사이에 우리 모두가 공유할 수 있는 어떤 명확한 과거가 있다고 나는 믿는다. 비슷한 시대를 살았던 어떤 우리들은 어쨌든 그 시절 50원이면 풍요로운 방과 후를 보낼 수 있었다.

꿈나라에 갈 시간

여태 적은 것처럼 권정민이 지난날 한국, 영국, 독일에서 만들고 먹었던 떡볶이 이야기가 이어지는 동안 나는 말허리를 한 번 잘라야 했다. 일곱 시 반이 되었기 때문이다. 22개월 김재윤이 침대로 가야 하는 시간이다. 김재윤을 재우기 위해 한 시간가량 책을 읽어준다고 했던 게 생각났다. 그리고 권정민의 거실 책장에는 출산 전까지 즐겨 읽었던 전 세계의 소설이 한가득이다. 그 가운데 하나를 꺼내 읽으며 기다리겠다고 말했지만 권정민이 거절했다.

"한 시간이 될 수도 있지만 두 시간이 될 수도 있어요."

"그럼 두 시간 기다리면 되죠."

"30분 있다가 재워도 괜찮아요. 30분이면 될까요?"

마지막 30분을 추가해 이어진 권정민의 떡볶이 이야기를 나는 여태까지 썼다. 그간 열 명의 떡볶이 요리사를 만나 듣고 관찰한 기록 가운데 가장 짧은 원고가 나왔다. 평소 같았다면 나는 좀 불안했을 것이다. 어떻게든 분량의 균형을 맞춰야 한다는 압박에 시달리면서 다시 약속을 잡고 무언가 더 얻어내려고 노력했을 것이다. 하지만 여기까지 하기로 했다. 그것이 더 자연스러운 권정민의 이야기인지도 모른다. 권정민의 '차가웠던 떡볶이'부터 그랬다. 짧았다. 빨랐다. 간단했다. 그리고 나는 그런 떡볶이와 밀착된 삶을 살면서, 때때로 그나마도 제대로 챙기지 못하는 떡볶이 요리사를 만나서 더 길어질 수 없는 이야기를 들었다.

여덟 시가 되었다. 평소보다 늦긴 했지만 김재윤이 꿈나라에 가야 할 시간이다. 나도 떠나야 할 시간이 되었다. 집을 나서는 내게 권정민이 말했다.

"언제 맥주 한번 같이 마셔야 하는데."

"그러게요."

그러게요라니. 나는 왜 그런 말밖에 못 했던 것일까. 권정민은 내게 떡볶이를 대접했지만 내가 먹을 떡볶이 만들고 김재윤 밥까지 챙기느라 여덟 시까지 뭘 제대로 먹지 못했다. 그런 권정민에게 밥 잘 챙겨 먹으라는 말 같은 걸 했다면 얼마나 좋았을까. 아니 그런 말도 공허하다. 초대를 받을 때마다 습관처럼 챙겼던 영양가 없는 디저트까지 갑자기 부끄러워졌다. 권정민의 사정을 고려해 끼니가 될 만한 걸 가져가야 했는데 나는 왜 이렇게 센스가 없는 것일까. 필요한 말을 하고 필요한 행동을 하는 사람이 되고 싶다. 매번 실패하지만 어제보다 정중하고 따뜻한 사람이 되고 싶다. 떡볶이 열 그릇을 얻어먹고 나면 정말로 그런 사람이 되고 싶어진다.

2019년 3월

내일은 떡볶이

1판 1쇄 펴냄 2019년 6월 30일

발행 | 산디
글 | 이민희
편집 | 다미안
디자인 | 이아립

출판신고 | 2017년 5월 15일 제2017-000125호
전화 | 02 336 9808
팩스 | 02 6455 7052
sandi@sandi.co.kr
instagram.com/sandi.books
twitter.com/sandi_books

ISBN | 979-11-962013-9-5

이 도서의 국립중앙도서관 출판예정도서목록(CIP)은 서지정보유통지원시스템 홈페이지(http://seoji.nl.go.kr)와 국가자료종합목록 구축시스템(http://kolis-net.nl.go.kr)에서 이용하실 수 있습니다. (CIP제어번호 : CIP2019020808)